徽茶
文化故事

HUICHA WENHUA GUSHI

朱洪平　曹海峰◎主编

时代出版传媒股份有限公司
安徽文艺出版社

图书在版编目（ＣＩＰ）数据

徽茶文化故事/朱洪平,曹海峰主编.—合肥：安徽文艺出版社,2023.3

ISBN 978-7-5396-7578-7

Ⅰ．①徽… Ⅱ．①朱… ②曹… Ⅲ．①散文集－中国－当代 Ⅳ．①I267

中国版本图书馆 CIP 数据核字(2022)第 210399 号

出 版 人：姚 巍

责任编辑：汪爱武　　　　　　　　装帧设计：徐 睿
....
出版发行：安徽文艺出版社　　www.awpub.com
地　　址：合肥市翡翠路 1118 号　邮政编码：230071
营 销 部：(0551)63533889
印　　制：安徽联众印刷有限公司　(0551)65661327
....
开本：700×1000　1/16　印张：17.25　字数：250 千字
版次：2023 年 3 月第 1 版
印次：2023 年 3 月第 1 次印刷
定价：69.00 元
....
（如发现印装质量问题，影响阅读，请与出版社联系调换）
版权所有，侵权必究

编 委 会

主　任：张正竹

副主任：朱洪平　刁广冰

编　委：詹洪亮　甘社会　朱舜球　曹海峰

　　　　方永建　楚　杰　汪文俊　程志红

　　　　汪　钧　朱迎春　李　雪　王　凡

　　　　王　薇　张梦萍　陆汝军　朱锋云

目　录

徽茶　黄山最秀美的山峰 / 001

第一辑　名家名作

闲话徽茶　季　宇 / 003

在江南喝茶　许春樵 / 007

徽茶二三事　周志友 / 010

历史的细节　潘小平 / 013

雨后,深山小寺品茶　洪　放 / 018

我用茶香祈愿健康　裴章传 / 020

名人名茶摭谈　戴　健 / 023

徽茶飘香　甘　臻 / 027

寒夜客来茶当酒　赵宏兴 / 031

吃　茶　苏　北 / 034

徽茶变　章玉政 / 037

不妨泡一杯茶　刘政屏 / 039

徽茶诗　许泽夫 / 042

如此徽茶　张建春 / 046

人生悲喜一杯茶　徐春芳 / 049

"编外茶乡"　江文波 / 053

忆徽茶推介往事　顾家雯 / 056

闽茶香飘南京城　丁以寿 / 059

张潮《松萝茶赋》赏析　郑　毅 / 064

百年松萝回故乡　郑建新 / 068

第二辑　获奖作品

只道是寻常人家　陈　晔 / 073

王洛宾与徽茶结缘的故事　陈俊舟 / 076

行走在茶香徽韵里　朱东升 / 080

茶香一缕　心香一瓣　谢爱平 / 083

父亲与茗洲炒青　潘初开 / 087

黄山云雾幻作茶　陈于晓 / 091

温暖的茶灯　苗忠表 / 094

黄山毛峰，每一枚新茶都是山水的语言　孙大顺 / 098

问　茶　胡曙霞 / 101

松萝茶　焦水奇 / 104

忆富溪　齐凤艳 / 107

我与茶　黄怡婷 / 110

黄山寻茶　徐凤清 / 112

黄山的茶　廖辉军 / 116

品味徽州　鲍文忠 / 120

九天揽月　刘如库 / 123

"赶"茶往事　汪鑫兰 / 126

草木有本心　林文钦／128

古黟黑茶记　丁学东／131

茶写徽风月　王泽佳／134

千金台毛峰　许裕奎／137

寻味徽州白茶　陈　峰／140

从溪畔到舌尖　夏迎东／144

应信村茶比酒香　束晓英／147

石屋坑茶叶飘红　陶余来／150

一杯清茶露青峰　仇士鹏／153

一碗善茶煮千年　汪红兴／156

茶香陪伴码字路　郝东红／159

徽茶里的茶禅人生　江伟民／162

荸荠塘边那一抹红　许德康／166

徽茶中的红色记忆　屈国杰／169

"老竹大方"情悠悠　方辉利／173

黑白背景里的徽茶　丁迎新／177

"金山时雨"茶的传说　曹助林 / 180

在黄山,我只做徽州的一叶芽茶　王忠平 / 182

黄山,名茶之都拓印时光复写的诗意　杨文霞 / 185

一品黄山茶:北纬30°的群英图谱(组诗)　王维霞 / 190

第三辑　佳作选登

茶印象　苏立敏 / 199

茶韵徽州　张　杰 / 202

百年香魂　方建梁 / 206

传奇毛峰　吴宏庆 / 210

黄山茶话　谢丽荣 / 213

李公与茶　王一腾 / 217

人生有茶　殷银山 / 219

秋游野茶谷　杜德玉 / 222

黄山茶之恋　英　伦 / 225

徽茶的道与术　衣新慧 / 228

母亲的明前茶　王　强 / 231

徽茶的三维叙述　王庆绪 / 233

徽茶与古镇周庄　陈　益 / 237

千载茶韵香满天　朱绍学 / 240

暮春逢君茶香浓　张玉东 / 242

朱元璋与松萝茶　张正旭 / 246

做一回抖音嘉宾　江红波 / 248

"炒青"里的苦和甘　王海斌 / 251

诗意无法抵达的清香　刘　强 / 254

徽州茶　徽州人　徽州景　刘　振 / 257

王茂荫祖传"森盛茶庄"那些事　陈平民 / 260

黄山茶·曼妙时光的风雅与逍遥　侯之涛 / 263

徽茶　黄山最秀美的山峰

茶，源自中国，盛行于世界。习近平总书记指出，"一片叶子，成就了一个产业，富裕了一方百姓""统筹做好茶文化、茶产业、茶科技这篇大文章"，推动"万里茶道""茶之友谊"等"茶叙外交"，彰显出总书记对茶产业发展、茶文化交流的高度重视和亲切关怀。习近平总书记系列重要指示批示，是我们做好茶产业的根本遵循。

"天下名山，必产灵草，江南地暖，故独宜茶。"地处北纬30度"绿飘带"上的黄山，山清水秀、气候温润，雨量充沛、云雾缭绕，不仅是闻名遐迩、世人向往的旅游胜地，也是绵延千年、茶香四溢的重要茶区。黄山人世代种茶制茶、知茶爱茶，唐宋"浮梁歙州，万国来求"；明代松萝崛起，成为炒青鼻祖；清末，受五口通商国际茶市的强劲拉动，徽茶外销千峰竞秀，屯溪成为茶务都会；近代以来，徽茶屡在国际大展中夺金摘桂，当代茶圣吴觉农赞曰"良以安徽之茶业，实为中国茶业中心"。"一壶煮尽千秋事，半盏茶香荡古今"，全市7座茶文化博物馆和群山环抱的80万亩茶园，正静静地向世人讲述着徽茶的前世今生和传奇故事。

一年年、一代代，黄山人始终崇本守道、抱诚守真，坚持做干净茶、生态茶、健康茶、放心茶，2020年起在全国率先实施全域茶园绿色防控，全面禁止化学农药和除草剂进茶园,全力打造全国首个全域茶叶无农残城市。目前,全市茶叶清洁化、智能化、标准化加工生产线近百条,黄山名茶加工技艺全部进入《国家级非物质文化遗产名录》。黄山毛峰、太平猴魁、祁门红茶位列中国十大名茶,屯绿、松萝、大方、滴水香等特色名茶灿若星辰,袋泡茶、速溶茶、花草茶、调味茶等新茶饮,茶食品、茶日化等新品蓬勃发展。小罐茶、立顿、中茶、谢裕大、王光熙、六百里、猴坑、新安源、祥源、天之红等名企云集,全市规模以上龙头茶企近70家。"一片叶子带富一方百姓",如今的黄山,已走出一条"绿色兴茶、质量兴茶、品牌兴茶"之路,成为全国唯一被中国茶叶流通协会命名的"中国名茶之都"。

2021年10月,黄山市农业农村局与新安传媒、《新安晚报》共同主办了"徽茶文化故事"主题征文活动。一石激起千层浪,数月间,全国各地来稿如雪。质朴的语言、生动的故事,饱含着作者们对徽茶的无限深情、对黄山的无比热爱,读者可以从中检索出徽茶文化的嬗变轨迹,领略徽茶文化的独特魅力。值此结集出版之际,谨致以衷心的谢忱。

阳光晴美,请沏一杯温热的徽茶,打开本书,品一份醇厚甘甜和悠远清香,享一段徽州古韵和黄山情缘。

是为序。

编者
2022年9月

第一辑　名家名作

闲话徽茶

季 宇

20世纪90年代,"徽商热"兴起,我先后写了《徽商》《新安家族》《王朝爱情》等多部小说和影视作品。一开始写作是被动的,出版社和影视机构找我来写,我便应了。为此,我多次前往徽州采风、搜集资料,渐渐地喜欢上了徽州,甚至一度对徽州文化十分着迷。

写徽商的作品离不开茶叶,我的几部作品几乎都写到茶叶。古徽州一府六县,县县产好茶,而徽商的经营范围,以盐、茶、木、质(典当)四者为大宗。盐业居首,自不待言。由于盐业的垄断性质,两淮盐商富可敌国,就连乾隆皇帝都感叹:"富哉商乎,朕不及也!"然而,自道光年间,陶澍改盐纲后,盐商地位一落千丈,此后徽州茶业开始兴盛,取代盐业,盛极一时。

徽州产茶,历史悠久。茶树在唐代已传入徽州,开始广泛种植。史料记载,歙郡山多田少,山地不宜种粮,却宜种茶。所谓"山且植茗,高下无遗土",说的就是这个意思,而"千里之内,业茶者七八矣""茶业兴衰,实为全郡所系",亦可见茶叶在徽府六县经济中占据的重要地位。

徽茶种植最早由蜀地传来,历经唐、宋、元、明、清,逐步光大。茶圣陆羽(唐代)曾在《茶经》中写道:"浙西、以湖州上,常州次,宣州、杭州、睦州、歙州下,润州、苏州又下。"歙州,即后来的徽州。尽管唐代时徽茶已跻身名茶之列,但在陆羽的眼中并不是最好的,起码是位于浙西茶、常州茶之下。不过,这也怪不得陆羽。徽茶有一个逐步发展的过程,人们对徽茶的认识同样也有一个逐步深入的过程。唐代时,徽茶并不显赫,史料中常以歙州、祁门、婺源"方茶"称之,具体名号则语焉不详。可到了宋元时期,情况已大大改变。彼时见诸记载的歙茶,便有"早春""华英""来泉""胜金"等多种名号。及至明清两代,徽茶更是声名鹊起,名茶迭出。如黄山云雾、新安松萝、黄山毛峰、祁门红茶、太平猴魁、婺源绿茶等,一时间蜚声中外,与茶圣在世时早已不可同日而语。

徽茶的兴盛主要依赖于地理环境。《徽商研究》称,徽州地处皖浙赣交界重峦叠嶂之区,为亚热带季风湿润气候,热量丰富,雨水充沛,海拔高,云雾多,湿度大,土地酸度适中,土层中富含有机质。这种得天独厚的条件,极为适于茶树生长。此外,近代国际贸易的开展也给徽茶的发展带来了重要契机。早在"一口通商"年代,徽茶便已大量出口。史料表明,在20世纪以前,中国商品能够在中西贸易中长期居于支配地位的唯有茶叶。拍摄纪录片《天下徽商》时,摄制组曾赴英伦采访多位该国皇家科学院的专家,他们认为,从某种意义上说,鸦片战争也是茶叶战争。因为中国茶叶的进口一度使英国对华贸易出现巨大逆差,为了扭转这一局面,英国开始向中国输出鸦片,这才引发了鸦片战争。此论也可从一侧面反映出华茶外销所产生的巨大影响。

鸦片战争后,国门洞开,"洋庄茶"(即外销茶)更是进入繁荣期。特别是"五口通商"后,上海取代广州成为华茶出口第一大口岸,这给徽茶外销带来区位上的优势,从而使徽茶的出口量迅速上升,在外销茶中占据举足轻重的地位。直到光绪中后期,由于印度茶、锡兰茶后来居上,徽茶外销才日渐式微。华茶不敌印、锡之茶,重要的原因不在于徽茶本身,而在于传统茶业向现代茶业转型期间,茶商没有跟上改革的步伐,在茶园管理和茶产品制作方面均落后于时代。如当时国外已普遍使用机器制茶,但徽商仍固守传统的手工制作。一些外商坦承华茶远优于印、锡之茶,但手工制作落后,是其短板。国内一些有识之士意识到这一点，纷纷呼吁，提出补救之策。湖广总督张之洞、刑部主事萧文昭等都上条陈，提出讲究种植、改行机制茶的建议。两江总督刘坤一甚至明令徽州茶商"集股购机制茶"，可后者由于观念保守，极力反对，从而错失良机，使华茶外销的劣势局面始终未能得到改变，思之令人扼腕。

历史的教训值得汲取，关于这方面的书籍和文章已有很多，这里无须赘述。然而，在徽茶的研究中，有一点可能说得不够，或是被忽略了，那就是千百年来徽州茶人在徽茶发展中做出的探索和贡献。徽茶之所以享誉海内外，能有今天的地位，说千道万，关键是茶好，这里离不开一代又一代徽州茶人的努力。我在徽州搜集资料时，发现很多名茶产生的历史中无不渗透着徽州茶人的智慧和心血。他们在优质徽茶的发现、挖掘、育种、培植、改进及品牌打造等诸多方面不懈追求，经过一代又一代的摸索积累，开拓创新，使徽茶的品质和品牌影响力不断提升。无论是新安松萝、黄山毛峰，还是太平猴魁、祁门红茶，在它们的成功背后都凝聚着徽州茶人的艰辛探索和重要贡献，其中流传着许多动人的传说和故事，这也是我写徽商时最想表现的。

2009年，我写电视剧《新安家族》时，其中有一个情节：汪家鸿泰庄为了提高竞争力，重现失传已久的名茶——剑潭雾毫，通过艰苦努力，精心培育，终于取得成功，从而打破了"洋庄"市场上洋商只手遮天的局面。该剧在央视一套黄金时段播出时，很多人对这一情节表现出了兴趣，纷纷向我打听是否真有此茶。其实，这不过是虚构而已，但虽为虚构，却有现实的基础，可以说是综合了许多徽茶传说和故事杂糅而成。我之所以设计这个情节，便是想把徽茶的优良品质及徽州茶人的探索、创新精神集中展现出来。

实际上，比之徽州茶人的贡献，我所写的不过是沧海一粟。千百年来，徽州茶人对茶的探索和追求从未停止，不仅过去如此，现在更是如此。有一年，我前往休宁县右龙村采风，这里靠着新安江发源地六股尖，是新安源有机茶的重要基地之一，也是安徽省历史文化名村。该村建于唐代，历史悠久,村内古祠堂、古民居、古亭、古庙、古石、古栏等遗迹比比皆是。周围群山环绕,植被丰茂,中有右龙河穿村而过,山清水秀,古树参天,气候宜人。村内千年古杏树、红豆杉、香榧等国家珍稀濒危保护野生植物随处可见,故有"黄山生态第一村"的美誉。在采风期间,我们重走徽商古道,并亲身体验采茶、制茶的过程,感受颇多。其中感受最深的一点是,新安源有机茶特别注重环保要求,始终立足"绿色"和"安全",在生产、加工等环节上严格执行国际生态标准,禁施农药和化肥,因此受到世界各地的欢迎,其产品主要出口欧盟等地。"金山银山不如绿水青山",这种绿色发展理念如今已经化为当地人的自觉行动,这不正是改革时代徽州茶人与时俱进的缩影吗？与前人相比,他们紧跟时代步伐,其革新进取的姿态令人称道。古人云:"苟日新,日日新,又日新。"只有不断创新,才能不断前进。在徽州茶人的努力下,相信徽茶的明天和前景一定会更加美好！

（季宇,中国作家协会全委会委员,曾任安徽省文联主席、省作协主席）

在江南喝茶

许春樵

长江分南北,南北是一个地理概念,也是一个文化概念,当疾走如风的江北人大碗喝酒、大块吃肉的时候,临水而居的江南人更多的是在庭院深深的树荫下品嫩绿的新茶。那个杜鹃花盛开的春天,我坐在皖南山区的一个茶农家烘焙春茶的篾瓮前喝着清香弥漫的绿茶,想起朋友的约稿,灵光乍现,对一行同道说:江南、江北是以茶和酒划开界限的,而不是长江。

一行人一头雾水。

黄昏来临的时候,暮霭四面合围,山顶上云雾缭绕,山脚下是经年不息的溪水声,住在溪边四十多年的茶农说他能听见溪水经过大小石头时发出的不同节奏,这让我们很惊奇。过了一会,淳朴的茶农又给我们每人端上一杯茶,这位中年汉子说,刚炒好出锅的新茶是用刚被炭火烧开的山泉水泡制的。轻轻掀起青花白瓷茶杯的盖子,一缕清香扑面而来,色泽天然的茶叶在水中绽开花形的嫩芽,茶汤碧绿,轻轻抿上少许,即刻满口生香。山泉水泡制的茶汤清甜绵软,清冽甘爽,这是入口时最初的感觉,成语"沁人心脾"大概是由此得来的。其后就觉得整个人如同脱胎换骨,神清气定,心静如水。

我所居住的省份横跨长江南北,多年来我一直游走于大江南北,你要是来到皖北,朋友们最先安排的是喝酒,上了酒桌,如同上了水泊梁山,"双杯""走杯""通关""炸雷子",一直喝得你四肢麻木、满口胡言、不省人事、肠胃出血,是谓"感情深,一口闷;感情铁,喝出血"。而到了江南,江南的朋友首先考虑的是用什么样的好茶来待客,对于尊贵的客人,每人沏上一杯上等好茶,要是一般朋友或乡亲邻里来了,就泡上一壶茶,然后倒进一个个小杯子里,分而饮之。我们在皖南茶农家接受的就是贵客的礼遇。

江南人也喝酒,但很含蓄,敬酒而不拼酒,兴之所至,随意而为。长江以南大多是低度酒,很少喝到北方的烈性酒,即使喝了酒,酒后的待客之道还是喝茶,喝的是红茶,红茶是暖性的,养胃健脾,以利解酒。而在江北喝完烈酒后,即使坐到了茶楼里,也不喝茶,而是喝红酒或啤酒,成捆成箱地喝,是谓"涮涮胃",那种雪上加霜的酒精将以最快的速度让你就地趴下。江北人的豪爽体现在先让自己喝倒,一旦主客都喝倒,那就算是待客的最高境界了。

酒让人热血沸腾,茶让人神清气定。江北人粗犷豪爽,江南人精致细腻,这种文化性格的差异突出表现在生活方式的不同,而生活方式不同的典型特征就是以酒和茶的生活细节选择来体现的。一般说来,酒以"喝"来命名,而茶则以"品"为叙事形态,喝酒与品茶,动作、姿势、情绪、状态、心境是完全不同的。

江南人喝茶是有讲究的,客人进门先敬上一杯茶,春夏新茶上市,以青花白瓷为杯,讲究色、香、味三位一体,而到秋冬季节,品茗老茶,当以宜兴紫砂杯或紫砂壶泡制,一是保温,二是保留茶叶的原味。在江南,泡茶的水甚至比茶叶更重要,山泉水最好,次之为井水,而用加了漂白粉的自来水泡茶是江南人无法容忍的。现在大都市里茶楼林立,而且讲究工夫茶,且无限将之拔高为"茶道",江南的民间很不以为然,日本人醉心于茶道,是因为他们没有茶,所以才把茶当酒喝,有故弄玄虚之嫌。

春天在江南品茶,品茶地点不只是一个背景,还是品茶的一个重要内容,春暖花开的季节,通常在树下,在溪边,在月下……我们在皖南山区的溪边老树下,捧着青白茶杯,临风近水,慢品细饮,沉浸于茶香四溢中时,就会觉得在城市的茶楼里简直就不能算喝茶,猩红的灯光,暧昧的表情,做作的姿态,混杂的烟酒味,让人如同置身于一个封闭的罐头盒里,那种经自来水泡制的长途跋涉而来的茶已经被篡改了味道和性质,那顶多算是概念化的喝茶,像是一种仪式。

　　清代有一把宜兴茶壶,壶盖上刻着"可以茶清心",这几个字概括了江南人品茶的全部内涵和气韵,它以一个环文句环绕壶盖,每一个字都可以打头,"以茶清心可""茶清心可以""清心可以茶""心可以茶清"。茶酝酿了江南人优雅、宁静、精致、细腻、浪漫的文化性格,也在塑造着中国人"宁静致远""天人合一"的人文理想。一种生活方式注解着一种文化气质,要想体验这一判断,就到江南来品茶。

　　(许春樵,中国作协全国委员会委员、安徽省文联副主席、安徽省作协主席、国家一级作家)

徽茶二三事

周志友

茶在我的生活中是有许多记忆片段的,尤其是徽茶。这里所说的徽茶,是特指地理意义上的徽州区域所产之茶。

安徽盛产名茶,徽茶之外的许多茶,如六安瓜片、霍山黄芽、涌溪火青、敬亭绿雪、舒城兰花等,都蜚声遐迩。倘以区域划分,徽茶的整体实力无疑名列前茅。黄山毛峰、太平猴魁、祁门红茶、屯溪绿茶自不待言,就是松萝、石墨、珠兰、老竹、滴水等也不可小觑。

2012年4月,休宁县政府主办了"作家走新安——探秘新安源"采风活动。此次活动,除了让我感受到新安江源头良好的生态环境外,徽州古老的民俗遗存,则让我更强烈地感受到了徽州人做茶时对茶的敬畏之心。

新安源头的六股尖,峡谷幽深、峰石峥嵘、溪流明澈、瀑布飞泻。休宁鹤城乡右龙村,就藏在六股尖山麓五股尖的山脚下。村外四周群山环抱,村内处处古树掩映。山川寂寥,林木萧萧。穿梭在幽静的古亭、古庙、古祠堂、古民居之间,让人有时空恍惚之感,如入"不知有汉,无论魏晋"的桃花源中。

傍晚时分,村里有了动静。从田里归来的村民,家家户户都在忙着整理龙灯。天黑后,人们都出来了。村民们像过节一样,伴随着铿锵的锣鼓声,板凳龙热火朝天地舞了起来。气势恢宏的龙灯,连同舞前极有仪式感的祈祷,令人浮想联翩。右龙村舞板凳龙的习俗,已有千年历史。站在高处远望,一条一条的板凳接成了长龙,龙灯闪闪烁烁,从小巷到田野,从田野到山间,再从山间曲曲折折,穿透万千大山的夜色,直抵没有尽头的一个又一个朝代。

右龙村、新安源村、石屋坑村、茗洲村……这些汇聚在五股尖下的古村落,农业大都以林、茶为主。在经济收入上,茶叶所占的比重更大。"做茶我们是非常小心的,我们的茶园,从不敢打农药,也不用除草剂,我们的茶,是纯天然的有机茶,你们喝喝看,就是不一样。"蒙蒙细雨中,一位头戴斗笠正在用手拔草的茶农告诉我们,"头上三尺有神明,做茶,上要对得起祖宗,下要对得起喝茶的人"。

茶农的话不虚。在黄山的一家有机茶研究所,我们了解到,徽州许多有机茶基地都在模拟自然生态管理茶园,使茶树生长与茶园生态系统和谐统一。"和谐"这两个字,在徽文化中意义非凡,是徽文化之光。无论是徽商、徽菜还是徽派建筑,其中都闪耀着迷人的和谐之光。半壁山房,一盏清茗。夕阳透过窗户,打在绿色的国家有机产品 OTRDC 认证书上,熠熠生辉。这一刻,想到两句曲词:"凡事都有定期,天下万物都有定时。"

徽州名茶实在太多,以至于像松萝这样的名茶都被黄山毛峰、太平猴魁所遮掩了些许光芒,如同休宁境内的齐云山被黄山遮掩一样。实际上,说到徽茶,产于休宁的松萝是不可不提的。松萝茶的技艺,早在四五百年前就已炉火纯青。喝过松萝茶的人都知道,喝头几口或稍有苦涩之感,但细品则会品出其中的甘甜醇和,这便是茶叶中罕见的"橄榄风味"。名茶多多,但具有鲜明个性的好茶凤毛麟角。

但我对松萝茶产生深刻印象的,最初并不是茶叶本身,而是茶的包装。2007 年,我去徽州采访,朋友送了我两罐松萝。没有品茶,我就被蓝印花布收口的外包装吸引了,加上传统的白铁圆罐,让我一下子就对松萝产生了深刻的印象。那时,大多的茶包装都是中规中矩的,松萝与众不同,不仅让人耳目一新,更让人想到了茶的产地休宁。

休宁是状元县,具有深厚的文化底蕴。时任县委书记的胡宁,送了我三本由他主编的著作,第一本就是《休宁——中国有机茶之乡》,加上《休宁——中国第一状元县》和《休宁——中国乡村旅游福地》,顿时让我对休宁肃然起敬。后来,我多次来过休宁。有一次,在山中民宿小住,隔窗望着细雨中的远山,品尝着吸取天地之精华的新茶,竟有飘逸天地间之感。徽州人做茶,是把文化往深里做的。徽茶之所以蜚声华夏甚至海外,正是因为一代又一代徽州人的不懈努力。

因有喝茶的习惯,即使出国,我也会带上茶叶甚至热水壶。2013年,携《艺术界》去巴黎参加期刊展会,展会结束后,我在巴黎逗留了一段时间。有一天,和朋友去咖啡店,点单时,我突然想喝茶——不只是因为带的茶叶喝完了,其中多少有些离家太久的缘故。看到店中有斯里兰卡的乌伐,就要了一杯。斯里兰卡的乌伐、印度的大吉岭和中国的祁红,并称世界三大高香红茶。结果大失所望。这杯折合人民币50元的世界名茶,实际上只是一杯袋泡茶,虽然网状细密的茶包十分精致,但茶味却十分寡淡。说到底,我们也不是真正的茶客。越是名茶,越有严格的产区之分。海拔和气候不同,再加上冲泡和调制方法不同,口味肯定也不一样。"橘生淮南则为橘,生于淮北则为枳。"朋友说:"我喝过你们安徽的祁红,那真是好茶。"我想起来了,朋友在北京工作时,他喝的祁红,有一段时间都是我送的。对好友和重要的客人,祁红是我首选的礼品之一。

世界上的事情,许多都是说不清的。对茶的感觉,每个人也都是不一样的。喝什么茶,用什么水泡,用什么茶具,什么时候喝,在什么地方喝,跟谁在一起喝,天差地别。见识、感受、想象、行为,也是如此。徽州风景秀美,徽茶天下有名。只有来徽州品茗赏景,真正体验过了,你才能说:我知道。

(周志友,中国作家协会会员,曾任安徽省影视艺术家协会副主席、《艺术界》主编)

历史的细节

潘小平

1662年4月里的一天，已经无法知道确切的日子了，英王查理二世迎娶了葡萄牙布拉干萨王朝的凯瑟琳公主。春草葳蕤，春花怒放，正是海洋性温带阔叶林气候的英国一年中最好的时候。公主的嫁妆史无前例的丰盛，葡萄牙一次性给了英国200万金克鲁扎多（"克鲁扎多"是旧时葡萄牙发行的一种金币或银币，背面刻有十字架图案）。同时，葡萄牙还把摩洛哥的丹吉尔港、印度的孟买等殖民地，也都给了英国。不过这些对于我们来说，都无关紧要，重要的是，凯瑟琳公主丰盛的嫁妆中，有一个装饰精美的小匣子，里面装着的是神秘的黑色叶片。

就是这样一个小匣子，改变了英国人的生活方式。

而在遥远的东方，无论是刚刚建立起来的大清，还是行将灭亡的晚明，对此都还浑然不觉。

1662年是清康熙元年，南明永历十六年，广袤的中华国土还处在改朝换代的混乱之中。但来自中国福建武夷山的红茶仍漂洋过海，源源不断地进入葡萄牙和荷兰。这是欧洲饮茶最早的两个国家，在凯瑟琳公主嫁入英国王室之前，英国人并不饮茶，更没有喝"下午茶"一说。但查理二世是在荷兰的首都长大，喜欢上了饮茶。早年他父亲查理一世被克伦威尔处死后，他被迫流亡荷兰，1658年克伦威尔去世，英国政坛陷入混乱，查理二世1660年从多佛登陆,回到了伦敦,于1661年4月加冕。颠沛流离的流亡生活,很大程度上助长了他耽于享乐和及时行乐的习气。历史上他被他的子民称为"快活王"或"欢乐王",个性张扬,随心所欲,而且极度好色,情妇无数。虽然王后凯瑟琳没有为他生育子女,他却和情妇们至少育有14个私生子。想象一下,在漫长而寂寞的后宫岁月中,凯瑟琳公主的大部分时间,应该是靠喝"下午茶"来消磨。

"下午茶"一词就这样出现了。

从西方大航海时代开始,红茶就从中国走向欧洲,而受凯瑟琳公主的影响,红茶很快就风靡于英国贵族圈子,并最终演化出喝"下午茶"这一典雅端庄的社交仪式。茶壶、茶盏、糖罐、甜点、奶油和奶酪、环境与布置,都是"下午茶"的重要元素,也是英国上流社会的一种展示。在异国他乡,在寂寥的午后,凯瑟琳沉浸于"下午茶"所营造的怀旧氛围,对查理二世的风流韵事充耳不闻,视而不见。如果伉俪情深,或是有几个孩子,她会不会还沉溺于"下午茶"的慵散奢靡之中?"下午茶"还会不会借王室之手风靡英伦乃至大半个欧洲?但历史没有如果,只有结果,而这结果往往起始于偶然。《英使谒见乾隆纪实》一书记载:"在不到一百年的时间内,茶叶在英国的销售量增加了400倍。英国本土、欧洲、美洲的全体英国人,不分男女老幼、富贵贫穷,每人每年平均需要1磅以上的茶叶。茶叶已经成为英国各级社会人士的生活必需品,而当时只有中国出产茶叶。所以,英国急于与大清帝国建立外交关系,其主要目的之一,就是确保英国必不可少的茶叶供应,削减英国巨大的贸易赤字等。为此,英国国王乔治三世以为乾隆皇帝祝寿为由,于1792年,即乾隆五十七年向清王朝派遣了由特命全权大使、资深外交官乔治·马戛尔尼勋爵率领的,包括军事、测量、绘画、博物、航海等各方面专家,以及海军官兵在内的600多人的访华团。"

为了讨好清帝国,英使为乾隆爷奉上的寿礼异常丰厚,其中包括英国当时最先进的科技产品,并请求在北京设立大使馆。当时,欧洲主权国家之间互派常驻外交使节已经成为常态。但由于种种原因,特别是语言障碍,清政府竟然没有一个懂英语的,英国在北京建立大使馆的计划及通商的要求遭到了拒绝。乾隆在给英国国王的回信中自称"天朝",称在北京设立大使馆不符合"天朝定制",错过了一次重大的历史机遇。四十年后,大清帝国的国门被大英帝国的炮舰轰开。

历史的背后潜藏着无数改变历史走向的细节。

18世纪中叶,英国对茶叶开始征收119%的高额关税,导致茶叶走私猖獗。来自荷兰及斯堪的纳维亚国家的船只把茶叶偷运到英国沿海地区,走私茶的数量几乎与合法进口茶的数量差不多,造成英国茶税大量流失。为了追逐高额利润,走私犯们向茶叶里掺假,如锯末、柳树叶、甘草、黑刺李叶等,甚至把已经饮用过的茶叶晒干之后,重新添加到新鲜的茶叶里。直到1784年英国把茶叶关税从119%降到12.5%,茶叶走私活动才宣告结束。

19世纪初,英国进口的茶叶仍然100%来自中国,长期占据茶叶进口第一大国的地位,直到1997年被俄罗斯所超越。

在17—18世纪的欧洲,红茶作为"华丽社交"饮品的标识十分著名。但祁门红茶沿蜿蜒曲折的徽道,越过重洋进入英伦三岛,应该是在1875年之后,这一年胡元龙39岁,余干臣生卒年不详,想来也已经人到中年。2017年,我在祁门、东至一带拍摄纪录片《茶与禅》,两地关于"祁红"的创始人是胡元龙还是余干臣,争得很厉害。祁门人说是祁门县南乡的胡元龙,东至人说是至德县尧渡街的余干臣,各不相让,据理力争。"至德"是"东至"的前身,1959年5月,至德和东流两县才合并为东至县。但这又有什么可争吵的呢?不论谁是创始人,在1875年这个时间点上,"祁红"已横空出世,并且很快就名扬四海。

1875年早春,在福州府当着九品税课小吏的余干臣,带着仆从,挑着行李,走进至德县的尧渡街。夕阳西下的时刻,尧渡老街的石板路及路两边的街铺,都笼罩在余晖之下,让余干臣倍感心安。这是回到故乡皖南的第一座县城,背井离乡七八个年头,真有几分"近乡情更怯"之意,何况自己这趟回来,又是以"革员"的身份。同治十三年(1874)五月,日本侵占台湾,清政府派沈葆桢为钦差大臣,赴台办理海防,余干臣随行。而余母恰在这一年去世,因未能按照吏部规定返乡"丁忧"三年,余干臣遭人举报,被革职"永不叙用"。按说那个芝麻税务官也没啥可留恋,但是同僚的背后插刀让他心灰意冷,从此绝了仕宦之念。作为当时中国最大的茶叶出口口岸——福州口岸的税务官,余干臣深知红茶市场的广阔,于是他没有回家,而是在靠近击壤桥边的下街头,租了一个两进三开间的铺面,仿照"闽红"制法,开了一家红茶庄。2017年初冬,午后的慵闲时光,我和摄制组一行,进入据说曾是余干臣红茶庄的百年老铺,屋主人拿出一个百年前的老布袋,将上面的"字号"指给我看。不清楚是不是余氏后人,也不清楚是同宗还是旁系,但经岁月浸染的老布袋非常具有"代入感"。

如果余干臣不革职还乡,红茶的历史该怎样书写呢?

但祁门人不这样认为,没有余干臣怎么了?没有余干臣,胡元龙独坐"祁红"江山!胡元龙幼读诗书,兼进武略,年方弱冠便以文武全才闻名乡里,18岁辞"把总"职,在老家贵溪村的李村坞筑五间土房,植四株桂树,名"培桂山房",从此一心一意垦山种茶。清光绪以前,祁门只产安茶、青茶,不产红茶。1875年胡元龙筹建"日顺茶厂",请宁州师傅舒基立按照"宁红"制法试制红茶,被祁门人奉为"祁红"的创始人。

好了,现在我们知道了,在1875年这个时间节点上,余干臣和胡元龙同时出现。

"祁红"主要产于安徽的祁门、东至、贵池、石台、黟县,以及江西的浮梁一带,而以祁门贵溪至历口这一区域所产最为经典。"祁红"锋苗秀丽,色泽乌润,俗称"宝光",带有蜜糖的香味,上品"祁红"甚至蕴含兰香,似花、似果、似蜜,国际上称之为"祁门香",独一无二。不知为什么,在国际红茶市场上,日本人称它为"玫瑰"。1892年,在"祁红"诞生的第十七个年头,《牛津英语大词典》里新增了一个词语,即 keemun black tea,并且一直沿用至今。

(潘小平,安徽省散文随笔学会名誉会长、安徽大学兼职教授)

雨后，深山小寺品茶

洪　放

雨停之时，天光亮了起来。小寺里渐渐清明了。

我坐在简陋的厢房里。老当家师手捻佛珠，也从雨后的天光里慢慢地抬起了头。

话题还是茶。

上午，我徒步到这徽州的深山小寺来。寺无名，原来正门上的名字被磨去了。谁也不愿再加个名字，老当家师说，就这样了，也好。

正是茶季，我不问佛，只说茶。

老当家师却不多言语，只静静地听。小寺里只有我一个人的声音。到了中午，下雨了，山雨覆盖了小寺，寺中都是雨声，清清冷冷的。

唯一的小沙弥在饭后午睡去了。雨停之后，他的梦并没有醒。

忽然，老当家师起来，告诉我：等一会儿，我要为施主上茶。说罢出门。不一刻，就携来一竹筒和一小炭炉。又打了一壶水来，燃上炭炉，静等水开。

其间，除了动作，没有声音。

水开时，白气往上升腾。老当家师取来小泥壶，打开竹筒，往壶里放进茶叶。以竹筒贮茶，我是第一次见，想问却没有说。

茶叶在冲进的沸水中静立。

少顷,老当家师再冲入第二次沸水,如是者三。他持壶倒茶,茶在小泥杯里,微黄,恬静。

我正端杯,老当家师开口了:且慢,茶在外,当以心品之。

我便问:心如何品?

心法自然,有心即为无心,无心便是有心。

哦……

茶在我的手中,清香正不断地滋润。这一刻,我是不知如何品得了。

老当家师还在捻着佛珠。

下午雨后的阳光从西窗照进来,小泥壶发出淡黄的光泽。老当家师睁开眼,见我仍未品茶,便笑道:茶为物,心为上。无心便是有心,且随心。

我突然有些明白了。

一杯茶下去,果然开始澄明。我原本想问:深山小寺,一老一少,寂寞不?但现在多余了。

一整个下午,我悠悠地品茶。老当家师只说了几句简单的话。黄昏时,我也没有告辞就下山了。走出寺门不远,小寺里传来了木鱼声。

小沙弥一定是醒了。

(洪放,中国作家协会会员、安徽省作协副主席、合肥市作协主席)

我用茶香祈愿健康

裴章传

　　这几年来,我的身体每天都在茶水里泡着,泡出了一身茶香。因此,我的春天是香的,我的冬天也是香的。

　　我的职业就是一天到晚蹲在屋子里,看看书,码码字,即所谓的"专业作家"。有一段时间里,为了赶写一个剧本,几乎没有出过门。我家的四面墙壁是我生活的边界,外面的世界都在我的窗口里。我从窗口看大街上人来车往,看路边的鲜花开放,看小鸟从我的窗外飞过。60多万字的剧本写完了,单位喊我去体检,我在那个夏天生病了:脂肪肝,高血脂,高血压。我几乎要倒在那个夏天。

　　医生告诉我,由于缺少运动,我的身体内部失调了,各个零部件之间的配合有些混乱了,就像那个夏天,一会儿大雨倾盆,水涝成灾,一会儿骄阳似火,土地龟裂,禾苗枯萎。现在要安下心来调理。医生说:大雨来临,要疏通河道,让雨水顺利排泄;旱情出现,应马上放水浇地,让禾苗正常生长。于是我住院了。医生安排我做了一大堆检查,还说就像河道勘探,水源在哪里,流经什么地方,这些必须先搞清楚。不同的地形就会有不同的流速,水的温度也不一样,含沙比也不一样,还有水位高低、落差大小等。我怀疑这医生在当医生之前,一定是做河道清理工程的。可惜这医生是个女的,而且年轻,还十分漂亮。

出院时,医生给我开了一大堆西药。她特别交代:这些都是为了给你清理血管、调节内分泌系统的。我这才明白,她总是拿河道说事的含意。

对于西药,我历来抗拒。这回不吃不行了,但我私下里把医生开的药量减半,有时忘记吃了,忘了就忘了吧。出院不久后,我参加了省里的徽茶经济调研,找到了清理"河道"的新途径。徽茶名扬天下,尤其是黄山毛峰、太平猴魁、屯溪绿茶等,百茶显尊。那一天,我们来到了黄山休宁县。八百里新安江吐玉喷珠迎面而来,一山碧而四野绿,真是一块风水宝地。在县城的一幢古色古香的小楼前,我看见了一块"松萝茶"的金字招牌。招牌的字是一位书法名家写的,我对这位名家的字肃然起敬。茶店的主人迎出门热情邀我们一行人进店,一股疑似橄榄的茶香味扑鼻而来。门厅很大,干净整洁,货架上摆放了许多不同档次的松萝茶样品。在另一排玻璃柜台内,也有毛峰、猴魁、红茶、炒青等。还有几款以前很少见的,如"珠兰花茶""老竹大方""滴水香"等系列的黄山当地名茶。

这家店的老板姓王。他自我介绍时显得有些自豪的样子,声音突然亮了许多。他说松萝茶生产基地的总老板叫王光熙,是他的家门亲戚。在黄山地区,松萝茶的门店很多,以经营松萝茶为主,也兼营各种徽茶。他从一只大铁皮桶里捧出一捧新茶,自己先闻一下,鼻子皱了几皱,然后让我们一一闻过去。我们都夸香。他说这松萝茶可不只是香啊,更重要的是药用价值很高。他说不信你们翻翻1930年赵公尚编的《中药大辞典》看看呀,那上面就写着哩!当他介绍说松萝茶还可以软化血管、降脂降压时,我将耳朵竖起来听了。我要好好来品品这款茶。店主人坐在一张由树桩子加工成的茶桌前亲自为我们沏茶。卷曲成形的松萝茶经沸水一冲,立刻在杯子中翻滚起来,我想到了少女的舞蹈。不一会,所有的叶芽都站了起来,又慢慢地沉入杯底,如同我那时的心情,茶香之中,一切都安静下来。黄山出好茶,好茶等知音,我才喝一口,就觉得我已经是它的知音了。

我把松萝当知音,是因为我确信茶叶里面包藏着太阳与大地太多的秘密。巍巍黄山,群峰雄踞,溪流纵横,茶自峰生。在太阳的照耀下,日月精华齐聚,精、气、神三品集于一叶之中,这样的香茶是大自然的馈赠。茶叶并不高贵,粗茶淡饭与老百姓也能成为知音。但每一种品牌的徽茶都有自己独特的注释,它们都有一个共同的任务:维护健康,造福人类。我买松萝茶,间或也喝一点其他徽茶。我喝茶的量很大,黄山毛峰、太平猴魁之类要装大半杯,取松萝茶装茶杯的五分之一正好。夫人说喝浓茶睡不着觉,为了调节"三高",睡不着觉正好多写一点小文章。

我不知道我身体内的"河道"是否都疏通好了,但我知道我生命的长明灯是我的心脏,那些清香的茶水缓缓流入我的体内,渗透到我的每一根血管,茶水成了我身体最亲切的清道夫,在慢慢修补我曾经受伤的循环系统。几年了,我坚持喝松萝茶及其他绿茶,我的免疫系统的"继续革命"一天也没停止过。它们带着大自然的精华,兵来将挡,水来土掩,成功组织一场又一场"健康保卫战",最终实现了我身体内部的基本平衡和协调,与健康共呼应。

五年不止了吧?我的身体与徽茶签约了。我让自己的五脏六腑在茶水里浸泡,只要肚子能装得下,一杯浓茶毫不犹豫地一饮而尽。我学会了泡茶,从温壶开始,投茶、醒茶,冲泡时间不宜太长,茶汁出来了就可以饮用。泡茶犹如人生,只有倾注沸水般的激情,才能让叶片舒展,茶香四溢。

我注意观察了,泡茶的过程其实就是把叶片的灵魂与它的肉体分开的过程。我们要的是嫩黄色或浅棕色的液体,几泡之后,茶渣如同颓废的思想观念一样,被我毫不怜惜地抛弃。我喜欢的茶香不是招摇的枝条,而是能稳定我人生的根系。我的房间、我的书桌、我的每一本书,都已经被熏出了茶香味了,我的四季、我的晚年也都是茶香味了。这个冬天,再往后是春天、夏天、秋天,我以嫩黄色的茶香祈愿健康。

(裴章传,国家一级作家、省政府文史馆馆员、安徽省作家协会原副主席)

名人名茶摭谈

戴 健

几年前首都的一家全国性媒体以《名人过年》为题做专版,邀约几位写手供稿,我写的是胡适结婚。1917年12月30日(农历十一月十七日)胡适在绩溪老家迎娶江冬秀时,已经"环游七万里,旧约十三年"。于是自书婚联:"三十夜大月亮,廿七岁老新郎"(廿:二十)。虚龄27岁的胡适和实龄27岁的"老姑娘"江冬秀的婚礼热热闹闹持续了三天,恰逢元旦。

这场新与旧、中与西掺和的婚礼,胡适的母亲和未婚妻等了十三年,从1904年春江冬秀之母吕贤英偶见冯顺弟膝下的小胡适遂主动提亲之始,其间旌德和绩溪间相隔不过20千米的两家在走动中喝了多少茶,当忽略不计,唯婚约稳固耳。

康熙五十四年(1715)前后,胡适的高祖父胡德江在上海开"万和"茶铺,经营徽茶。稚龄胡适往返老家前后曾寓居茶铺的后进。胡适的祖父胡奎熙后来又在上海开设了"茂春"茶号。徽州山水的孕育和家族营商环境的熏陶,使胡适一辈子与茶结缘。

胡适嗜徽茶。留学美国的胡适1914年鸿雁传书:"乞母寄黄山柏茶,或六瓶或四瓶,每瓶半斤足矣。"1916年他又回函其母:"前寄之毛峰茶,儿饮而最喜之。至今饮他种茶,终不及此种茶之善。即当来往儿处之中国朋友,亦最喜此种茶。儿意若烦吾母,今年再寄三四斤来。"黄山毛峰因为"白毫披身",很容易让人联想到黄山云雾,故胡适"最喜之"。

抗战全面爆发后胡适出任驻美大使,万里寄茶的人换成了妻子江冬秀。1938年胡适在给江冬秀的信中提道:"你7月3日的长信,我昨天收到。茶叶还没有到?"待茶收到了,他又立即回函:"茶叶六瓶都已收到了。"胡适又曾致函江冬秀,谓"收到茶叶两批,一批是你寄的,两箱共九十瓶,另红茶一盒。一批是程士范兄寄的红茶五斤。两批全收到了。1940年7月29日"。胡适的绩溪老乡程士范,几年前刚刚实现了"在安徽的地图上画一条线",主持设计建造了淮南铁路,日本侵略军攻入安徽前又断然指挥毁路,以免资敌。他给胡适寄茶叶,其实是在诠释"海内存知己,天涯若比邻",延续跨越时空的友谊。这里提到的红茶,当属祁红无疑。1915年,上海茶叶协会和"忠信昌"号选送的祁红已在美国旧金山举办的巴拿马万国博览会上获头等金质奖章。

祁红不仅是中国十大名茶中唯一的红茶,又名列世界三大高香名茶之首。欧洲文艺复兴时期及以后的作品中,常描写上流社会有喝下午茶的习惯,其中的珍品就有祁门红茶。祁红又"出口转内销",留学归来的钱锺书和杨绛夫妇每每品下午茶,还亲自动手,给来访的傅雷夫妇、林徽因、费孝通、朱自清、胡适等沏茶。钱锺书的小说《围城》和后来改编的同名电视剧中多有喝茶场景。他们家的茶席俨然是文人雅士的沙龙。杨绛说最喜祁红晶莹的色与浓郁的香,她的一本散文集就叫《将饮茶》。她的女儿钱瑗说过:"妈妈的散文像清茶,一道道加水,还是芳香沁人。"合肥"张家四姐妹"中二姐张允和和夫君周有光从韶华到迟暮,俩人上午喝红茶,下午喝咖啡,还碰杯两次,六十年如一日不间断。

我曾经考察过老祁门茶场和新的祥源祁红基地,感觉是一片枯木逢春、欣欣向荣的景象。在贵池池口路上的贵池茶场,主人向我们介绍,这里是中华人民共和国成立初期祁红工业化生产时响当当的大厂,国家的创汇大户。品牌"润思"的祁红就近从长江顺水而下,输往世界各地,蜚声遐迩。如今,老厂房和机器设备成功入选第二批中国 20 世纪建筑遗产项目,被认定为第三批国家工业遗产。祁红是"群芳最",1979 年邓小平视察黄山时曾赞誉"祁红世界有名"。

太平猴魁是我的最爱,我家就有装此茶叶的磨砂玻璃杯和泡此茶叶的高玻璃杯。把叶子竖着放进杯中冲上水,看它们发散开来却"挺直腰杆",煞是有趣。忆及在猴坑乡下,我曾特地停车,钻进山民的茶作坊,看他们把嫩芽一片片卷起来,这个细活很烦琐、很辛苦,后面还有杀青、毛烘、足烘、复焙等多道工序。猴魁量少,更显金贵。由此我想到在奉职主编《合肥历代1000 名人》时,记载了王魁成。王魁成行二,又名王猴子,庐江长冲人,清咸丰年间避乱迁居太平猴坑,以帮工种茶为生,后在凤凰尖泼水函垦荒种茶。他先偷学再研发,分期采、分批制,独取粗细均匀的一芽二叶,精制的"王老二奎尖"品质超群,具有"两头尖,不散不翘不卷边"的特点,头泡香、二泡浓、三泡四泡还耐冲。太平商人刘敬之慧眼识珠,以"猴坑"和王魁成之"魁"再冠以地名,定名"太平猴魁",在巴拿马万国博览会上亦获金质奖章。1956 年,太平猴魁被中国茶叶公司评为全国十大名茶之一,后成为国家礼品茶。王魁成是公认的太平猴魁创制人,而其伯乐——开明士绅刘敬之抗战时不仅送子参加新四军,还两留周恩来在家中歇息,两次给周恩来寄茶叶,被周恩来誉为"义薄云天",成为重要统战对象。中华人民共和国成立后,刘敬之被安排为安徽省文史馆馆员。

古往今来,名人咏茶诗数不胜数,比较特殊的是唐人元稹的一首宝塔诗:

茶,

香叶,嫩芽。

慕诗客,爱僧家。

碾雕白玉,罗织红纱。

铫煎黄蕊色,碗转曲尘花。

夜后邀陪明月,晨前命对朝霞。

洗尽古今人不倦,将知醉后岂堪夸。

真乃是:品茗如品诗,香叶泡香茶。茶品如人品,咀华气自华。

(戴健,中国史学会会员、安徽省政府文史研究馆馆员)

徽 茶 飘 香

甘 臻

晨雾缭绕。谷雨时节。新安江畔。

晨雾缭绕,凝成几许露珠,打在脸上,脸上清凉的滋润。深邃的山峦,脚步声由远而近。脚步声源自琉璃瓦、马头墙的江边古宅,节奏感很强,似山风轻刨大地,又似勇者搏击浪花。太阳没出来,笑靥就是太阳,挂在脸上。脚步声止。看不见绿色,黑黢黢的。凭感觉,绿色就在眼前。眼前是一片茶园,名曰五福茶庄。

东方露出了鱼肚白。霞光如辛勤的渔民在天际撒网。蓝黑色的网帘渐渐被金色照亮。几朵棉花似的轻柔的白云,被霞光抹上了迷人的橘红色,镶上了金边。接着,东方就是红晨潮。

采茶女,是的,江南采茶女。她们头戴精致的饰边的草帽,身穿蓝花的束腰的布褂。玲珑剔透,质朴清朗。十几个人,年龄从20岁,间或可以数到60岁。她们以喜悦的心情扫视着茶园,又扫视着东方。她们在等待着一个简洁而又庄严的仪式的开始。

这里的男人,便是我朋友孙先生和我。我们虔诚地站在人形队伍的前列,注视着东方。太阳跳出东方地平线的那一刹那,孙先生约我一起喊"采"!气宇轩昂的呐喊,响彻四方,似是号令,采茶女争先恐后,一个个如同体育竞技者,冲进茶园。谷雨前后的第一道茶便以这种带节奏且有仪式感的方式开采了。

孙先生是这片茶园的主人,我戏称他是一个茶人。之前他转业到地方,承包了这片茶园。茶园 100 亩,茶名黄山毛峰,也即徽茶,我有时也开玩笑地喊他孙毛峰。这是十余年前,他邀请我参加他的五福茶园"头采"仪式的场景。真是莫大的荣幸,所以我之前急不可待地驱车 300 余千米,友情和幸福感满满。

为什么头茶要选在谷雨前后?孙先生说,这是前人总结的经验,亘古未变,至今无人反驳,也无人更改。接着他搬出他视为信条的前人的理论。"谷雨",乃"雨生百谷",这个时候长出的新芽,滋润、饱满、清香、鲜嫩、富养。明代茶人许次纾在《茶赋》一书中就说:"清明太早,立夏太迟,谷雨前后,其时适中。"唐代诗人齐己在他的《谢中上人寄茶》中,不仅表达了将新茶寄给友人的礼数,更是描绘了谷雨采茶的场景。他在诗中写道:"春山谷雨前,并手摘芳烟。绿嫩难盈笼,清和易晚天。且招邻院客,试煮落花泉。地远劳相寄,无来又隔年。"云云。

孙先生引经据典的"说辞"令我折服。茶主人俨然"茶博士"。那天下午,孙先生带我参观五福茶庄黄山毛峰的流水线制作过程。新茶采摘之后,运到温暖的制作间,打称、揉捻、烘焙,几个时辰后,清香扑鼻的毛峰新茶便呈现在我们面前。孙先生顺手拎起一件,引我至他的茶庄木屋。我们端坐茶几两端,他拿出事先准备好的精致的玻璃茶杯,将热气消停的新茶抓取一小撮轻轻放入,然后倒入烧开的山泉水。他让我观察杯中茶叶的变化,语气中带着一种神秘和自信。茶叶见到水,精灵般地跳跃。植物是有生命的,在这里,生命更加充实、饱满、鲜活,有血有肉。也许是外部的静谧和空灵,让这些无忧无虑跳动的精灵应景而止。它们沉鱼落雁一般,瞬间编排出完美而又自然的"堆砌"的造型。缕缕清香,在眼前静如止水的空气中自然弥漫,沁入心脾,也穿堂过窗,融入外部的空间,化为无影无形。我和孙先生不约而同地端起杯,贪恋地呼吸,蜻蜓点水一般地汲入,细细地品味。甘泉入体,似春风化雨,心旷神怡矣。白居易《山泉煎茶有怀》中写道:"坐酌泠泠水,看煎瑟瑟尘。无由持一碗,寄予爱茶人。"我就有这感觉。

关于茶,古代文人喜以茶饮为乐,品茶作诗,相得怡然。我特别喜爱卢仝。卢仝品位高,学识渊博,不仅酷爱饮茶,还是一位诗人。《全唐诗》中收录他的诗作八十余首,但以茶为题的只有一首,堪称旷世杰作。其诗为《走笔谢孟谏议寄新茶》:"日高丈五睡正浓,军将打门惊周公……"诗有点长,这里不一一抄录。这是卢仝品尝友人谏议大夫孟简所赠新茶之后的即兴作品,意即为,饮茶成为达官贵人之雅兴,殊不知采茶人有多艰辛,卢仝忧民间之疾苦一目了然。仅凭这首诗,卢仝被后人尊称为"茶仙""茶中亚圣"。

卢仝是"茶中亚圣",那么"茶圣"是谁呢?陆羽矣。我和孙先生一样,推崇陆羽。动荡的年代,陆羽远离尘世,独辟蹊径,看似游山玩水,却是心无旁骛,一生就一个主题:茶!一部《茶经》,集茶之大成,文字之精妙,学问之高深,谁人能及?

中国是茶叶古国。茶马古道,丝绸之路,千年茶叶飘香。泱泱大国,礼仪之邦,中国人以质朴友善的情愫,与世界互联,为人类文明播撒火种,茶叶功不可没,善莫大矣。

最后还是说到黄山毛峰、五福茶庄和孙先生。孙先生的五福茶庄规模不断扩大,黄山毛峰向产业化、精细化发展,并开辟"云端"平台,路越走越宽,五福茶庄已经升格成五福集团。七八年前,孙先生突然宣布了一项惊人的举措,他要在新安江的上源,率水河的下游,打造"安徽的博鳌",即"世界徽商论坛永久会址"。这里离屯溪老街仅二十分钟的路程。艰辛投入,必有回报,现已初具规模,要不是疫情影响,都已经开业了。前不久,他邀我去他的"世界徽商论坛永久会址"看一看。这一看,我被震慑了!我在想,"世界徽商论坛永久会址"落成后,以后的徽商国际大会不一定在合肥、香港开了,八方宾客汇集黄山脚下,率水河边的"世界徽商论坛永久会址"就是最理想的场地。

祝福孙先生和他的事业！感念徽茶飘香！

（甘臻，中国作家协会会员、安徽省网络作家协会副主席、鲁彦周研究会副会长）

寒夜客来茶当酒

赵宏兴

平生不喜烟，不喜酒，唯一爱好是喝茶。每次坐到书桌前，首先是泡一杯茶，水要煮开的沸水，茶要绿茶，沏半杯即可。一杯茶置在手边，心便安定下来，进入状态。休息时，啜一口，清幽淡雅在舌间缠绕。

茶进入我的生活很晚。从童年一直到青年，我们渴了都是舀家里水缸里的水牛饮一顿。有时，夏天行走在田野上，渴了就找个水塘，捧起塘水喝几口，也很正常。那时的塘水清澈干净，现在说起来，都像天方夜谭，在当时却是真实的。

我的父亲在供销社工作过，炎热的夏天，他也要烧开水喝，这与我们不同，也让我们瞧不起，一位农民喝啥开水。我们不帮他烧开水，他就自己烧，烧得一身汗水，然后再把开水灌进暖水瓶里。

父亲虽然喝的是开水，但也只是白开水，茶叶是没有的。有一年冬天，父亲从县城回来，带回一小包茶叶，说是姑父给的，姑父在县城轧花厂工作，他有机会喝到茶叶。我们也跟着品尝起了父亲带回的茶叶，发现这茶里有一股樟脑丸的味道，实在难喝。后来才知道，姑父也是一个土包子，他把茶叶放在盛衣服的箱子里，箱子里有樟脑丸，时间一长，茶叶也浸上了樟脑丸的味道。姑父舍不得扔，就给了父亲。父亲也舍不得扔，就把这浸了樟脑丸味道的茶叶坚持喝完。这大概也是父亲一生的写照——节俭、隐忍、坚韧。

参加工作后,我才有机会接触到茶叶。

那时,有一位要好的同学,他的舅舅家在泾县,他不断写信给我,让我帮他推销茶叶,我刚参加工作,哪有人脉和资历搞推销?便回绝了他,从此,他就和我断了联系。

有一次,我听两个同伴议论怎么使茶叶保鲜,一个说,要用一个铁罐子,在底下垫一层卫生纸(那时还没有现在的抽纸),把茶叶放进去,再在罐口垫上一层卫生纸,然后封好,放到冰箱里,这样茶叶可以过夏,保持新鲜。听他们这样议论,觉得是在说一件高贵的东西,离我的生活很遥远,不免心生许多羡慕。

那年,亲戚给了我一袋茶。一个绿色的塑料袋子,装着鼓鼓囊囊的茶叶,我小心地用剪刀剪开,倒出里面焦干浓缩的茶叶,一股清香扑面而来。撮一点茶叶放进杯里,用开水一泡,茶叶浸开了,在开水中上下漂浮。那是我喝得最香的开水,想想父亲当年喝的白开水,觉得他太不容易了。

茶叶也寄托着友情,每年春天,都有朋友送茶叶来,我也把茶叶送给别的朋友,这种交往就是古人说的君子之交淡如水吧。茶是喝的东西,品茶是多么开心的事。后来接触到了茶楼,里面气氛温馨,两个朋友对饮着,淡淡地说着心里的话,没话时,便看玻璃杯子里尖尖的茶叶沉在水里,像人一样沉静。

茶在文人笔下总是诞生万千情感,"商人重利轻别离,前月浮梁买茶去""寒夜客来茶当酒,竹炉汤沸火初红"。还是喜欢贾平凹的《暂坐》,故事发生在茶楼里,美女身在茶楼里,道尽人间世相。身在安徽,最喜欢的还是徽茶。徽州,在地理上,处在北纬30度,每次走在皖南的崇山峻岭中,抬头向山坡上望去,看到满山的翠绿氤氲在云雾中,便想到满口的茶香,顿觉内心清爽,每一杯茶都可讲一个故事。

有一段时间,我对茶很着迷,什么红茶、绿茶、白茶,什么龙井、普洱、藏茶等,什么泡茶、煮茶、沏茶等,茶喝多了,我终于明白了一个道理:它们都不过是树上的叶子,喝的不过是人的心情,这才是真容。

(赵宏兴,《清明》执行副主编、文学创作一级、中国作家协会会员)

吃　茶

苏　北

我嗜茶如命。早饭后，必是一杯绿茶，好在安徽茶多。我喝过的安徽茶，少说也有几十种吧，我根本数不过来。

安徽到处是茶，皖西、皖南尤多。我曾到池州的霄坑寻过茶，也曾到霍山的东西溪乡的茶农家饮过茶。因工作关系，我去过徽州多次，曾得到过无数的黄山毛峰和太平猴魁。我以为太平猴魁天下第一，至少是绿茶中的第一。苏州的碧螺春和西湖的龙井，我饮得少，没有发言权。这也许只是我的陋见。多年前，我曾得到过一瓷罐的太平猴魁。我从来没有一次得到过这么多的猴魁，真是奢侈啊！那是一只青花瓷的大肚广口的圆罐，实则是一只坛，瓷质细而白。掀开盖口，一层一层的猴魁码放得整整齐齐。坛口喷香，那是猴魁特有的一种清香，我姑且称为"猴魁香"吧。

那个夏天雨特别多，我就在下雨时坐在窗台边喝。我爱读《红楼梦》，这一生读过《红楼梦》无数遍。有一个手抄本，是我早年手抄的笔迹。字虽潦草，可是自己青春的印记，所以拿起来就看。看自己的笔迹，仿佛是自己写的作品，别有一番滋味。我喝茶有自己的一套理论。茶当然是热的好，但凉了也有凉了的好处。热饮最好是一顿美餐之后，比如刚吃完一只阳澄湖大闸蟹，这时饮一杯热热的猴魁（茶水在嘴里要滚动几下），那最是神仙不过的了。我偶去登山，来回七八公里之后，坐下喝一杯茶。这时一杯凉透了的猴魁,一口气下去,喝干喝净。两个字:痛快!

我有一位朋友,在一个景点工作,平时客人来,有时全程陪同参观,也有时直接让导游去讲,他则坐在休息室休息,喝上一杯茶。他喝茶有个习惯,必一杯一杯清,中途一半从不续水。有时别人没注意,给他续上了,他则跌足不已。特别是喝好茶,他必杯杯清,三杯下来,他定一声断喝:爽!

喝茶有言:一泡水,二泡茶,三泡四泡是精华。但也未必,如喝猴魁,若是泡足了,必是浓、中、淡。这样三回下来,人不周身通透才怪呢。

那一罐猴魁喝下来,猴魁成了我的最爱,每年春天都思念猴魁。如若喝不到,仿佛这个春天就缺了点什么,于是就自己上街买。我住的街区有好几家茶叶店,小区出门右转,没隔几个店面,就有一家专营猴魁的。我光顾了几次,女主人甚热情,每次都请我坐下,先泡上一杯,供我品尝,尝了不买多有愧意,因此少则二两、多则三两地散买,回来细细品尝,可总是感觉没有曾经的好。不知是心理作用,还是真的不好。

但这猴魁之心结,算是实实在在地在心里结上了。

茶也是有机缘的,它在于遇见。那年到厦门,因在网上发了一个微博,得以结识作家南宋。南宋面白而身单,可极有热情,爱书如命。他给我寄他家乡邵武的古树茶。我原来只喝绿茶,觉得红茶"甜""饱人"。喝了南宋的茶,才知道发酵的茶也有好喝的。他给我寄茶已经有几年了,可我每次喝,都依然觉得好喝。

前不久得一款尤溪红,说是产于福建三明市尤溪县的台溪乡。这个地方我没去过,连尤溪县之名也是第一次知晓。福建多茶,尤以古树茶而著称。这一款尤溪红,入口清而绵。香是自然的,清、绵是什么感觉呢?说不好,也只有自己去感受罢了。

两天前的农历十月十二日,正是938年前苏东坡在黄州写《记承天寺夜游》的日子,我和老友丁兄忽发奇想,何不到郊区看一次月?也顺带祭奠一下这位千年文豪。于是二人于此月夜,带上酒与茶,专门找一僻静之所,看清月、祭子瞻。回来我记了一则:

辛丑年十月十二日夜,余与丁兄相约,至西郊蜀山之西一密林野坡。此时月在东山,吾俩至一沟堤,荒草漫坡,榛莽狼藉,然仰望天空,一轮冷月,四周清寂,万籁有声,惊鸟横塘而过,蓦然喇喇而飞,让人惊悚。至一坡处,豁然开朗。有一树孤立,下有石墩。此时月升中天,蜀山在望。于是二人席地而坐,置酒、茶于石上,先祭天月,复焚一手书《记承天寺夜游》,以祭坡仙。之后二人饮酒啜茶,长啸低吟,心凝形释,似与万物冥合。夜深复归,尽醉矣。

手记中只说二人醉而复啸,其实那一处草地极为洁净,不远处几丛乌桕,叶已深红,落了一地,覆于草上。我们睡下打滚,仰望夜空,乌桕疏影交横,清瘦伶仃,孤寂之美,不能忘也。

静夜喝茶,荒郊看月,也是喝茶之另一境界,殊难得矣。

其实中国古人对茶别有一种深情,而且浸淫之久,成为文化。李白、陆游、苏东坡、白居易等都有茶诗传世。白居易有诗云:"坐酌泠泠水,看煎瑟瑟尘。无由持一碗,寄予爱茶人。"(《山泉煎茶有怀》)自己喝着,还不忘远方的朋友,可有好茶焉?

看陆羽的《茶经》,他说,茶之为饮,发乎神农氏,闻于鲁周公。齐有晏婴,汉有扬雄……可见中国茶历史之悠久。《茶经》是一部妙书,他以茶之源、之具、之造、之器、之煮、之饮、之事、之出、之略、之图十个方面进行论述,甚精妙。比如采茶,他说,凡采茶,在二月、三月、四月之间……其日有雨不采,晴有云不采,晴无云采之。蒸之,捣之,拍之,焙之,穿之,封之,茶之干矣。皆为见道之言,如果对茶事不精熟者,何以能有如此精妙之语?

茶不仅要会吃,还要懂得茶事之道,这才可称为一个合格的饮者。我现在还只是一个吃茶者,对于茶事,还知之甚少,吾辈自当努力耳。

(苏北,安徽大学兼职教授、中国作家协会会员)

徽 茶 变

章玉政

　　茶如人。徽茶如徽人。

　　徽州人身在崇山峻岭之间,眼光却一直是向外的。"徽处万山中,其田土所产,啬于他郡;生其间者,不得不裹粮服贾,奔走四方以谋食。"这才成就了"无徽不成镇"的商业神话。

　　漫漫古道上,走出大山的徽州人,背扛肩挑的,是生计,是梦想,是应变求变的执着。

　　徽茶也是如此。

　　徽州多山,宜茶。徽州最早种茶的历史,已不可溯,但最迟在唐人陆羽的《茶经》里就出现了有关歙州茶的记载。《徽州府志》则要低调一点,说的是"黄山产茶始于宋之嘉祐,兴于明之隆庆"。实事求是地说,徽茶的声名一开始并不显赫,但这并不妨碍徽州人采制名茶的抱负与雄心。

　　松萝茶的应运而生,就是明证。冯时可《茶录》载:"徽郡向无茶,近出松萝茶最为时尚。是茶始比丘大方,大方居虎丘最久,得采造法。其后于徽之松萝结庵,采诸山茶于庵焙制。远迩争市,价倏翔涌。人因称松萝茶,实非松萝所出也。"有人说,松萝茶问世,无异于中国茶叶的一场革命。

　　所谓"革命",在于徽州人制茶工艺、思维方式的突破。变,就意味着生机。屯绿、祁红,莫不如此。史书记载,光绪年间,每临清明、谷雨,徽州漕溪人谢静和精采黄山高峰绝顶云雾之茶,手工炒制,"白毫披肩,芽尖似峰",遂成名茶"黄山毛峰",蜚声中外。祁红的诞生,更是充满传奇。五口通商后,徽茶全面融入国际茶叶市场,也不免遭遇印度茶、日本茶等的冲击。在此境况下,徽州人胡元龙、余干臣兴植茶树,延聘名师,借鉴闽人经验,改制红茶,惊艳寰宇。求变,一次次给徽州人带来了新的天地。

时局安泰时,徽茶是徽州人啸傲商海的凭仗;时局动荡时,徽茶是徽州人生根立命的依赖。绩溪名学者胡适的祖上就曾在上海附近的川沙小镇营商,开的就是茶号,声誉渐隆,又先后在上海、汉口城区开了分号,颇积累了些家业。咸同兵燹间,胡氏商号遭遇重创,祖业几近毁尽。胡适之父胡铁花仍以贩茶为业,左右腾挪,竟以十元的初始资本完成三千斤茶的市场交易,于苟延残喘中终获新生。

徽茶的命运轮转,似乎也一直在不变中求变,又在变中求不变。回眸徽州茶业百年之路,或许会看到财富,看到荣耀,但看到更多的还是艰辛,是求索,是谋变。

近读清末徽州知府刘汝骥的《陶甓公牍》,就有不少关于徽州茶商谋求变革的记载。徽州士绅曾捐地捐银,筹办茶商两等小学堂,"力图改良,振兴实业"。而在刘汝骥的积极倡导下,宣统年间,徽州办起物产会,旁搜博采,罗致嘉物,发出奖牌八十一枚,其中茶叶获奖近十项。民国时期,徽州又开办祁门茶业改良场,设立皖赣红茶运销委员会,成立安徽省茶叶管理处,诸般努力,无一不是在变革中延续着徽茶的精彩。

徽茶如徽人。徽茶之变,寄寓着的是徽州人面对"生在徽州,前世不修"宿命的不甘,是徽州人书写"钻天洞庭遍地徽"神话的豪迈。有了这份倔强,有了这份执着,即便遭遇再多的波折,一旦有了向上生长的罅隙,徽茶就会绽放成整个春天。

(章玉政,安徽大学新闻传播学院教授、中国作家协会会员、安徽省散文随笔学会会长)

不妨泡一杯茶

刘政屏

我喝茶很迟,买茶叶却很早。

20世纪70年代初,我十来岁时,父亲时而会让我去张顺兴买茶叶,当时家里基本没有茶叶,有客人来或者需要时,才会临时到商店去买。那时候茶叶都是用白色纸袋装着的,上面有一些字,中间画着一片很大的茶叶。一包里有一两(50克)茶叶,常买的品种是炒青,偶尔也会买黄山毛峰、六安瓜片,印象中炒青似乎是1角4分钱一包,毛峰和瓜片价格要高出很多。寂寞无聊的童年里,能够手里攥着钱跑一趟商店,还是蛮开心的。

我也尝试着喝过一小口茶水,感觉又苦又难喝,这样的记忆让我很久都不想去碰茶叶。

后来家境稍有好转,父亲每年会托人买一两斤茶叶或者从山里带一些新茶。拿到茶叶后,父亲会把它们装到小口的圆铁皮桶内,装入之前,父亲会把几张草纸在火上烤一下,然后搪在桶的内壁和底部,为了防止走气,还会在盖盖子时加一张草纸。另外还有一个小茶叶盒,每次一盒茶叶喝完了再从大罐子里取一些出来。多数时候父亲都会感觉买来的茶叶有点生,估计是火候不够,或者运输过程中走气了,也或许生一点的茶叶会打秤一些。遇到这种茶叶,父亲会自己动手,找一个干净的铁锅,放在炉子上,炉火收小,锅里铺上草纸,然后把茶叶倒进去,用手去翻茶叶,感觉到温度差不多了，茶叶也干脆了一些，便把茶叶倒出来，凉透之后装入大茶叶罐里。按照父亲的话说，这叫"焙一下"。整个过程父亲都是郑重其事，一丝不苟，而我则在一旁安静地看着，不敢添乱。

有一次，父亲听朋友说烧过的栗炭熄火凉透后放在大茶叶罐里可以吸潮气，便照此方法做了，结果茶叶染上一股炭味，父亲为此很是懊恼。后来听说茶叶染上炭味是因为栗炭没有烧好，看来还是技术不到家，火候没有把握好。

记忆中，即便家里条件再差，有客人来时都是要泡茶的，而我似乎特别愿意做这样的事，洗干净的杯子，放上些许茶叶，倒上开水，然后双手奉上，先尊称，再说"请喝茶"。这些都是父母亲一再关照的，久了便成了习惯。后来听人说泡茶时水不要太满，之后便倒个大半杯；又有人说泡茶时茶杯盖不要完全盖上，之后便虚掩着杯盖。

父亲做事一板一眼，每年春天到了，一定会买些茶叶回来，而且总是亲力亲为，如今90多岁了，依然如此。有时我会带各种各样包装精美的茶叶给他，老人家居然大多不喜欢，让我颇为沮丧。因为不懂茶，也搞不明白父亲为什么不喜欢那些看上去很讲究的茶叶。

妻子籍贯桐城，似乎很早就开始喝茶了，大了以后每天必泡一杯茶，是位标准的茶客。桐城出产小花，味淡且香，我喝茶应该就是从小花开始的，洗净烫过的杯子，倒满一杯开水，然后撒上三两片茶叶，稍许就能闻到一股清香随着热气袅袅飘起来，水温稍低一些时，小口喝着有淡淡茶味的热水，感觉甚好。如果是夏季或干燥口渴时，一气喝完，煞是爽快。

后来妻子不满足小花、龙井的清淡，便改喝黄山毛峰、六安瓜片等。有一回，朋友从黄山带回两大盒太平猴魁，据说特别正宗，妻子喝后，连连称道，如今记起，依然夸赞不已。而我只是感觉其"两剑一枪"的外形很独特，或许这就是内行和外行的区别。

妻子虽然喝茶、懂茶，但从不主动去找茶叶、买茶叶，这与她随缘不争的性格有关。于是有茶叶时,她只管挑自己喜欢的茶叶,太淡的、不喜欢的基本上就丢给了我,或者在没有合适的茶叶时凑合着喝。

我喜欢淡茶,这些年小花喝得少了,白茶成了最爱,每天写东西前,都会泡上一杯,先闻香,再喝茶,感受它独特的醇和润。

偶尔也喝黄山毛峰等,总体感觉要有个过程才会好喝一些,因此喜欢洗一下再冲泡,也不知道可对。不过我感觉喝茶是一种个人体验,怎么好喝怎么喝,似乎也没什么不对。

春天的时候去歙县蜈蚣岭,看到了鲜灵灵的白茶,淡黄的叶子,茸茸的白毛,阳光下煞是好看。当地人说白茶金晃晃的,估计就是指阳光下的白茶。看过高山上的白茶,再喝茶时,便会多一种滋味,一片片舒展开来的叶片,仿佛一种抚慰和温柔,让人放松、安静。

想来,我们不能够生活在山里,也不可能时时都去那里,但山上的茶叶却可以过来,给我们以滋润,让我们有一个好的状态,无论工作还是休闲。因此,如果说冥冥之中一切都是最好的安排,那么茶叶这种神奇的叶子,应该是这些"安排"中的一个妙笔。

说起来蛮搞笑的,尽管我不拒绝任何一种茶或者喝茶方式,但始终感觉自己是一个门外汉,为此有些失落。而这,或许是天性使然,又或许总是心不在焉,就如同一个人对你很好,堪称益友,但你很少了解他、珍惜他,而且生活中这样的人和事可谓不少。当我们接受的时候,我们做不到时时表达出我们的谢意和感恩,那么在我们付出时,也就没必要在意别人的态度。这是茶叶告诉我的,也是自然界很多事物告诉我的。

某种意义上,喝茶是一种体味,也是一种修行。喝茶的时候,放松下来,安静下来,你得到的会多一些。

所以,有时间的话,不妨泡一杯茶。

(刘政屏,中国作家协会会员、安徽省档案文化研究会主任、安徽省散文随笔学会副会长、合肥市作家协会副主席)

徽茶诗

许泽夫

采茶女

皖南的大山深处
一双纤巧的手上
滑动着春天的明媚
上下翻飞
如两只蝴蝶翩翩起舞

自那以后
每次泡茶一盏
我都细细地欣赏
蝶状的茶叶
在水中浮浮沉沉
袅袅热气中
有江南婉约的女子
如仙般下凡

猴　魁

她把玻璃杯洗了一遍
又洗了一遍
放入一小把
我喜欢的太平猴魁
热气腾腾的
摆在我俩之间
那群猴子遇到水
调皮地戏来戏去
我突然发现
最调皮的一只美猴
就是她

母亲的身影

那年月
山坡上的几亩茶田
支撑着贫寒的家境

忙碌不过采茶时节
母亲却不让我下田
她把小方桌摆到田头

望着我做家庭作业

我看到母亲的身影
从茶田的这头
移到那头
越移越小
小到一片茶叶

药

还是年幼时
记不清我得了什么病
发烧　遗尿　讲胡话
经村医指点
母亲狠狠心
从鸡屁股抠出几只鸡蛋
兑了一撮徽茶和一服中药
在瓦罐里煎

药渣倒在路口
反复煮过的茶叶
我一口吞下
有没有疗效我又忘了
从此只记得茶叶是一服药

这个习惯沿袭至今
思乡病复发时
就泡一壶茶
做解药

(许泽夫,中国作家协会会员、中国电视艺术家协会会员、中国诗歌学会理事、中国散文学会理事)

如此徽茶

张建春

茶乃神品,徽茶尤其是。

徽州多茶,茶沐江南烟云而生,聚集地气、山灵、水韵。古来徽州多好茶,黄山毛峰、太平猴魁、屯溪绿茶、祁门红茶、顶谷大方……数不胜数,都为上品、神品、极品,是谓"浮梁歙州,万国来求"。歙州为徽州的核心,所求为茶。

徽茶骨骼清奇、品相周正,瞅上两眼,啜上几口,便刻于骨、铭于心,难以忘却。徽茶有文气,是诗、是画、是文章。徽茶有武劲,金戈铁马、刀光剑影,自然也可当酒,杯盏小碰,清茶荡漾,相逢一笑泯恩仇,化干戈为玉帛。

徽州的茶传奇,穿云破雾,翻山越岭,硬是闯出一条路来,路叫徽杭古道,源源不断地将清香、甘冽的滋味传送出去。古道边是浸在烟云中的茶树,茶草翠绿,似在一路送别,长长地送,艰苦地送,八里一亭地送,其仪式感特别强。

送别徽茶实在是需要仪式感,因为这茶草将在杯盏里还原徽州的味道,春花秋月、季节流光溢彩。无梦到徽州,徽州的梦有味道,这味是花香茶美,一旦梦见了就挥之不去。

徽州人开拓了徽杭古道,徽茶便从古道走出,走得五远八远,走出了流连和况味。

茶是植物王国中的大者,神农尝百草而得茶,陆羽品茶而为圣。茶在徽州地域可谓大者中的大者,和山水田园融为一体,构建了徽风徽韵,这份风韵也仅属徽州,谁也休想抢去。

我对江南情有独钟,而江南的腹地徽州又是我梦萦魂绕、情有独钟的核心。徽州景好,徽州文化亦好,镶嵌在徽州地道风物中的茶更好。徽州无处不景,景中无处不茶。尽管茶在徽州是大者,可却是不躲不藏,大大方方地,遍野分布着的,如小家碧玉。徽茶是物,无疑也是文化,这文化是野性的,却柔和得时而让人流泪。

很有意思,关于"徽"字有许多搭配而成的固定名词,比如徽菜、徽墨、徽砚……它们已成固化的物,被认可、被歌颂,而徽茶似乎是个硬造的词,不著名,甚至被当作搭配上的错误。

我在数十年前生造过"徽茶"一词。说说还是个故事。

那是我小学二年级的事了。我上的是村小,还是一、二年级的复式班。学校两个老师,都为陈姓,不好喊,一喊双响。语文老师名字中最后一个字为"银",我们称之为银老师。

银老师是个有学问的人。他布置一道作业题,用"徽"字组词,且要组上三个。我组了三个词:安徽、徽州、徽茶。作业交上去,再发回,银老师在"徽茶"边打了个红红的问号,不是叉。

银老师背地里问我:怎知徽茶? 我答非所问:就是徽州长出的茶。偏僻乡村,我竟知徽州茶的事,银老师大吃一惊。

这不奇怪,我所住的郢子,家门的婶子是徽州地域的人,每年千里百里地回娘家,回来时总要捎回些茶叶。婶子对郢子人说:徽州的茶叶,香着呢。有些显摆。

徽州的茶叶,简称为徽茶,也是被银老师的作业逼出的。我把"徽茶"的事和爷爷说,爷爷笑了:这银老师。再去上学,爷爷让我包了点"徽茶"带给银老师。

银老师大喜,凑在鼻子下闻,捡了粒扔进嘴里嚼,说:好茶,好茶,徽州的屯绿。银老师懂茶,没说徽茶,说是屯绿。

后来,银老师为学校买竹子,被倒下的竹子砸死了。又过了许多年,我们去祭奠他,我总是携上些茶叶,常让同学讥笑,只是我心里有数,银老师爱徽茶。银老师可不是一般人,肚子里有大学问,曾品啜过众多徽州的名茶,只是在一段时间落难了。这事早不是秘密。

徽茶就是徽茶,在我心中它早就是固定的搭配,它是一个群体,是徽州山水精灵、风韵天然的结晶。

我一直喜欢一书、一茶、一静的场景,过去还得加上一包烟,现在不了,有茶一杯,好书一本,日子就静下来了。茶为绿茶,上品为黄山毛峰或猴魁,听茶香氤氲,看茶草浮沉,眼前就是静悄悄的山、美好的景致了,万事皆去,加上书的精彩,这时光,金不换。

茶为君子,我一直这么以为,茶当得起,徽州的茶当得起。一年我深入徽州,走徽杭古道,实际上除了观景,心中默念的是徽茶。这是个洒下一滴水,山草怀孕的季节,鹅黄的茶草冒嫩头,采茶人忙碌,山根上忙碌,我的眼睛随之忙碌。我第一次目睹了从采茶开始到制茶完毕的全过程。之后,泡了一杯新茶,水为山泉水,茶叫毛峰茶,水清茶绿,烟气升腾,那份醇美、豁达,无法去形容,浅啜一口,我的口腔里是小我,更是秘境中的大我。境由此出,爽意得一生安然通泰。

晚间,调匀灯光,泡了杯太平猴魁,好时光来临,心有游鱼一群,缓缓逗趣,勿抢,这时光是我独属的。

(张建春,中国作家协会会员、中国诗歌学会会员)

人生悲喜一杯茶

徐春芳

很多人觉得那些码字的人都应该喜欢抽烟喝酒，头发乱蓬蓬的，手指头被烟熏得蜡黄蜡黄的，身上散发着扑面而来的酒臭，一副走路时白眼向天、说话间睥睨天下的派头，这样才有诗人的样子。可惜，这些世人对文化人的不羁印象与我无缘。

每当聚会时，一遇到吞云吐雾、推杯换盏的场合，我就只能干坐着，慢慢地品着面前的一杯茶。当有人客气地递给我一支烟，而我云淡风轻地摆摆手时，他们总是惊讶地说，你们长期熬夜写作，也不抽支烟提提神？或者说，诗人都是李白，是一饮三百杯的酒仙。或者说，烟酒不分家，不会可以学。

习惯哪里是可以随便学的？痴长到不惑之年，我一生无所好，不抽烟，不好酒，唯吃茶。曾经中安在线专访我写作道路的时候，我回答说，写作只是我的业余爱好，调节生活的业余爱好，自大学以来就持续不中断的业余爱好。就像有人喜欢打牌，有人喜欢玩网络游戏、玩抖音，有人喜欢钓鱼一样。当然，人在红尘中，我也有自己的追求，那就是，在醉梦人生里，用词语构建自己的心灵世界。一杯饮红尘，一句惊天下。无为在世间，此为大自在。写作者，总是有自己内心的坚守和骄傲，如月夜吃茶，如雨夜读书，如静夜疾书。清茶淡饭，甘之如饴。

我从小就与茶有缘。我家位于长江边上一个名叫望江的地方，地处丘陵地带,虽无名茶,但环绕着家的群山上多茶园。我小时候,时常在茶园松林间散步,或牵牛,或捧着一本书。清早时,露水浓重,茶叶上、草叶间,稍不注意,就打湿了我脚上妈妈亲手做的布鞋。回家时,裤兜里时常装满了白白的茶花或灰黑色的茶果。圆得不规则的茶果,成了我们游戏用的弹珠。农家小孩玩的玩具都是天然的,不含任何伤身体的化学成分,如捏泥巴,打弹珠,都是我们玩得不亦乐乎的游戏。

当然,生活在山野茶场间,也不是经常能喝到茶。平时家里待客,都是一碗白开水。"双抢"农忙的时候,才用大铁锅烧茶喝,当然,茶叶是最劣质的,甚至是绿粉一样的茶末子。茶汤烧好后,倒在大瓷缸里呈发亮的铁锈色,虽然是绿茶,却泡出了红茶的魅惑颜色。我挑着茶送到田埂上,割稻插秧累得脸上结出了白花花盐粒的长辈,立马放下手中的农活,也不讲究,直接用搪瓷缸舀起一碗茶,就咕噜咕噜直往肚子里灌,仿佛是喝到了世间最美味、最解暑的饮料。

那些粗茶,经常用来做茶叶蛋,招待走动的亲戚。我小时候很奇怪,为什么白白的鸡蛋和茶叶一起煮就变成了红褐色?当然,沾染了茶叶的天地灵气,还有鸡蛋自身的珠圆玉润,吃起来也是齿颊留香。我一母舅在他们村里的茶场工作,过年走亲戚去他家玩的时候,总会为我们泡上一杯好茶。我虽然不会品茶,但也知道我们家里买的粗茶喝到嘴里,有点割舌头的涩味,而母舅家的茶,喝到嘴里,自然是口舌生津、甘香留齿、回味不断。这让我自然想起了唐朝诗人卢仝关于饮茶的诗句:"一碗喉吻润,两碗破孤闷。三碗搜枯肠,唯有文字五千卷。四碗发轻汗,平生不平事,尽向毛孔散。五碗肌骨清,六碗通仙灵。七碗吃不得也,唯觉两腋习习清风生。蓬莱山,在何处?玉川子,乘此清风欲归去。"我觉得,卢仝写出了喝茶飘然若仙的愉悦快感,至今无人可以超越。

在和母舅一起喝茶的时候,常听他说,春茶甜,夏茶苦,秋茶涩,冬茶好喝不能摘。我那时小,听不懂,更分不清什么春茶、夏茶、清明前后茶。只是喜欢坐在农村常见的木制八仙桌旁,一杯接一杯吃他家泡的茶。茶叶的香气从画有红梅花的白色瓷碗里溢出来,把房间里舞蹈的阳光结成一张网,网住了世间的美好和宁静。茶汁淡了,就倒掉茶叶重泡,连泡剩的茶叶都不放过,在嘴里细嚼慢咽后再吐掉,真是"吃茶"了。

我喝茶从来不讲究,毕竟从农村出来,有茶喝就不错了。记得那年我考上大学,家里大摆酒席。我父亲一高兴,咬咬牙花两百元买了一斤上好的黄山毛峰招待客人。这是喜庆的茶,我没喝,也不知道其中味。但我明白,对农村人来说,茶是好东西,是大自然的珍品。后来,工作后,我喝过各种各样的茶,如云南普洱、西湖龙井、福建红茶,滋味不一。但我总觉得,喝茶像吃鱼一样,活水煮活鱼,活水煎活茶,哪里人喝哪里茶,毕竟一方水土养一方人啊!我作为一个安徽人,习惯喝黄山毛峰、太平猴魁、岳西翠兰这样的绿茶,对什么大红袍、冻顶乌龙、普洱喝不习惯。前不久,我一同学送我一盒家乡茶,才知道,离我老家不到两里路的地方,也打造了一个绿茶品牌。

禅宗公案里有不少关于吃茶的故事,唐朝赵州和尚在别人请教修行开悟之道时,总喜欢说一句"吃茶去"。这就是今人常说"茶禅一味"的由来。除禅即生活的"赵州茶"外,还有把生活过成仪式的《红楼梦》"妙玉茶"。妙玉喝杯茶,泡茶的水是旧年的雨水和梅花上的雪,将茶具和喝茶的人也分三六九等,这和我的三观不合。虽然有不少人把生活过成了仪式,比如说,品茶要用一套工夫茶具,泡茶前还要焚香穿唐装,工夫茶当然要费工夫,但我辈被生活所累,要养家糊口,要劳碌奔波,要写诗教子,哪有那么多闲工夫,耗在舌尖齿间的一时宁静、几克快感上?!

我总觉得,活在当下,吃茶在当下。在人生旅途上,要学会随遇而安,品味不同的遇见、不同的精彩、不同的心曲,吃茶亦如是。当然,茶是用心来吃的,不是用嘴来喝的。经历了人生一场场醉梦,在一个人的孤灯清茶里,沉在自己的内心里,我们总会明白,茶是诗歌的出发点、禅的敏感点,也是生活的极乐点。

（徐春芳，中国作家协会会员、中国诗歌学会会员、安徽省网络作家协会副主席）

"编外茶乡"

江文波

我的老家位于皖江之北,白荡湖畔,虽然出落得山清水秀,也有肥田沃壤,但过去并不生产茶叶,之所以被一些有墨水的人称为"编外茶乡",是因为老家一直有着浓得化不开的饮茶之风。在我早年的记忆中,老家人爱茶、嗜茶如命,几乎家家户户的堂心里,都有一张八仙桌,桌子中心必定摆着一个老式的瓷花茶壶、几个茶碗,老家人最享受的是坐在桌前喝茶聊天,乡亲们彼此串门,你来我往,必要泡一壶浓茶,你斟我饮,客人品第一口茶之后,必定习惯地称赞:好茶!接着主人一阵开心,也品一口:好!多喝点。客人:这很有黄山毛峰的味道啊!……老家人差不多都是品茶高手,一口茶水进嘴,咂吧咂吧,对茶的产地、清明茶、谷雨茶、头茬茶、二茬茶,就能说出个子丑寅卯。逢年过节送礼,茶叶被奉为上品。老家人对茶的看重,还体现在祭祖、拜佛时,第一道供品,必是一壶好茶。

说起老家茶风之浓,绕不开老杜茶馆。离我童年的住地约0.5公里的地方,有一个古旧的街道,老杜茶馆就在街道的中心,是一个热点。老家人喜欢"上街",几乎每天必上。所谓"上街",对很多人来说,就是到茶馆喝茶,大凡人都有嗜好,打牌、打麻将、跳舞、运动等,在辛苦的人生中,到茶馆喝茶聊天,差不多成为许多老家人的精神依赖。在我的印象中,那时我父亲堪称茶馆里的顶级茶客,是茶馆的话题之一。他与茶馆的老板老杜,也算是莫逆之交。

  我父亲爱茶成癖,甚至成痴。最使我难忘的是,有一年春节,在黄山打工的大妹回家过节,向父母禀告,经人介绍,她与住在太平湖畔的一位青年准备确定恋爱关系。没等大妹说几句,父亲就打断她的话:那他家离太平猴魁的产地有多远?他能不能买到真正的猴魁?至于男方的其他情况和家庭条件,父亲竟没有多问。过了几个月,大妹又特地回家一次,回复父亲,男方的家离产地猴坑很近,而且他家有个亲戚就住在那里,男方说,保证每年买几斤地道的猴魁孝敬父母。父亲一贯严肃的脸马上雨过天晴:那好,我们也不要他家的彩礼了,以后每年送几斤真猴魁就行了。大妹笑逐颜开,马上从包里拿出一斤猴魁,送到父亲的面前。父亲自然按捺不住,马上小心翼翼地拆封,然后取出一小撮,并清空茶壶,泡上一壶太平猴魁。那天,我第一次品尝猴魁茶的魅力。关乎大妹一生的婚事也算定下来了。

  父亲拥有了猴魁茶叶,自然不会"锦衣夜行",第二天一早,他用黄草纸包好一撮猴魁,放进一个小小的茶叶筒里,然后满脸喜色,大步流星地"上街"去了,我一路小跑地跟在他的后面,父亲好像完全忽视了我的存在,路上见到熟人,也不像往常那样打招呼,只顾自己赶路。到了茶馆后,父亲选择一个中心的位置一坐下来,就大声地招呼:老杜,上茶杯!老杜应了之后,父亲说:今天我带了好茶叶。老杜马上送上一只明亮的玻璃茶杯,父亲打开带来的茶叶筒,取出茶叶放进杯子里,老杜随即给父亲冲进开水。

  两叶一芽,猴魁!茶馆里的茶客中立即有人惊呼起来,大家的目光都纷纷转向父亲的茶杯,父亲的自豪感在那一刻油然而生。父亲首先凑近茶杯,闻了闻茶杯里飘出的香气,脸上顿时露出不无夸张的表情,这时父亲身边已渐渐围拢起许多茶客,大家似乎都在吮吸、品咂着茶水的香气。父亲在这特定的氛围中,似乎很有仪式感地喝下第一口茶水,但并不急于吞咽,而是先看看周围的人群,目光都交换一轮后,才把那第一口茶水很认真地吞下去,这吞的动作被父亲刻意拉长着,伴随着嘴巴的咂吧咂吧,这就是品味吧,那时我想。这第一口的动作完成后,父亲的脸上,不,是整个身体,整个人,都显出无限享受、乐似神仙的样子。

茶馆,历来都是人声嘈杂,闹哄哄的,但奇怪的是,老杜茶馆在这个早上,在父亲喝茶的前期动作完成后,整个茶馆竟突如其来地静下来,鸦雀无声,所有的茶客都闷声无语。

后来,甚至在我离家上大学以后,还不时地想起老杜茶馆那个早晨突然的宁静,这引起我的思索,很久不得其解。或许,太平猴魁当时在我的老家还是个传说,而且流传已久,那天传说突然降临身边,茶客们刹那蒙了,似真似幻,无所适从了。

记得大妹结婚后,妹夫第一次到我家拜年,父亲很是热情,我当时都觉得有点过度了。其间父亲非常认真地问妹夫:这猴魁茶叶,都说是猴子用舌头从山顶的云雾中一片一片叼下来的,是真的吗?妹夫是个忠厚的人,一时不知如何作答,只能哼哼哈哈:那里的土、水、云雾好……后来他如何糊弄过去,我也记不清了。

父亲的一生,虽然艰苦坎坷,但晚年因为太平猴魁的相伴,他应该是感到幸福的。他83岁临终的时候,已不能说话了,但一直不愿合眼,左手总在比画什么,我们大家均不明其意,最后大妹突然惊叫一声:猴魁!我们如梦初醒,立即去泡了一杯猴魁茶,喂给父亲喝,父亲的脸上露出了微微的笑意,显得十分满足、安详。我们泪水盈盈的心里有了些许的宽慰。

(江文波,中国作家协会会员、中华文学院诗歌学院导师、安徽文史馆特约研究员)

忆徽茶推介往事

顾家雯

20世纪90年代末,黄山茶叶从外销大宗茶市场向内销名优茶市场发展,但价格远低于浙江茶、福建茶。为宣传、推介黄山茶叶,2001年初,黄山市委市政府决定举办"中国黄山茶交会",地点在刚建成的休宁工商城。休宁县委县政府非常重视,为茶交会提供很好的条件和服务。从2001年起连续四年,在休宁举办了四届"中国黄山茶交会",吸引了省内外茶商前来洽谈交易。除了茶叶、茶机具展示展销,还开展"黄山名优茶及小包装"评比活动,"百名制茶能手""百名茶叶经纪人"评选活动,以推进茶叶品质提升。抓住休宁被誉为"中国有机茶之乡"的契机,推广有机、绿色、安全的茶叶,先后举办"茶文化论坛""黄山市茶产业发展论坛",邀请国内知名专家为黄山茶产业发展把脉、问诊、开方。

连续四年在休宁办展会后,大家认为黄山茶应该走出去宣传,考虑到上海是黄山茶叶的重要市场,首站移师上海。2005年5月12日至14日,黄山市市长李宏鸣亲自带队,60多家茶企聚集上海,在上海体操中心举办"中国黄山茶叶(上海)展示展销会",开展"黄山杯"名茶评比,对评出的获奖茶叶进行展示和品尝,对特等金奖茶进行拍卖。记得上海国际商品拍卖有限公司总经理范干平很支持,负责把上海各大主流媒体都请来,拍卖会上,100克太平猴魁拍卖到15.9万元,50克黄山毛峰8.5万元,央视2套、4套、东方卫视,《解放日报》《文汇报》《新民晚报》《东方早报》等相继报道,引起轰动效应。

看到走出去宣传的成效,2006年各大茶企继续组团参加"第十一届上海国际茶文化节",并在百年茶楼"湖心亭"举办"中国黄山茶会"。同时,市委市政府决定把宣传重头戏移师北京,开展"徽茶进京"活动。

2006年5月20日至21日,黄山市委书记王启敏、市长李宏鸣亲自带队,百多家茶企、旅企聚集北京,在梅地亚中心举办"2006中国黄山茶叶暨旅游(北京)展示推介会",黄山市副市长舒志民推介黄山茶叶及旅游,西城区政府与黄山市政府签署"开拓名优黄山茶北京市场合作备忘录"。企业对接会上40家茶企与北京、天津、辽宁、山东等地经销商洽谈贸易合作。在马连道茶城,60多家茶企、旅企,250多种茶叶农副产品集中亮相,10条徽州乡村旅游精品线路被推介。同时,在"张一元""吴裕泰"连锁店开展"百店迎宾客,同品黄山茶"活动,在老舍茶馆举办"国际友人赏茶会",40多位外国使节夫人及其他外国友人参加。"茶香情更浓——徽茶进京电视专题晚会"把整个活动推向高潮。各大媒体竞相报道,徽茶进京系列活动取得圆满成功。

2007年初,中国土畜产总公司三利广告展览有限公司总经理王彤找到我,说2007年是俄罗斯"中国年",他们正筹备送普京礼物,想用安徽的茶叶,问我们能否安排落实,我说可以,他当即让我们寄黄山毛峰、太平猴魁、祁门红茶各五斤。春茶还没上来,只能用冷库保鲜茶。我们马上通知谢裕大准备黄山毛峰,猴坑、六百里太平猴魁,天之红祁门红茶,由市茶叶站统一寄北京。最后定黄山毛峰、太平猴魁、黄山绿牡丹、六安瓜片四种绿茶。我提出能否用我们的包装,他们说包装是在景德镇定制的青花瓷器。我又提出能否给写个证明,说明茶叶是我们提供的。经请示领导答复,证明不能开,但可以给我们出个感谢函,后来,中茶公司给黄山市农委、市茶叶行业协会、几个送茶企业发来感谢函。2007年3月27日,俄罗斯"中国国家展"巡展现场,普京打开装有黄山毛峰的瓷罐,闻了闻,称赞道:"好!好!"至此黄山国礼茶响遍全球。

2007年黄山市委市政府继续开展(京沪)黄山茶推介活动,4月27日组团参加第四届中国(上海)国际茶业博览会,并举办第二届"中国黄山茶会"。2007年5月18日至20日,在北京大观园酒店举办"2007中国黄山茶叶暨旅游(北京)展示推介会",重点突出"国礼茶"宣传。

2008年由于北京举办奥运会,进京大型活动取消。2008—2013年,市政府每年坚持在上海举办"中国黄山茶叶暨名优农产品(上海)博览会"。同时,从2008年起,市茶叶协会每年组团参加中国茶叶流通协会与各省市联合主办的"中国茶业经济年会"。大家认为,中茶协在业界影响力很大,各产茶市都积极争办年会。我向时任市长任泽锋建议,加强与中茶协合作,争取到黄山办会,任市长与中茶协王庆会长是老同事,他邀请中茶协来黄山考察,2014年黄山市政府与中国茶叶流通协会签署战略合作协议,举办首届"中国黄山茶会"。2015年,副市长吴文达到河南信阳接过"会旗",在黄山成功举办"2016中国茶业经济年会"。

近年来黄山茶叶对外交流宣传推介不断创新,茶旅游、茶文化延伸的一些新思路、新举措必将推动黄山茶产业向更高、更好的方向发展。

(顾家雯,高级农艺师,曾任黄山市茶叶站站长、黄山市农委副主任、九三学社黄山市主委、黄山市政协副主席等)

闵茶香飘南京城

丁以寿

一、松萝窨花是闵茶

所谓"闵茶",乃由明代晚期徽州休宁海阳镇人(也说歙县人)闵汶水创制的一款茶叶。当年曾广泛流行于南京城,让上至公卿、下至歌姬的社会各阶层人士为之倾倒。

闵汶水约生于明代隆庆三年(1569),从少年时代起就开始在家中制茶,积多年制茶经验后创制闵茶。明末清初王弘撰《山志》说:"今之松萝茗有最佳者,曰闵茶。盖始于闵汶水,今特依其法制之耳。汶水高蹈之士,董文敏亟称之云。"这里说闵茶是松萝茶的最佳者。

松萝茶产于徽州府休宁县松萝山,传说是大方比丘于明代隆庆年间(1567—1572)所创,在明代与罗岕茶、虎丘茶、天池茶、龙井茶、阳羡茶齐名。"若歙之松萝,吴之虎丘,钱塘之龙井,香气浓郁,并可雁行,与岕颉颃。"(许次纾《茶疏》)"今茶品之上者,松萝也,虎丘也,罗岕也,龙井也,阳羡也,天池也……"(谢肇淛《五杂俎》)"近日徽人有送松萝茶者,味在龙井之上、天池之下。"(袁宏道《游龙井记》)"计可与罗岕敌者,唯松萝耳。"(冒襄《岕茶汇抄》)"徽茶首推休宁之松萝,谓出诸茶之上。"(江澄云《素壶便录》)"扬州八怪"之一的郑板桥有诗曰:"最爱晚凉佳客至,一壶新茗泡松萝。"清初诗人、扬州人吴嘉纪作《松萝茶歌》，清初文学家、歙县人张潮作《松萝茶赋》。一时间，本省其他地区，外省如江苏、浙江、福建、湖南等，纷纷仿制松萝茶。松萝茶是中国炒青、烘青绿茶的杰出代表，是后世最负盛名的外销绿茶之一——屯绿的前身。"松萝法"（松萝茶采制工艺）对后世中国茶叶加工工艺产生深远的影响，开后世中国各种名优绿茶制作工艺的先河。

徽州不仅盛产茶叶，山中颇多珠兰花、白兰花。大约在明代万历末年，闵汶水用珠兰花、白兰花熏制松萝茶，制成花茶，市场上遂称"闵茶"，实乃松萝窨花茶。"松萝香重；六安味苦，而香与松萝同。"（熊明遇《罗岕茶疏》）松萝茶本来就是上好的茶，而且香重，再经过闵汶水的"别裁新制"，熏以珠兰花、白兰花，香气更加芬芳馥郁，自然不同凡响。"大抵其色积如雪，其香则幽兰，其味则味外之味。"（刘銮《五石瓠》）闵茶色香味俱绝，且有其他茶罕有的味外之味。后来，歙县珠兰花茶声名鹊起，闵茶是其先祖。

二、汶水卖茶桃叶渡

桃叶渡是南京古名胜之一，是秦淮河上的一个古渡，位于淮清桥边，在十里秦淮与古青溪水道合流处附近，原名南浦渡。相传东晋书法大家王献之有个爱妾叫"桃叶"，她往来于秦淮河两岸时，王献之放心不下，常常亲自到渡口迎送，并为之作《桃叶歌》："桃叶复桃叶，渡江不用楫；但渡无所苦，我自迎接汝。"渡口从此名声大噪，久而久之，南浦渡也就被叫成桃叶渡了。从六朝到明清，桃叶渡一带均为市井繁华地段，河舫竞行，桨声欸乃。尤其是在明清时期，这里离江南贡院不远，士子、考生络绎不绝，流连忘返。滁州全椒人吴敬梓，中年后就卜居桃叶渡畔白板桥西。

闵汶水不仅会制茶，也善于经营，秉承了徽商的传统。明代的南京不仅是留都，也是南直隶省会，是纵横天下的徽商一大聚集地。闵汶水大约是在明代万历后期，从徽州来到南京秦淮河畔的桃叶渡，开了一家茶馆，取名"花乳斋"，既卖茶水，也兼售茶叶。其茶艺精绝，名扬天下。名流雅士对闵茶倾慕不已,以结交闵汶水、品尝闵茶为荣。花乳斋的茶品虽主推闵茶,但也不乏其他各地名茶。例如张岱拜访闵汶水时,闵汶水就用湖州长兴罗岕茶招待张岱。在此后的五六十年中,花乳斋的闵茶名满南京,吸引很多人前去品尝。一些外地的名流雅士也慕名专程前往,只为品尝闵茶。大凡有些闲情逸致者,无不登馆啜茶。

明代大学士、书画大家董其昌在《容台集》中对闵汶水和闵茶有一番评论,他说在他金陵的官署中,时常有人送茶,但饮后感觉平平。一日,归来山馆得啜尤物,询问之后,方知是闵汶水所制,便立即起身去桃叶渡拜访闵汶水,因茶结为友。董其昌感慨道:"汶水家在金陵,与余相及,海上之鸥,舞而不下,盖知希为贵,鲜游大人者;昔陆羽以粗茗事,为贵人所侮,作《毁茶论》;如汶水者,知其终不作此论矣。"不仅如此,贵为南京礼部尚书的董其昌,针对有人造假和仿冒闵茶,建议对闵茶的包装进行设计,提高闵茶包装的精美度和辨识度。

南京朱市名姬王月生,曾在复社人士举办的"品藻花案"(即歌姬选美)中获得"女状元"名号。善楷书,画兰竹水仙。虽貌美如花,但性格寒淡如孤梅冷月,含冰傲霜,不喜与俗人交往。可是这位矜持不苟言笑的女子,"好茶,善闵老子,虽大风雨、大宴会,必至老子家啜茶数壶而去"(张岱《陶庵梦忆·王月生》)。

曾权倾一时的晚明戏曲大家阮大铖也常去花乳斋品茶,其《咏怀堂诗集》中收有《过闵汶水茗饮》一诗:"茗隐从知岁月深,幽人斗室即孤岑。微言亦预真长理,小酌聊澄谢客心。静泛青瓷流乳雪,晴敲白石沸潮音。对君殊觉壶觞俗,别有清机转竹林。"阮大铖认为闵汶水的谈吐可与东晋名士刘真长媲美,啜饮闵茶,能像谢灵运的诗一样使自己的内心沉静澄澈。闵汶水不同于一般的茶商,他是高雅的隐者,是茶中的幽人。

明崇祯十三年(1640)进士周亮工,官至监察御使,嗜好家乡福建的茶,起初对闵茶不以为意。他讥讽寓居南京的福建人宋比玉、洪仲韦等不喜家乡茶而爱闵茶,是"贱家鸡而贵野鹜"。一次,他专门去了桃叶渡,在品尝了闵茶后说:"歙人闵汶水居桃叶渡上,予往品茶其家,见其水火皆自任,以小酒盏酌客,颇极烹饮态。"(周亮工《闽小记》)其对闵茶心服口服。

清初,陈允衡杜门穷巷,以诗歌自娱,有《爱琴馆集》《补堂愿学集》等作品集。其《花乳斋茶品》说:"因悉闵茶名垂五十年,尊人汶水隐君别裁新制,曲尽旗枪之妙,与俗手迥异。董文敏以'云脚闲勋'颜其堂,家眉翁征士作歌斗之。一时名流如程孟阳、宋比玉诸公皆有吟咏,汶水君几以汤社主风雅。"董其昌主动为闵汶水的花乳斋题写了匾额"云脚闲勋"。名士陈继儒,名流程孟阳、宋比玉等为之赋诗。闵汶水以一壶闵茶引领江南文人的风雅时尚。明末的文人墨客、士子名流,无不对花乳斋趋之若鹜。因此,称赞闵汶水是明末的茶坛领袖,一点也不为过。陈允衡说其于崇祯末年栖居南京,邻近花乳斋,与闵际行交往较久,常去品茶,每次都坐上很长时间才离开。

清乾隆年间进士刘銮在《五石瓠》中较为详细地介绍了闵汶水和闵茶,闵汶水在南京桃叶渡卖茶十余年,南京等地还出现了假冒的闵茶。"休宁闵茶,万历末闵汶水所制。其子闵子长、闵际行继之。即以为名,亦售而获利。市以金陵桃叶渡边,凡数十年。"闵汶水去世后,花乳斋由其子闵子长、闵际行继续经营。

清道光进士、著名学者俞樾在《茶香室丛钞》"闵茶"中慨叹:"余与皖南北人多相识,而未得一品闵茶,未知今尚有否也。"在明、清交替的社会大动乱中,曾经名噪一时的闵茶随着大明王朝的崩溃而烟消云散。如今,我们只能从古人的诗文中去追寻它往日的荣耀与辉煌。

三、张岱定交闵老子

张岱(1597—约1689),字宗子,号陶庵,山阴(今浙江绍兴)人。他出身于官宦世家,却不曾做官,雅好山水。张岱著述丰富,然流传至今的唯有《陶庵梦忆》《西湖梦寻》《琅嬛文集》《夜航船》及《石匮书后集》等几种。

张岱不仅嗜茶,而且识茶,从制茶到品茶,无一不精。张岱曾请徽州歙人专事松萝茶的师傅来山阴传授经验,改进家乡的"日铸茶",名之为"兰雪茶"。"募歙人入日铸。扚法、掐法、挪法、撒法、扇法、炒法、焙法、藏法,一如松萝。他泉瀹之,香气不出,煮襫泉,投以小罐,则香太浓郁,杂入茉莉,再三较量,用敞口瓷瓯淡放之,候其冷,以旋滚汤冲泻之,色如竹箨方解,绿粉初匀,又如山窗初曙,透纸黎光,取清妃白,倾向素瓷,真如百茎素兰同雪涛并泻也,雪芽得其色矣,未得其气,余戏呼之兰雪。"(《陶庵梦忆·兰雪茶》)兰雪茶出现后,立即得到人们的好评,在社会上风行一时,导致有人拿松萝茶冒兰雪茶之名。

崇祯十一年(1638),42岁的张岱专程从家乡山阴前往南京桃叶渡花乳斋,拜访70岁的老茶人闵汶水。其《闵老子茶》写他拜访闵汶水及与之品茗的经过,极具情趣。两人有关茶、水的品尝问答及闵汶水当时的神情,被张岱写得十分传神:"汶水大笑曰:'予年七十,精赏鉴者无客比。'遂定交。"两人因茶成为至交。

张岱还写有诗《闵汶水茶》:"十载茶淫徒苦刻,说向余人人不识。床头一卷陆羽经,彼用彼法多差忒。今来白下得异人,汶水老子称水厄。烧鼎烹天尚取渣,劈开混沌寻香色。"在《曲中妓王月生》中又写:"今来茗战得异人,桃叶渡口闵老子。钻研水火七十年,嚼碎虚空辨渣滓。白瓯沸雪发兰香,色似黎光透纸窗。"可谓对闵汶水推崇备至。闵汶水卒于清顺治二年(1645),张岱闻讯感叹道:"金陵闵汶水死后,茶之一道绝矣!"(张岱《琅嬛文集·与胡季望》)张岱曾撰有《茶史》一书,手稿交于闵汶水"细细论定",并计划刊印。其目的是"使世知茶理之微如此,人毋得浪言茗战也"。但是,不久战祸四起,清军入关后随即南下,张岱逃难避乱,在匆促中稿本散失,这是中国茶史上无法弥补的一大损失。

(丁以寿,安徽农业大学中华茶文化研究所所长、安徽省茶文化研究会会长、安徽省茶业学会副理事长)

张潮《松萝茶赋》赏析

郑　毅

徽州才子张潮情萦桑梓,他说:"吾歙在郡之东南,声名文物,甲于诸邑,其为故老所传闻者,真足令人神往……"张潮喜茶嗜茶,他有"吾乡既富茗柯,复饶泉水,以泉烹茶,其味大胜,计可与罗岕敌者,唯松萝耳"的感慨,以至留下了令人回味的《松萝茶赋》。《松萝茶赋》共652字,文字行云流水,语言优美清丽,对偶精工亦辞藻典雅,文思敏捷且酣畅淋漓,可谓雄文大手,神来之笔!

一、茶乡风情

《松萝茶赋》曰:"新安桑梓之国,松萝清妙之山,钟扶舆之秀气,产佳茗于灵岩。素朵颐与内地,尤扑鼻于边关。方其嫩叶才抽,新芽出秀;恰当谷雨之前,正值清明之候。执懿筐而采采,朝露方晞;呈纤手而扳扳,晓星才溜。于是携归小苑,偕我同人,芟除细梗,择取桑针。活火泡来,香满村村之市;箬笼装就,签题处处之名。若乃价别后先,源分南北。熟同雀舌之尖,谁比鹦翰之绿。第其高下,虽出于狙狯之品评;辨厥精粗,即证于缙绅而允服。"

张潮以"新安桑梓之国,松萝清妙之山"开篇,使人犹如置身郁郁葱葱的松萝山茶园,仿佛浸润在丝丝缕缕的茶烟之中;有"素朵颐于内地,尤扑鼻于边关"之誉的茶香,于张潮而言,不仅仅是倾心,亦是羡馋并期待享受口福之娱及扑鼻的芬芳……"嫩叶才抽,新芽出秀;恰当谷雨之前,正值清明之候"的采茶时际,张潮用清新的词句将采茶女"朝露方晞"上山、"晓星才溜"下山的劳作过程,进行了惟妙惟肖的叙述;清晰地描绘出"执懿筐而采采""呈纤手而扳扳"的采茶场景;甚至将制茶时择茶需要"除细梗""取桑针"的操作,也进行了惟妙惟肖的描述,可谓细微之处见功夫。如是,在张潮娓娓的语境中,茶乡风景似乎清晰可见:茶棵漫山遍野,岭上茶歌盘旋,阿婆姑嫂,携篓携筐,茶山下则是"箬笼装就,签题处处"的制茶场景,还有以茶待客"活火泡来,香满村村之市"的茶香袅袅……张潮将抽象的茶乡风情描述得真切可感,既展现了翠绿的茶季风景,也显示出纯朴的自然之美,可谓一幅流动的松萝"瀹茶图"。新茶上市也是交易的时节,商人和文人需要鉴别或区分茶品的高下,因为"价别后先,源分南北",所以要"第其高下,虽出于狙狯之品评"。尤其是商人则更需要依市场的行情"第其高下",以分别茶的优劣及价格。当然,高下的标准最终仍需要缙绅的认可与推崇,方能获得大众的认同,因为文人是具有消费能力的群体,他们引领着茶文化的潮流,还制定着消费水平的标尺。对此,张潮认为"辨厥精粗,即证于缙绅而允服"也是理所当然了。如《陶庵梦忆·闵老子茶》中,嗜茶成癖的张岱与徽州茶商闵汶水成为"忘年交"的佳话,则是文人与商人共享茶趣的最好例证!

诚然,众多文人的推崇及《松萝茶赋》的传扬,致使逐利商人敏锐地揣摩着文人雅士所引领的消费方向,以扩大自己的贸易并获取效益或名声,而茶人则在茶事中融入了个性品位、价值取向、生活态度及精神境界,这无疑是松萝茶的无穷魅力!

二、瀹饮风流

明清时期,徽州松萝茶以独具特色的"色绿、香高、味浓"及"天趣备至"的"瀹饮法"大行其道且风靡一时!在这种时尚的"瀹饮"风流中,张潮也展示了他尽享其“绚丽多姿”的情趣，也写下了“既而缓提佳器，旋汲山泉，小铛慢煮，细火微煎。蟹眼声希，恍奏松涛之韵；竹炉候足，疑闻涧水之喧于焉。新茗急投，磁瓯缓注，一人得神，二人得趣。风生两腋，鄙卢仝七椀之多；兴溢百篇，驾青莲一斗之酗”的美好体验。同时还给予了松萝茶“其为色也，比黄而碧，较绿而娇。依稀乎玉笋之干，仿佛乎金柳之条。嫩草初抽，蔗足方其逸韵；晴川新涨，差可拟其高标”的优美词句。张潮称松萝茶“其为香也，非麝非兰，非梅非菊；桂有其芬芳而逊其清，松有其幽逸而无其馥。微闻芗泽，宛持莲叶之杯；慢挹菸蕴，似泛荷花之澳”的溢美之词，也是热烈地评价了松萝茶的美好品格，读来清香馥逸、韵味无穷……尤其是对松萝茶“其为味也，人间露液，天上云腴；冰雪净其精神，淡而不厌；沆瀣同其鲜洁，洌则有余”的叙说，及至“沁入心脾，魂梦为之爽朗；甘回齿颊，烦苛赖以消除”的身心享受，都足以让人羡慕。因为，这既有精神层面的魂梦为之爽朗，也有生理烦苛赖以消除的愉悦舒适，所以，这既是嗜茶之趣的时尚，亦是修身之德的美好！

张潮出生在徽商世家，他深知“贾而好儒”的徽商有重儒好学的品格，也有善于经商的魄力和经营谋略，以使贩茶成了徽商的支柱产业之一，业茶也成了盈利极丰的行业。所以，张潮说：“则有贸迁之辈，市隐者流，罔惮驰驱之远，务期道里之周。望燕赵滇黔而跋涉，历秦楚齐晋而遨游。”意思是希望“有贸迁之辈”的茶商能充分发挥其贸迁有无、贩运流通的作用。同时有“望燕赵滇黔而跋涉，历秦楚齐晋而遨游”的志向，既需要忍耐长途跋涉的贩茶辛苦，也需要培养锲而不舍的恒心。张潮还说：“爰有鉴赏之家，茗战之主，取雪水而烹，傍竹熄而煮。品其臭味，堪同阳羡争衡；高其品题，羞与潜霍为伍。尔乃驾武夷、轶六安、奴湘潭、敌蒙山，纵搜肠而不滞，虽苦口而实甘。故夫口不能言，心惟自省。合色与香味而并臻其极，悦目与口鼻而尽摅其悃。润诗喉而消酒渴，我亦难忘；媚知己而乐嘉宾，谁能不饮。”这一段赋文简述了松萝茶“茗战”时取雪水烹、傍竹熄煮的特点，继而以其香气与其他名茶相较、争衡。张潮还使用拟人手法,铺陈出松萝与其他茶品的比较:"尔乃驾武夷、轶(超过)六安、奴(贬低)湘潭、敌(相等)蒙山,纵搜肠而不滞,虽苦口而实甘。"张潮既有着松萝"堪同阳羡争衡"的自信,也有将松萝"羞与潜霍为伍"的自负。显然,张潮这种"矜功自伐"的茶类比喻或评价有失偏颇,然是,他也有了"故夫口不能言,心惟自省"的歉意。

张潮有"瀹松萝茗,览之喜甚,回环复阅,啖至七碗乃罢"的痴迷,以至他在《松萝茶赋》结篇时深情款款地说:"润诗喉而消酒渴,我亦难忘;媚知己而乐嘉宾,谁能不饮。"想来,此言不虚!可谓美哉,斯言!

(郑毅,安徽省茶叶行业协会常务理事、安徽省茶文化研究会常务理事、社会茶文化普及推广委员会主任、黄山市徽茶文化研究中心主任)

百年松萝回故乡

郑建新

生产靠科技，营销靠文化。2008年，中国国际茶文化研究会会聚浙江开化、江西婺源以及安徽休宁三地的绿茶，推出"绿茶金三角"概念，同时召集三县，组队北上，大肆推介。具体行程：上海豫园展销、参与河北正定北方茶市开业、在北京人民大会堂召开新闻发布会。形式新颖，阵容强大，活动丰富，异彩纷呈。

按习惯，其时休宁每年都要大张旗鼓办一场茶叶交易会。县里考虑，县外既要北上，县内必须呼应，以做到内外结合、同步互动。同时考虑，21世纪是品牌时代，休宁茶最好的品牌是历史悠久的松萝，炒热这个品牌，堪称时代使命。于是县内决定挖掘本土茶文化，设法将数年前从海底打捞出水的松萝茶来一次公开展示，活动主题就叫"休宁绿茶进京沪，百年松萝回娘家"。

百年前卖到国外的茶叶，百年后又回到自己的故乡，这种穿越岁月的传奇，无疑会大吸眼球。

传奇的媒介，就在于休宁松萝曾伴随瑞典的"哥德堡号"商船，在海底沉睡两百多年后，重新醒来，惊艳世界。

休宁地处皖南深山腹冲，明代时这里创出的松萝茶，因质量高、技巧强爆响天下，后走出国门，成为最早的外销茶。清康熙四十一年（1702），英国人在浙江舟山群岛设贸易站购买中国茶,松萝茶占其三分之二。乾隆十年(1745),"哥德堡号"载中国茶叶回国,后不幸触礁沉没,其中多为松萝茶。

"哥德堡号"属瑞典东印度公司,该公司于1731年成立,每年都有商船远航中国,少则一两艘,多则三四艘,"哥德堡号"是其中之一。不幸的是,当"哥德堡号"第三次来华,即1745年1月11日时,装载大约700吨中国茶叶等货物,从广州启程回国,八个月后触礁沉没。东印度公司当即打捞,两年间仅捞起30%的货物,其余货物则沉睡海底。久而久之,"哥德堡号"渐渐被人遗忘。

1984年,瑞典一次民间考古活动中,再次发现沉睡于海底的"哥德堡号"。两年后,新一轮打捞重新开始。经六年努力,1992年商船残骸浮出海面,同时被打捞上来的还有部分货物,其中人们发现了茶叶,瞬间吸引了世界的眼光。

用亲见打捞过程的瑞典画家斯丹勒的话说:最兴奋的一刻,是一次沉货起水时,居然捞起了一整箱中国茶叶。奇怪的是,深埋海底两百多年的中国古茶,居然还能泡饮。这位画家甚至炫耀地回忆起当时情形:我们在打捞的岸边,开泡这种古茶,居然飘出了茶香。

聪明的瑞典人看到商机,他们花巨资打造一艘新的"哥德堡号",于2006年驶回广州。瑞典国王古斯塔夫十六世随行,广州十万市民倾城而动,并专门举办了"哥德堡号——广州之夜"的盛大焰火晚会。同时,哥德堡人将一小包茶叶送回了它的故乡中国,中国有关方面随即公开展出。

神奇的茶叶吸引了全世界目光,人们感到困惑:这是什么茶?

《中华茶叶五千年》做出权威回答:1993年9月,"哥德堡号"沉船茶在上海博物馆展出。虽说浸没海底两百多年,但由于锡罐封装严密,茶叶并未受水变质。这些茶叶为清乾隆年间的福建武夷茶和徽州松萝茶。

武夷山市很快做出反应,他们举行了一系列的庆典仪式。别的不说,仅在广州举办的大红袍之夜文娱晚会,就足以令人震撼。以至很长时间,人们每每谈起此事,神情依旧亢奋。中国茶界同样为之兴奋,并举办一系列活动,中央电视台为此拍摄了专题片《追逐太阳的航程》。

然而,作为松萝故乡的休宁却一直淡定,似乎在等待某一个时刻。终于在2008年春季,这个神圣时刻降临了。县里决定隆重迎接"哥德堡号"松萝回家,同时决定此次茶事的全盘组织活动交由县政协牵头实施。

好创意,当行动。休宁政协说干就干,他们通过联系,争取到中国茶叶博物馆的支持,该馆借出展品,用最高的礼仪送松萝回家。

4月下旬,由中国茶叶博物馆提供的"哥德堡号"沉船的松萝茶,风驰电掣从杭州出发,在彩旗鲜花的簇拥下,被迎入休宁县城。休宁倾城而动,万人空巷,锣鼓喧天。次日,县城状元广场举行盛大交接仪式,两百多年前沉睡海底的松萝茶在武警的护侍下,庄严登上状元阁,向世人展出。一连数日,观者如云,宾客不绝,欣羡和惊诧,骄傲和自信,将休宁人,不,应是中国茶人的心胸填装得满满当当。

今天的瑞典哥德堡市,人人都知道中国。人们对中国的热情近乎虔诚,其根源在很大程度上就与两百多年前沉没的徽州松萝有关。

同样,今天的中国,人们对"哥德堡号"也充满热忱,其根源在于这艘商船给中国茶叶带来荣耀和自信,其中休宁松萝功不可没!

更激动的是休宁人,他们感悟:百年松萝回故乡,虽然重塑了中国茶叶的辉煌,然而活动仅是载体,文化赋能才是根本,以此为契机,助推休宁茶业再上层楼,才是方向。

(郑建新,祁门红茶协会创始人、中国国际茶文化研究会徽州茶研中心秘书长、安徽省茶文化研究会副会长、安徽省徽学会理事)

第二辑 获奖作品

只道是寻常人家

陈 晔

我与朋友去黄山,本想登上光明顶,却发现疫情期间景区限流,只得选择一处民宿住下。

民宿叫"寻常人家",装修风格有几分古风,院子外篱笆围绕,零星种着各种爬藤的植物,开着娇艳的花儿。我看到二楼茶室叫"泼茶香",顿时明白出处。看来主人同我一样,也是纳兰性德的"粉丝",民宿的名字必然是取自《浣溪沙·谁念西风独自凉》中的"被酒莫惊春睡重,赌书消得泼茶香。当时只道是寻常"。

放下行李,我们坐在茶室,老板娘一身素衣端坐,亲自煮当地特色徽茶,娴熟的手法令人惊叹不已,很快,清淡的香茗便放在我们面前。

我们表示感谢,老板娘但笑不语,只示意我们品尝。

我端杯于鼻下,轻嗅绿茶香味。品茶时先呷小口,闭目感受茶味,当上颚与鼻腔的交接处充满茶香时,最是迷人。饮下微苦,但唇齿清香,令人仿佛置身于高山之上。我问道:"这是高山茶?"

老板娘浅笑点头。我再细品,隐约间有一股松木烟火味,我放下茶盏,询问道:"茶叶是用松针引火翻炒的?"

老板娘双眼一亮,颇有些赞赏,替我添了水,又请我细品。

再喝我也只觉得回甘,品不出其他。这时候老板走进来,坐在老板娘身边,自豪道:"我家夫人的沏茶手法是最好的,远来的客人觉得怎么样?"

老板刚刚炒茶回来,穿着一件薄衫,淡淡的松香萦绕在他身上。他打开茶室后的竹窗,远处高山如黛,绵延不断。老板娘起身出去,他接过茶壶,替我斟茶。我们就在茶室对坐闲聊,他说:"你看这满山的茶树,在冬天里酝酿生机,春日茶叶被采摘下,经火炒、热水冲泡到杯中,为人饮用。可谓集天地精华,尽在这一杯中。"

我握着古朴的紫砂茶杯,格外珍重,杯中的绿芽极为娇嫩,在水中恣意舒展。有多少人能像这高山茶一般,临霜雪不惧,遇春雨焕生机,面对柴火炙烤傲然收敛,临沸水又生机蓬勃?散发出的汁水味美清香,可谓生活喂我以刀兵,我回馈生活以芳华。我随着朋友的指引看出去,漫山青翠,绿荫幢幢,感慨道:"这里可真是世外桃源,远离喧嚣,污染也少,品茶赏景,延年益寿。"

朋友取笑我:"住一两天,你觉得轻松,如果常年如此,你就会嫌这种生活寡淡了。没有豪车烈酒,生活哪有新鲜和刺激呢?"

我摇摇头道:"简单些也好,酒多伤身,徽茶养人,平平淡淡才是生活底色。"

老板点点头笑道:"客人看得通透,我也是经历了很多才明白。"接着老板与我们说起他的故事,十年前夫妻二人在上海打拼,起早贪黑,趁着年轻恨不得拿命换钱,赚得盆满钵满后又尽情挥霍,熬最深的夜,喝最烈的酒,开最快的车,吃最贵的菜,住最奢侈的房。那段时光留给他的回忆只是刺激,具体的生活乐趣早已消散。直到妻子突然查出喉癌,他豁出一切在医院照顾她,记得她满是针孔的手,记得她吃的各种药物,记得她含泪写下的遗言,甚至收藏了她剪下的头发,终于将她从生命垂危的边缘夺回,但她再也不能开口说话。他半年就头发花白,然而这一切付出都值得,从此他们对生命有了更多敬畏,安稳度过了五年复查期。随后他们选择气候宜人、风景秀丽的黄山定居,日出而作、日落而息,经营这座民宿,一边维持生活,一边享受生活。

我们方才想起老板娘系着薄丝巾，原来是为了掩住脖颈的疤痕。听老板说他们这五年已经适应了这里的生活。妻子采茶，丈夫烘炒，生活简化到一间房，两个人，三餐，四季。闲暇的时候，看满山茶树，经火炒水煮，呈现出最好的精华。繁忙的旅游季，迎来送往，与客人对坐闲聊，感受这世界的瞬息变化。

门帘牵动着风铃声响，老板探头看到妻子在向他招手，便匆忙退出茶室。朋友看着他微驼的背影，感慨道："看不出来，以前那么风光。"洗尽铅华，谁能一眼看出当初呢？正如这茶，经过雪藏、火烤、水煮呈现出的也仅仅是淡茶数盏，看起来朴素简单，你不细品，哪里能喝出其中蕴含的高山精华，和松针辅香、净水煮泡的繁杂工艺？

我们听到楼下动静，便走到阳台上看，就见老板手里拿着一块烤得焦黑的山芋，在追赶老板娘，院里充满着他们笑闹奔跑的声音，院门的"寻常人家"四字木牌也随着他们一起在风中欢快摇曳。

（本文获"徽茶文化故事"主题征文一等奖）

王洛宾与徽茶结缘的故事

陈俊舟

人民音乐家王洛宾先生一生酷爱酒,更喜爱喝茶。我作为《我与王洛宾的故事》一书作者,在此征文之际,把王洛宾与徽茶结缘的故事讲给大家,这是颂扬黄山人抗战到底的无畏精神的佳话,这是赞美徽茶及黄山美景的难得往事,一杯浸泡了八十多年的徽茶如酒,启封解密。

话说1941年春天,王洛宾先生在山西参加了由丁玲领导的八路军西北战地服务团,这个团的任务就是创作、宣传,鼓励全国人民积极参与抗战。王洛宾先生的任务主要是到各个抗战前线去采访,去感受各地人民大众奋起反抗、痛击侵略者的英雄气概。一次到了安徽的黄山地区,王洛宾先生在黄山脚下一户农家院里落脚,这家男人是猎户,经常在黄山周边狩猎。落脚的头一天晚上,猎户的女人就给王洛宾先生泡了一壶徽茶,这是王洛宾先生到了安徽地界喝的第一壶徽茶。

在喝茶聊天中,王洛宾先生听猎户讲了黄山在革命时期的故事:1927年,北伐军独立师毛炳文旅长率领两千多名士兵,途经仙源,并作短暂停留,毛炳文旅长在千人集会上发表演讲,号召广大民众立即行动起来,投身革命,实行联俄、联共、扶助农工三大政策,建立新政权,将知事公署改为县政府。北伐军的到来,进一步唤醒了黄山人民投入革命的热情。第二天一早,猎户就带着王洛宾先生到了柯村的几处老房子前,王洛宾先生看到当年在墙面上写的"当红军最光荣"六个字呈现在眼前。猎户说:"柯村暴动在几个月之后失败了,柯村三百六十多名红军战士、地方干部群众惨遭杀害,柯村革命走向低谷,柯村由苏区转为游击区,但柯村暴动播下的革命火种,一直激励着这里的人们前赴后继。"

在柯村,王洛宾先生经猎户介绍,认识了村里的黄村长,黄村长把王洛宾先生和猎户请到家里,泡了一壶上乘的徽茶,聊起了黄山在抗战时期的故事:"日军攻占安徽大部后,由于皖南山区地形复杂,山深林密,因而日军的铁蹄没有踏入太平县境内,但日寇的飞机对太平县境狂轰滥炸,仙源拥有五门相连、椭圆形古城墙的千年古镇,顷刻间变成断壁残垣,满目疮痍,死伤几百人。"王洛宾先生听了猎户及黄村长的介绍,对日本鬼子的残暴行径极其痛恨,当晚,王洛宾先生喝着徽茶挥笔写下了一首抗日歌曲的手稿《老乡上战场》,歌词大意是:

  打起火把拿起枪
  带足了子弹干粮赶快上战场
  日本强盗到处杀人抢掠
  多少村镇都被他们烧光

  打起火把拿起枪
  带足了子弹干粮赶快上战场
  驱逐日本强盗赶快滚蛋
  才能挽救中华民族危亡

  打起火把拿起枪
  带足了子弹干粮赶快上战场
  日本强盗实在残忍猖狂

求生存的烽火已经高扬

　　打起火把拿起枪
　　带足了子弹干粮赶快上战场
　　要活命的别彷徨
　　老乡们要想解放只有上战场

　　王洛宾先生当即把这首歌曲教唱给村民们，激发出了人们拿起枪上战场的革命斗志。有六位村民当即就愿意跟着王洛宾先生去山西参加八路军西北战地服务团。王洛宾先生感慨地说："多谢猎户和村长家的徽茶，为我的创作注入了清新的思路和顺畅的谱曲。"在黄山逗留几日，王洛宾先生和大家一起爬黄山、看松柏。黄山，位于安徽省黄山市，原名黟山，唐朝时更名为黄山，取自"黄帝之山"之意。黄山面积很大，东起黄狮，西至小岭脚，北始二龙桥，南达汤口镇，分为温泉、云谷、玉屏、北海、松谷、钓桥、浮溪、洋湖、福固九个景点区。黄山以奇松、怪石、云海、温泉、冬雪"五绝"著称于世，拥有"天下第一奇山"之称。"五岳归来不看山，黄山归来不看岳"是对黄山最好的评价。王洛宾先生面对着祖国的大好河山对大家说："绝不让外敌来蚕食我们美丽的国土。"

　　王洛宾先生带着自愿参军的村民将要回到山西驻地，猎户和黄村长拿来了自己留存的徽茶送给王洛宾先生，六位年轻人的父母也拿来了自家备用的徽茶送给王洛宾先生，答谢他带着年轻人走向革命道路。王洛宾先生笑着说："我与徽茶结缘，缘就缘在咱们一起参加抗战，把日本鬼子赶出中国去。"王洛宾先生带着六位年轻村民回到山西，后来这六位村民经过训练，都成为西北战地服务团的优秀团员。王洛宾先生后来跟着王震司令员挥师进疆，始终都缺少不了徽茶的陪伴，因为黄山的战友复员后都回到了黄山，时不时地给王洛宾先生邮寄徽茶。王洛宾先生晚年的时候，偶然一个机会，灵

感来了,他写下了一首赞美徽茶的歌曲,大意是:

  坐在迎客松下
  我端起了一杯浓浓的徽茶
  这杯茶里浓缩着我的相思
  这杯茶里浸泡着岁月的记忆

  站在天山脚下
  我畅饮起一杯浓浓的徽茶
  热气里我看见美丽的黄山
  黄山在我的梦境里时时展现

  啊
  喝一口徽茶想起黄山
  我的徽茶啊我亲亲的黄山

(本文获"徽茶文化故事"主题征文二等奖)

行走在茶香徽韵里

朱东升

徽州,对于我来说,是一个梦,遥远而神秘。

徽州入梦,是祖父带给我的。20世纪80年代,我还是个少年。每当家乡的油菜花盛开过后,大约清明节后,祖父便离开家乡去了江南,去了新安江畔,去了大山里的老友家,一去就是半月余。回家的时候总见到他带回来各种包装的新茶。初夏的午后,阳光从窗外照进房子里,祖父拆开这些包装,拿出从铁匠铺里打制好的镔铁茶叶桶,先是细心地在筒底铺上几层黄草纸,细心地将茶叶倒进筒里,拍打着筒身,再用指尖夹些茶叶添进去,直到茶叶快到筒口了,再在上面铺上两层折叠着的草纸,放上几个炭块,最后盖上筒盖。我在一旁看着祖父细致庄严的操作,闻着空气中些微的新茶的香味,我的思绪翩然飞翔到一处神秘的青山绿水之间,朦胧而美好。

家乡人不种茶,茶叶在那个时代是奢侈品。偶有的茶叶也是本地山冲里的野茶,做工不好而粗粝不堪,冲泡后不香不清不甘甜,乡人大多为解渴或消腻而牛饮。祖父每次从徽州带茶叶回来,那就成了家乡的佳话,那真是一件盛事,仿佛他老人家带回来的不是茶叶,而是他南下徽州府的荣耀,是他带回来的徽州风土人情,是徽州茶叶背后的生动故事。祖父一生爱茶,每天早晨他会汲来家乡的山泉水,用特制的"催子"(家乡一种烧开水的器具)烧好开水,再泡上一杯茶,细细地喝,一直要喝上一天。逢着年节家里来了相宜的客人，祖父才会拿出他珍藏的茶叶相待。那时候我并不知道徽州，也不知道茶事，我总是好奇地问祖父这茶叶的来历，听祖父说祁门红茶、黄山毛峰的奇特和珍贵，听他说自己学制茶的趣事、山里茶农的质朴和艰辛……

每年清明、谷雨之际，祖父依旧南下，依旧带回徽州的茶叶和故事，带给我更强烈的对烟雨徽州的憧憬。大约在我读高三的时候，我也开始喝起了茶，开始爱上了茶，爱上了和祖父一起边喝茶边说着徽州府的美好时光。

光阴荏苒，茶的故事在人间烟火中延续，祖父播撒在我心田里的爱茶的种子萌成新苗而恣意地疯长。工作后我也曾到过几次徽州，登临黄山，游宏村西递，到唐模呈坎，逛屯溪老街，多少次沉醉在散发着浓郁的古徽州文化气息的天地里。但是年少的梦总在这时候酵成渴望的潮水，推拥着我，激励着我——我是那么想走进茶乡，走进大山深处。

庚子年清明节前，我和自家兄弟、侄儿一行终于再次到了黄山。我们是开着车去的，是要去新安源买春茶。大家兴致很高，纷纷说着各自的茶故事，说着各自开春后的工作、生意。汽车在蜿蜒而平整的柏油路上穿行，春日的阳光照进车窗里，山间的清风拂过我的面颊，我的视线一刻不离地和这方山水连在一起。从眼前掠过的一片片整饬的坡地茶园，宛如铺开了的绿翡翠，绿茶园里插着一块块黏虫黄板，如黄蝴蝶一样鲜亮而翩然！行进在这青山绿水之间，宛如穿行在世外桃源，让人心旷神怡，超然脱俗。这里有祖父所说的那些亘古不变的茶乡景致，更有新时代黄山茶产地的全新面貌。

车行至新安源有机茶生产采摘基地，接待我们的是公司董事长方国强先生，休宁人，儒雅温厚，说话和气，让人觉得亲切而亲近，一如我的祖父那样。走进他的会客厅，古色古香，悠然而沉静。待我们坐定后，一杯明前茶就散发着袅袅香气端放在我们面前。我们一边喝茶，一边听方董谈新安源的前世今生，谈他的有机茶——银毫、毛峰、松萝、珍眉的产销，谈茶产业化的大好前景……

喝完茶，方董建议我们去一条通往景德镇浮梁的古道走走。山间下午的阳光并不强烈,透过淡淡的山岚雾霭射出一道道金色光芒,照得青山溪谷越发苍幽神秘。古道上的石板已然磨得光滑,它上面踏过多少茶农商贾的脚印,发生过多少平凡而又动人的故事呀!古道两旁照例是青碧的茶园,茶芽吐蕊,一派生机。忙碌的采茶女的胸前或是腰间挎着茶篓,双手正轻巧地"啄"着鹅黄的芽尖,她们沉浸在千百年来劳动者的境界里,淡泊而优雅,平凡而伟大。

第二天上午,我们参观了制茶车间。空旷洁净的厂房里几台制茶机器正在工作,空气中满是沁人心脾的新茶香味。工人们熟练而有序地操作,轻松淡然,没有因为我们的到来而改变什么。当年祖父跟我说起过他看到并体验到的制茶的艰辛,如今似乎再也看不到了;而他说起的大师傅高超的制茶技艺如今也已经被传承并融创为高科技手段,徽州茶产业正继往开来,前景会更加美好。

大戏剧家汤显祖说:"一生痴绝处,无梦到徽州。"似乎梦到徽州足为令他痛心之事,这或许是文人不谙徽州而故作清高吧。而我的徽州之梦由祖父而起,在岁月的流转中萦回不已,让我"痴绝",而今欣逢中华盛世,梦圆徽州,为我之幸;行走在烟雨村落之间,茶韵悠悠,为我之福。

(本文获"徽茶文化故事"主题征文二等奖)

茶香一缕　心香一瓣

谢爱平

一

太平猴魁,从巍巍黄山温润的丹田穴凤凰尖走来。灵猴的身姿矫健,袅袅的香气盎然,一部茶乡传奇的起兴,以行书的豁达作卷首语。

茶香在诗歌里浅浅吟哦,在典故里森森缄默。浮浮沉沉,云卷云舒。

仰视从清朝咸丰年间展开的长卷,一字一句默诵茶史。顿悟:一向清高自傲的我,远远不及一片茶叶的阅历饱满练达。

晨读,静坐。轻嗅满坡茶园的葱茏,聆听时隐时现飘来的茶歌。依稀看见:有仙风道骨者掐几枚茶叶的鲜嫩,泡在笔轻墨淡里,作隐逸诗文中优哉游哉的喻体。

好山好水出好茶。我该以怎样质感的修辞,让她们色泽青翠、音色清脆?

一枚青嫩,做了我的书签。

二

南方有嘉木。云在溪里,溪水绕园,园中茶绿,茶襟云天。

黄山青青，太平湖碧碧。清露欲滴，茶绿欲滴，妩媚着皖南漫山春色。

大山深处，云雾俯身，山岚蒸腾，撩拨起静谧茶园的喧嚣。隔宿的月色朦胧，晨练的鹧鸪朦胧，揉着惺忪睡眼的村庄梦幻般缥缈。早起的露水，正为嫩生生的新茶洗三呢。莺啼和茶歌不约而同地卷走一帘雾霭。

"五百里黄山，六百里猴魁。山路弯弯，溪水潺潺……"齐刷刷的茶树，一溜溜的采茶女。篾篓里，放飞山蜂一般撒欢的歌子，将晶莹小心轻放。铺陈的绿和漫天的蓝，上下呼应。

这一枚枚游走墒垄的音符，飘忽成茶歌里的人物或艳词。沾着露珠的松紧口布鞋，轻盈地踩踏时令韵仄。叽叽喳喳地嬉笑着，戏谑地驱赶试图歇脚的云朵。

在谷雨之前，采撷圆润，采撷丰腴，追逐节气。村姑站在丰收的喜悦里。躬身如弦，弹拨萌动的春心。

一抹粉扑扑的霞，两眸清炯炯的泉。裙裾和春色相互补妆。

左一片，右一片，茶叶遮盖眼睑，物我两忘。时光清浅，岁月静好。

一枚青嫩新茶，初试樱桃小口，将春天的滋味反复咀嚼。曦光映照，茶叶脉络清晰，清亮如少女之心。

三

棋子一般散落的小楼，簇拥炊烟。

恰是一年茶香时，谷雨时节又思君。

泼水函里归来的山妹子汲一壶麻川河水，煮沸。撮三四片新茶，轻投，泡润。两叶抱芽，扁平挺直，慢镜头绽放，经脉活络。叶色苍绿匀润，叶脉绿中隐红，汤色清绿明澈，羞涩地朝着含情脉脉的杯水敞开心扉。心事潮红，欲语还休。啜一口，兰香高爽，滋味醇厚回甘。叶底透亮，芽叶肥壮。词不达意时，茶香是最恰如其分的一缕遣词。

美美地想一个人。泡茶女子秦篆似的八字眉，喜成一笔隶书。笑逐颜开,笔意相连。笑靥里,装盛着比茶色更润泽的憧憬。

　　回放定格于记忆深处的画面:在茶市,曾经等来五百年的回眸。目光火辣,相互灼伤。耳鬓厮磨,倚着茶树闲坐。执子之手,愿在一本翻毛了边角的诗集里悠然老去。我这厢陪嫁的茶壶、茶箩早已备下。情哥哥,你的跨禾竹是否刨斫齐整?

　　一枚肥硕的新茶,在白云上写诗,在一壶好水里翩翩然永生。铜炉暖光,瓷壶溢香,能否醺醉游子的心?

　　蘸一指茶汤。在自己的额头,为约定归期的那一页日历,捺深深的螺印,点圆圆的朱砂。

　　有一种相思叫藕断丝连,有一种怅然叫人走茶凉。泡茶女子的汤色永不冷却。嗯,再添一把柴火……

四

　　茶:草在上,木在下,人在草木间。猴子隐身景深之外。

　　棕榈树下,游子与一碗太平猴魁相向而坐。耐心地打量色泽的嬗变。阖上茶碗盖,让心事守口如瓶。

　　茶水续了又续,岁月一饮而尽,再饮。嗑一把风月,把茶碗举到齐眉,只缘岁月太沉。

　　黑沙壤土肥沃,是肥硕他乡客灵魂的一帖丹药。舌尖触碰馨香,神思洄游桑梓,何时漂萍泊岸?

　　曾记否,涉草径,登崖石,汲泉品茶。携纤纤素手,望浩瀚星空。心事窖藏,待来年萌芽了,春风修枝几度?

　　故乡早已擎起农产品地理标志的旌麾。在"酒杯越来越小,茶杯越来越大"的新常态下,何不与我那谷雨茶一般晶莹的妹子,置办些陶器,挨着太平猴魁茶乡风情游的线路,轰轰烈烈地开一爿茶肆?不求显贵,且免受了相思煎熬之苦。

"田园将芜胡不归?"莫辜负了郁郁葱葱茶园,浓浓稠稠乡愁!

五

儒家看礼,道家看气,佛家看禅。浮生若茶,茶禅一味。一任似水流年,上演由绿而碧的嬗变,修为由僧而佛的境界。

"太平猴魁芽双叶,形扁暗绿方为佳。"徐霞客白日行走茶树葱茏间,迷漫一色;夜来赏析细雨霏霏,醉卧寮房。与僧道抵足而眠,斋饭可以潦草,土茶不得马虎。

"游圣"的探险精神,我学不得;"游圣"的诗歌风格,我学不会。呼吸幽香,触摸茶韵,读黄山,品风物。且煮字疗饥,烹茶养心。

我只就着茶乡氤氲的灵感,就着皎月半窗,清风满怀,酝酿一篇怎么也无法老火的散文。播种,分蘖,葳蕤。

一部滔滔徽茶史,永不杀青……

(本文获"徽茶文化故事"主题征文三等奖)

父亲与茗洲炒青

潘初开

幼年时每到清明时节，父亲是不着家的，总是忙着收茶、卖茶，茶棵地、市场两头跑，似乎一年的气力都要在这个把月耗尽。父亲是土生土长的休宁流口人。1983年，通过招工入流口镇供销社工作，成了一名营业员。后因手脚麻利，脑子活泛，被安排至采销部门，成为一名采销员。

自古以来流口地区地理位置优越，云遮雾绕，由此造就了流口茶叶的高品质。因流口为海拔较高的丘陵地带，种植的茶叶又被称为"云雾茶"，有云淡风轻之意，其高品质不言而喻。流口茶叶中最负盛名的就是茗洲炒青。茗洲炒青自古以来被称为"屯绿"中的极品，茶汤美、味道香，一直深受茶客的喜欢。20世纪八九十年代，茗洲炒青是供不应求的。当时流口供销社作为茗洲炒青的主要供应商，承担着向屯溪茶场等地的茶叶供给任务。父亲也因工作关系与茗洲炒青结下了一生的缘分。

当时父亲与同事每周搭车去屯溪茶场等地"送样"。所谓"送样"，即先从农户手中收购手工制作的炒青，随后封包装袋，从中抓取部分小样，送至各茶场质检。质检员根据茶叶品质来决定茶叶价格，随后再将整包的茶叶运出山区。出于炒青的高品质，收购价格自是比其他地区高出不少。后期芜湖、宣城等地市场也听闻茗洲炒青的好品质，要求"送样"，茗洲炒青呈现一种供不应求的趋势。因常去各地"送样"，父亲与各地茶叶质检员打了不少交道。加之父亲本就是好学之人,由此也就慢慢习得了一身验茶品茶的真本事。

1998年左右的全国性经济改革大潮席卷华夏大地。供销企业改制,父亲等一批老供销人下岗。下岗了,没有了营生,生活还要继续。那段时间父亲的忧愁可想而知,作为家中顶梁柱,外出务工,家里的老人孩子怎么办?在家,又有什么可以为继呢?思来想去,还是干上自己的老本行——卖茶叶。当时收售的主要就是茗洲炒青。一来熟悉,二来炒青市场需求大。休宁流口地区一直流行收"早茶"的风气。所谓收"早茶",即茶贩在集市上支起一个个摊子,茶农把前一天辛苦采摘下来的茶手工烤制、烘干,天不亮前往集市,货比三家,卖给自己心仪的茶叶商贩。

一般来说茶农是收不到现钱的,大多收到的是纸条或号牌。这种赊欠的模式有很大的弊端。一旦市场出现波动,茶贩子就没有办法兑现茶叶款,从而导致茶农白白辛苦。而父亲收茶,大多讲求现钱交易,就算欠款,也不会超过个把星期。父亲总说:"都是乡里人,赚钱事小,名声最大。"也因如此,茶农有些好茶都愿意卖与他。收茶时,父亲先是拿上一个特制的茶叶筛盘,随后"一看二闻三品",筛去茶叶末子,最终确定下茶叶价格。一般来说,父亲开出的价格都是偏高些的。母亲总是抱怨父亲筛茶叶时太随意。不像其他商贩,是筛了一遍又一遍,再加之给出的价格偏高些,要多花费不少钱哩。父亲总说:"乡里乡亲的,制茶、卖茶不易,加之好茶哪里禁得住筛哟。"他说得很对,好茶是经不住折腾的,一折腾品相和茶味都要大打折扣。父亲做事公道,为人正直,攒下了好名声,后在乡间开起杂货铺,生意向来不错。

父亲其实是爱读书的。只因家中兄妹六人,他读完高中,也就没有机会再上学。但他一直认为读书是农民改变命运为数不多的机会之一,因此,他十分重视我的教育。我从中学起,就外出求学。每次离家之际,他总要在我的背包中放上一包炒青,总说外面水硬,我不习惯,放点茶叶,好喝些。少年时,我不以为然,总嫌父亲麻烦、啰唆,不理解他的一片心。成年后,我与父亲闲聊。父亲说:"十三四岁,把你送至外地求学,我是真心不舍得的,但是没有办法啊!"随我年岁增长,也成了父亲,竟慢慢明白了父亲的良苦用心。百年前,徽州商人也是十三四岁的光景,被家人往外一丢,外出做学徒。难以想象送儿出门做工的父母当时内心是有多不舍,在外人看来心狠的"往外一丢",其中饱含了多少望子成龙的辛酸。

我年少时,家中收购的炒青是舍不得喝的。大部分喝的或是炒青筛过的茶叶末子,或是一般的农家茶。正因如此,对炒青的印象只有那满嘴的茶叶末子,除此之外我对炒青并没有多少概念。我成年后,父亲为我泡了一杯茗洲炒青,才让我真正感受到茗洲炒青的美妙。一片片吸足了水分的茶叶,全部一字散开,煞是好看。喝上一口,一股茶香气沁人心脾,回味无穷。"怎么我小时喝的不是茗洲炒青?"我问。"你喝的是炒青,但大多是碎末子,加之放的时间较长,不论是形还是味,肯定是差了不少。"父亲回答道。虽然父亲做炒青生意,但是去享受炒青是断舍不得的。小时候,为了制作优质的炒青,他会支起大锅,在家中研制炒茶。通过对时间和火候的把握,来了解如何获得高品质的炒青,并将自己的经验告之茶农,以便收购到更多优质的炒青。对于制茶,父亲始终保持一颗敬畏之心。他总说:"制茶如待人,你耐心待它,它定不会让你吃亏。"

后随时间推移,茶叶的种类愈加丰富。"有机茶""得雨活茶"等相继出现,茶叶市场发生了翻天覆地的变化。当年与父亲一同贩茶的好些人迅速转向,开始收售市场需要、利润高的茶品。但父亲一直对茗洲炒青情有独钟,只做茗洲炒青生意。但是收到的茶,大多在"掐芽去尖"后再制成。"掐芽去尖"是为了制作各类的新品茶,这些新品茶能卖上更高的价格。他也很无奈,这种方法制成的茗洲炒青明显品质不过关。慢慢地,父亲也就不再做茶叶生意,想来至今已有十来年了。

父亲这一辈人,勤奋、能吃苦、聪明、敬业、勤俭、重视教育。正如老一辈徽州商人,骆驼一般,在茫茫戈壁之中艰苦跋涉,寻求机会。不为自己,只为能给予家人最简单的幸福。

"现在的茗洲炒青生意好做了哩,"有天父亲突然告诉我,"现在政府有了'屯绿振兴'战略,还听说正在推'新农人'计划哩。现在人对健康也越来越重视,政府还给予相应的补贴呢!"父亲越说越高兴,那浑浊的眼睛仿佛清亮起来。"是呀,国家的配套政策,加上咱黄山新一代茶农的努力,相信炒青肯定会愈来愈好。"我不由得坚定地说道,"也许哪天,如茗洲炒青一类的'屯绿'的春天就会到来哩!"

(本文获"徽茶文化故事"主题征文三等奖)

黄山云雾幻作茶

陈于晓

总该是有梦到徽州的,从清明到谷雨,这时节的梦,大抵就在茶园中栖居着。梦中那些楚楚的芽,也许就是被一壶茶水所浸润出来的。这是一个朝气蓬勃的梦,在梦里,我把这些芽都唤作了"萌"。春天,就在黄山大地上萌动着,到处都是滋滋生长着的声响。

一旦梦中的这些芽触破了梦境,就是遍山的茶芽了。黄山多茶园,白墙黛瓦之间,路转溪头忽见。背个竹篓去采茶,我固执地以为,这个时候,采茶的女子是最宜穿着一袭蓝印花布的。这个时候,徽州的时光,也会在一片茶园中旧下来,旧得有一些斑驳,像极了某一些苍老的光阴。而我喜欢的农耕画图,就在某一曲采茶谣中,缓缓打开。

记忆也许是沧桑的,但日子依然新鲜。山水之间,阳光特别澄澈,茶芽格外鲜嫩。有时,我会发现,一滴露珠中,氤氲着明净的茶香,无数滴露珠中则玲珑着茶香。其实茶香在风中氤氲着,这样的氤氲中,还混杂着泥土和花草香,深呼吸,沁人心脾。而长长的溪水,在绕过茶园之后,只要冲上一杯,细品,或许就是好茶了。

黄山多好茶,一整个春日,你可能都走不出黄山茶香的广袤。随时随地,你都可以坐下来,用黄山的水色,煮一壶黄山的山光,搁在案头,就是黄山的佳茗了。

尖尖的茶芽,舒展在杯中时,仿佛依然是尖尖的,这尖,在我看来,带着某一种黄山的挺拔。她说不揉捻的烘青绿茶叫尖茶,可我总觉得,这尖,像极了某一场春雨。春雨落大地的时候,就是这样尖尖细细的,像针线,缝补着一层又一层的锦绣。是的,黄山的尖茶太平猴魁,就仿佛是一场下在猴坑一带的春雨。一年又一年,它们在恰到好处的火候中集结着,你喝上一口,身与心,就被春光浇了个透彻。

很多的春光,在休宁、歙县一带,流着,淌着,把一枚枚绿茶卷成一缕缕清澈的溪水。这潺潺的溪水,就在一把壶中奔腾着。春山如煮,春溪一样地如煮。那淡淡的雾气,弥漫着。倘若就在溪边,歇下脚,取青绿的溪水,泡一杯"屯绿",这个时候,日子和心情,都将是翠绿的。或者,恍惚间,你也会披上一对翠绿的小翅膀,绕着人家的茶园,轻盈地飞着。然后,就把身影隐入新安江的一江春水。青山隐隐水迢迢,这"屯绿",像帆影,藏匿在云水之间。

水上雾气化作细雨,细雨尖尖,一旦朦胧起来,就泛出了毛茸茸的韵味。也许这时,就该黄山毛峰登场了。黄山毛峰,是毛茸茸的茶吗?这毛茸茸,有着温暖柔和的意境。毛峰茶刚开采时,常常还在清明之前,那时风还料峭着,于是这毛峰茶似乎也就有了料峭的模样。产自黄山高峰,一个"峰"字,说的是毛峰茶的"海拔"吧。毛峰茶,外形微卷,状似雀舌,绿中泛黄,银毫显露。这样写着,我的笔会在"雀"字上暂停一会儿,仿佛有一声滴滴的雀鸣,从笔下渗了出来。雀们在绿叶丛中衔着阳光,雀跃着,披白毫的叶芽跟着雀儿在摇曳着。茶杯盏咣当,掉出的是微黄的汤色。

倘若这汤色再浓上一些,比如,采一把霞光,浸润在这汤色之中,便是祁门红茶了。这霞光,若是朝霞,你便可以品味出一缕缕的朝气;若是晚霞,你从茶中品得的,可能就是一份生活的安宁了。无端地,我常常会从一杯祁门红茶中想及"半江瑟瑟半江红"的水面,接下来,呈现在我眼前的场景,便是"露似珍珠月似弓"了。捧着一杯祁门红茶,若是时间久了,我会觉得自己像是在古徽州的某一条老街上走着,一色的红灯笼排列着,我愈往前行,时光就愈深了。

也许,就是如此,喝黄山茶,是可以抵达某一种境界的。红茶,会让你恍入从前的徽州,而绿茶会让你从徽州湿漉漉的光阴中,缓缓地或者一抽身就走了出来,倘佯在今天的青山绿水之间。从黄山的茶香中,我仿佛总能够闻到油菜花的清香。油菜花开时节的黄山,春风暖洋洋的,你在花丛中走动着,仿佛是在梦境中走动着。必须不时地掐一下肌肤,还知道疼,就感觉自己不是在梦中。在黄山的茶香中穿梭着,也是在黄山的一个梦中穿梭着,日高之时,无论渴与不渴,都可以叩一叩茶人家的门。而山野茶人之家,常常隐约在云雾之中,是不经意间的一缕炊烟,暴露了一片粉墙黛瓦。

有时,我会有一种在马头墙上画一把茶壶的冲动,借这把壶,或许我可以在错落有致的人家中,依次泡一泡白岳黄芽、黄山银钩、绿牡丹、松针……一种种黄山佳茗了。然后,这马头墙上的一把壶,慢慢地,就被我的想象挪到了黄山的山水之间,化作了黄山曼妙的云雾。

忽然想到松萝茶了,据说这松萝茶是一剂中药,可疗治身与心。其实,黄山的哪一样茶不可以入药呢?这些黄山的好茶,都是黄山的云雾变化的。此中,所拥有着的某一种"真意"或者"禅意",你当然可以从黄山茶中觅得。从清明到谷雨,抵达徽州,就不妨做一场浩大的茶叶之梦。

(本文获"徽茶文化故事"主题征文三等奖)

温暖的茶灯

苗忠表

  我在黄山的第二个春天,决定趁开学间隙到著名茶乡——歙县的大谷运乡去转一圈,听卫校的同学们说,大谷运地处黄山大会山麓,不仅有上阳尖、五龙过谷、仙人石尖、大脚山、帽鹰尖、竦岭尖、桃岭、大山尖等大山围绕其中,而且还有"龙潭观瀑""龟墩赏月""虎腕回澜""牛岗耸翠""钩台垂纶""湾堂习静"等名胜古迹像珍珠般散落于此,层峦叠嶂,山高谷深,风光煞是秀丽。邑人游山避暑至此,必低回不置……

  大谷运离我就学的黄山卫校足有百余里。那时候,通往大谷运的公路正在修建,回程需要到一个名叫溪头的小镇转车。

  从大谷运出来已近黄昏,日暮西山的路上,路旁的小树沐浴着夕阳柔和的光芒,浓绿的枝叶在寒风里悠然地摇曳着。翘首远望,夕阳的余晖映红了天际的云霞,给万物涂上一层美丽的玫瑰色彩……

  夕阳将落,带给人的将是一种持续莫名的忧伤。一道道山梁像一个个倒卧的人,它们弯曲的弧线有些重叠和交错。溪头依傍在布射河边,让远游归来的我获得了些许的慰藉。

  远远望去,乡村的汽车站兀自矗立在空旷的原野上,像一个孤独的老人在翘首期盼着归家的游子。当我赶到车站时,一辆老式的长途车正纷扬着尘土渐行渐远地向着夕阳深处驶去,一个年迈的奶奶拄着拐棍,左手不断飞舞着,像是在送别自己的亲人,她身边放着的那满满一篮茶叶就印证了一切。直到汽车的身影淡出了视线,她才将挥动的手放下,弯下佝偻的腰,用胳膊挽起沉重的篮子。她刚要转身离去,我赶紧上去搀扶:"老奶奶,去黄山城里的车几点发呢?"

老奶奶一把拉住我的胳膊,看我一副旅者的打扮,微笑着说:"晚上十点!"随即,她抬头看了看车站门口的大挂钟,"哦,现在才四点,时间早着呢。"

我搀扶着她过了一座小桥,转头看到车站旁开着一家风味小吃店,有"蟹壳黄烧饼""徽州裹粽""火焙豆腐""深渡包袱"……看得我都眼晕了。走了很长一段山路,肚子也已经开始闹腾起来,我赶紧叫了一份"石头馃",捏一块"石头馃"放进嘴里,就着啤酒细细嚼了起来,直嚼得满口细腻香甜。酒足饭饱后,留下的时间很充裕,我就在小镇闲逛起来……

晚上九点,我早早赶到车站,买票时,售票员告诉我:到黄山城里的车班是两天一班,昨天已经始发了,明天早上才有。我顿然沮丧起来,山区的春天特别寒冷,更要命的是小镇没有一家旅馆,上哪儿过夜呢?我环视了左右,今晚也许只能在车站候车室的长凳上将就着过一夜了。刚要将背包卸下来,一位工作人员走过来告诉我,小站十点后就要关门,他还告诉我,十点后,整个小镇因限电将变成漆黑一片。我彻底蒙了……

车站的门被推开了,那位瘦小佝偻的老奶奶提着一盏幽蓝的风灯带着一身寒气闯了进来,看她焦急的脸色,似乎在找什么人。

看见我,她的嘴角挂出了一丝微笑,她走到我的面前,撩起那盏幽蓝的风灯照了照我的脸……

"终于找到你了!""阿婆,这么晚了您还出来?""对不起,实在对不起,小伙子,是阿婆记错了,到黄山城里的汽车隔天一班,明天才有,害得你在这里等了这么长时间。"

我的眼角被泪水润湿了……

"我们山区的春天实在太冷了,我家离这里不远,不介意的话,就到我家住一宿,明天我送你上车。"我刚要推辞,她一把拽住我的手,直往车站外蹒跚着拉了出去,我只好半推半就地扶着老奶奶向小桥走去。她打着那盏幽蓝的风灯将我们面前的路照得亮堂堂的……

"奶奶,为什么把风灯糊成了蓝色?"我不解地问。

"我眼睛不好,有色盲,晚上出门看啥啥都一个样,只有打了蓝色的灯才能看清一切。"

"那旁边为啥沾满了树叶?"

"那不是树叶,那是我们这里最有名的茶叶——银钩!我提的这盏灯叫'茶灯'。"

"这里面有啥讲究吗?"

"茶灯不仅可以聚光,还会散发出一种淡淡的茶香。"

"今天下午您到车站是来送人吧?"

"是啊!我是来送我孙子,他和你差不多大,你是学生吧?他也是!今天他要去上海上大学堂,叫我不要去送,我偏要去送,父母都没了,我这把老骨头不送谁送?"我没有再说话,生怕勾起老人藏在心底那伤心的往事,我眼帘开始变得模糊起来,只有努力地盯着蓝色的光,眼前的路才又渐渐地变得清晰起来……

第二天一早,她执意要送我去车站,我坚决不同意。老奶奶的家离车站其实很远,步行大抵需要半个小时的时间,她拗不过我,但执意要我将那篮银钩茶叶带上,老人说孙子离开时没有带,如果我带上了,就像她孙子带上一样,因为我也是她的孙子!我说不过老人,更怕她伤心,只好将那篮老人不知道摘了多少个日子的银钩捎上,临出门时,我将两百元钱偷偷塞到了老人的枕头底下。

车子终于徐徐启动了,透过车窗,我突然看到一个熟识的身影在车后不断地挥舞着左手,我赶紧别过头去,生怕控制不住哭了起来……

在我求学的那段日子里，无论怎样的颠沛流离，我的脑海里总会浮现出那座深藏在大会山麓的小车站，那个踮着小脚、佝偻着身子、打着一盏幽蓝色的茶灯为我引路的老奶奶的身影，每每想起这些，每每品一口清香的银钩茶，我的心便会悄然温暖起来。

（本文获"徽茶文化故事"主题征文三等奖）

黄山毛峰，每一枚新茶都是山水的语言

孙大顺

一

这是春天的封面。
早起的黄山
忙着接待远道而来的薄雾
雨水清亮，
一座座高山茶园像一张张绿色邮票，
一个等待晚霞的采茶人，
像一棵入土更深的古老茶树，
苍凉的背影把青砖黛瓦的山村，送进以茶代酒的思念
三月跑得太快了，可能要等等
等燕子飞过徽州，等春风为稻草人穿上花衣
等一枚新茶，白毫披身，芽尖似峰

二

一枚小小的黄山毛峰，大于皖南，大于山河
大于梦，大于绿茶舒展后，缓缓释放的光阴

天空般蔚蓝,现在被一碗新茶端进门。
山水间隐秘的果粒
松鼠戴过的野花,在时光里风化的山岩
所有美好的消亡,都会跟进一场迟来的告别
清茶打湿古拙的青衫,徽剧里的断肠人
心已碎,情未了。一杯香馥若兰的绿茶
大于思念,大于远方
从雕木的古窗望去,蘸满露水的新茶
闪闪发亮,大于温暖的牵挂

三

黄山毛峰,每一枚新茶都是山水的语言
霜冷,茶热,心暖。
把骑着茶歌飞走的新茶,一笔一画写回来
干净的词语是有限的,
这柔软的,嫩嫩的,青翠的,小小的魔术师
比草木逍遥,比修辞轻盈
它分走我的一生:半生香甜,半生甘苦
来吧,用春天的宣纸,用鸟鸣与雨露
用带着薄薄擦痕的爱,在徽语里开一道口子
用祖母粗糙的手,用洗净瓦罐的风俗
把黄山毛峰醇甘韵长的一生写回来

四

云朵下的茶园,像古老的园艺师
把晨风送下山坡。

迎客松在版画里把新的一天带到人间。

阳光里的黄山毛峰，干净的纹路越来越丰美

它们一枝挨着一枝，一片靠着一片

整齐地昂着头，从不走散

在你看得见的地方，书写徽墨山水

一壶黄山毛峰，

把青山、河流、落日、地平线追回来，把留守的月光泡出来

把人间的芳华、离别、沧桑泡出来

把绿茶的逍遥、清澈、空灵，接近天堂的光华泡出来。

最后，请把黄山毛峰画出的眷恋、捧过的春天留下来

（本文获"徽茶文化故事"主题征文三等奖）

问　茶

胡曙霞

独步黄山,越叠嶂,攀群峰,邂仙草一株。但见它碧绿盈盈,骨骼清奇,让人忘俗。世间美物,悦心娱目。靠前,蹲下,树下细语。

仙草何名？与此山渊源何如？清风漾漾,细语声声,粒粒可数。

吾乃黄山绿茶,生于高山之巅,披烟云,沐雨露,其历经百年,人称茶品第一,黄山毛峰也。

黄山毛峰？吾叹。细观之,其树恬静,其枝纤细,其叶若云。遥遥望去,如深山隐士,绿裳长袍,枕石漱流。其时,正当春分时节,草木拔节,绿意喷涌。然眼前之茶树,叶芯若针,幼叶似玉。再观其侧,兰草错落,古木森森;又闻其声,寺钟渺渺,山泉泠泠。

吾心爱怜,伤其孤寂,遂问:汝之仙姿,清旷飘逸。于此隐姓埋名,不辞劳苦,惜乎？

仙草笑,曰,岂会？远离喧嚣,独享雾岚,耕种雨水,品啜白露,披挂日色,佩戴云霞,畅享清风明月,岂不美哉？况,吾有桃花、兰草一群放牧山野。君可见桃花峰上桃花溪、云谷寺、松谷庵、吊桥庵、慈光阁及高山之中的半山寺,皆有吾族人。吾身之侧,兰草楚楚,花影参差,馨香满袖,使人怡然。

吾非一人,吾之背后,有一群人。峰中有峰,山上还是山,茶旁亦是茶,吾等同生同长,沉默坚忍,问禅修心,借四方之灵气,孕毛峰之风骨,谈何孤寂?况,草木一秋,时光荏苒,得失相辅。摒弃繁华,得纯净之气,修通透之心,此中益处,可在一盏茶中赠予有缘之人。待得他日,毛峰之茶,兰香冷韵,袭人断腭,微甘回环,便是圆满之时。

叹,远眺。果见茶园绵延,绿意参差。一株茶,得天地之精华,孕原始之香醇,终有因果。茶,屏息静默;茶,参禅打坐。四季更迭,风霜雪雨,风骨峭峻。浊去尽,清且留。漫漫茶园,泼墨森森,不可移,不可转。

立定,疑惑。何如一枚叶,成就一朵茶?

仙草了悟,款款一笑:一枚叶至一朵茶,其间曲折,环环相扣,不可疏忽一分,不可懈怠半秒。

凡采茶,不带茶蒂,不落老叶,大小一致,一芽一叶,方好!茶之芽者,若薇、若蕨始抽,长四五寸,选其枝颖者采焉。其间工夫,鸡啄米,凤点头,鱼跃网,双手先后,两眼齐下,不疾不徐,仿若绣花。一人一天,四五斤鲜叶,倒入小竹蔓,扇去杂碎,以备制茶。

制茶有几道?吾心愈奇,倚树而坐,欲畅谈。

仙草缓缓道来:手工毛峰茶,讲究火候。铁勺舀,木炭铺,倒火母,待火力渐旺,始烘制。摊青、杀青、揉捻、烘焙。炉火灼,手掌伤,汗淋漓,常有之事。头烘、二烘、三烘,三烘之后,仍有足烘。此时,宜文火,宜慢速,至足干。拣剔去杂,复火一次,趁热装筒,封口贮存。

闻之,起敬。一枚叶至一枚茶,其间辛劳,几多磨砺,不与外人道。心下感慨,脱口而问:不知品饮此茶,意味何如?

仙草闻言,得意之色,溢于言表:四万枚芽头,方成一斤好茶。其间意象,万千纷呈。水顺杯入,叶随水动,茶舞翩跹;芽叶悬浮,根根分明,亭亭玉立;状若雀舌,白毫披身,芽尖似峰。雾结顶,疏落缓,盈盈态,渺渺姿,俨然洛水之神。

闻之醉心,倚树而坐,叹,此茶形之美,令人心旌摇荡,不知其味何如?

仙草露出谜一般的笑,缓缓道:黄山毛峰,鲜、甜、野。观其色,清澈透底,绿中泛黄;闻其香,兰花初绽,沁人心脾。品一口,峰回路转,口舌生津;再品之,春心荡漾,摇曳万千。此中状况,鲜爽醇厚,韵味悠长,无法与人语。

吾心驰往,再观眼前之仙草,生敬仰之意。春来春往,花开花落,茶之前世今生,令人叹服。吾信,品过黄山毛峰,若处兰草花丛,若涉涧水山泉,若披云裳雾领,若听佛音照拂,若沐日月精华。

黄山毛峰,深山闺秀,一芽一叶,自成气韵。

问茶,得禅。手随心动,寥寥几笔,直抒胸臆。且将此番邂逅公之于世,愿黄山毛峰香飘万家。若君遇,且敬,一叶一芽,一茶一饮,皆是黄山魂。

(本文获"徽茶文化故事"主题征文优秀奖)

松 萝 茶

焦水奇

1745年9月12日,瑞典商船"哥德堡号"在驶入哥德堡,进港时触礁沉没,当时船上载有370吨中国茶叶。两百余年后的1987年,沉船被打捞出水。令人惊奇的是,分装在船舱内的370吨茶叶一直没被氧化,一部分还能饮用,而其中数量最多的是安徽休宁地区的松萝茶。

松萝茶亦称琅源松萝,于明隆庆年间僧大方创制,是我国最早的名绿茶之一,被誉为"绿色金子"。明代闻龙《茶笺》记载其制作方法:"茶初摘时,须拣去枝梗老叶,惟取嫩叶;须去尖与柄,恐其易焦,此松萝法也。炒时须一人从傍扇之,以祛热气,否则黄,色香味俱减。予所亲试,扇者色翠,不扇色黄。炒起出铛时,置大磁盆中,仍须急扇,令热气稍退,以手重揉之,再散入铛,文火炒干,入焙盖揉,则其津上浮点时,香味易出。田子以生晒,不炒不揉者为佳,亦末之试耳。"喝过松萝茶的人都知道,喝头几口稍有苦涩的感觉,但是,仔细品尝,甘甜醇和,具有茶叶中罕见的橄榄风味。"色重、香重、味重,色绿、香高、味浓"是松萝茶区别于其他名茶的显著特点。

松萝茶历史悠久。相传,早在明隆庆年间,休宁松萝山上有座古刹,名为松萝寺。一般古刹山门前都种有两棵名贵而苍老的树木,而松萝寺山门前却放置了两口百斤重的大水缸。水缸长年接纳从天而降的雨水,日积月累,缸中水质清澈碧绿,不溢不流,活像神话中的宝瓶。有一日,一位阔绰的香客到寺中敬香，见到寺庙前这两缸清新、透明的碧水，颇感惊奇。于是，他对寺中方丈说，愿以高价买下寺门前这两口大水缸，翌日便来取货。方丈觉得门前这两口缸只是盛水用的，并没有什么特别之处，既然有香客愿出高价购买，卖了就是。

方丈吩咐庙中和尚先将水缸中所盛之水倾倒干净，接着又将水缸里里外外洗刷一新，只等香客第二天来领走。谁知，第二天香客带着人手来取缸时，发现缸中之水被倒了，竟弃之而去。方丈忙问："施主为何言而无信啊？"香客答道："我要的是那缸中吸取了日月精华的神水，既然缸中之水被倒了，我要这缸有何用处？"方丈这才恍然大悟，但为时已晚。后来方丈率领寺中和尚在缸水倾倒之处种上了茶棵，自种自制茶叶供香客们饮用，那积日月精华的神水孕育成的滋味浓厚的松萝茶便由此而来。

传说终究是传说，松萝茶之所以名贵，与它所处的地理环境分不开。松萝茶茶园位于海拔500米以上的高山上，那儿四面峭壁峥嵘，奇峰怪石环拥而立，奇松倒挂悬崖，飞泉走壁而下。因人迹罕至，山上树木葱翠蔽日，终年云雾弥漫，日照较短，雨量充沛，为亚热带温和气候，昼夜温差大，土壤肥沃。优越的自然条件对茶树的生长极为有利，因此松萝茶的品质非常好，叶嫩味醇且耐泡。

松萝茶的采摘一般取顶芽嫩叶。其制作过程是，先把炉火烧旺，再把茶叶放进锅里高温杀青，过了6—9分钟，茶叶被炒得半青不熟时，就可以把茶叶取出来，平摊在桌子上或平板上，轻轻地揉。待条索紧卷之时，就可以放在火上烤干了。成品的松萝茶外形似秀眉，色泽银绿光润，香气高爽，滋味浓厚，带有橄榄香，汤色绿明，叶底嫩绿。

松萝茶是徽茶中的珍品，营养价值和保健价值都超过一般名茶。日饮松萝茶可从中吸收多种维生素。它对帮助消化、消除疲劳、兴奋神经、强心、和胃、收敛、利尿、解毒等都有显著作用。常饮松萝茶，对改善血液循环，防止人体胆固醇升高、血管硬化和心肌梗死有显著效用。

"休宁山色横江水,回首依依勒马看。"神奇的一方水土不仅孕育了芳香馥郁、清新爽口、回味甘醇的松萝茶,还滋养了白岳黄芽、金龙雀舌、茗洲炒青,同时昌盛了一域文化,荟萃了人文,便有了"东南邹鲁"的美誉。不必说海阳四家查士标、孙逸、汪之瑞、弘仁,不必说军机大臣汪由敦、名儒朱升,也不必说思想家戴震,单是吴锡龄、黄轩、汪应铨、戴有祺等19位状元,就为休宁文化这颗璀璨的明珠增添了无限光彩。

松萝茶先后荣获安徽省科技成果奖、国际名茶评审会国际名茶优质奖、上海国际茶文化节中国名茶金奖等殊荣。经过长期发展,而今休宁科兴名优茶场传承了松萝茶的衣钵,原产地认证,精益求精地探索研发,创新推出松萝有机名茶——松萝嫩毫。这是新时代赋予她的新活力,也是一份责任担当和使命。

(本文获"徽茶文化故事"主题征文优秀奖)

忆 富 溪

齐凤艳

爱上茶,从读茶诗开始。"一碗喉吻润,两碗破孤闷。三碗搜枯肠,唯有文字五千卷。"每读书、独处,我会为自己沏茶一小壶。常常在北方冬日里临窗而坐,我于袅袅清香中遐想,或在那一走神儿后,会意一笑,然后低首,杯中绿叶仿佛是刚刚从对面脊瓦薄雪中飞临而至的春天。而此时此刻,舒展于我杯里的,是一叶黄山毛峰。素瓷中"碧玉"如小舟荡漾,涟漪在我心,一圈一环,将我的思绪带到那次富溪茶乡之游中。

那日逆着春天的脚步,我从北向南。拂过我脸颊的风是从安徽大地吹来的吧,每一缕都捎来了黄山上茶树的葱郁。一进入皖境,我就希望我分身有术,因为出产六安瓜片、敬亭绿雪、屯溪绿茶、霍山黄芽等安徽名茶的地方我都想看看。唐代李白、明代潘世美、清代汪士慎等诗人都为徽茶写过著名诗句。而来过富溪乡的朋友告诉我,李白在敬亭山品茶时赞过的"茗生此中石,玉泉流不歇"之景致富溪乡亦有。此行我选择去富溪与茶叶亲密接触,是因为我对徽茶的认识始自这里出产的黄山毛峰。

眼前山峦亘古不变,黄山茶亦高名悠远,可追溯到一千多年前的盛唐时代。那时距富溪乡不远的黄山隶属歙州,后属徽州。《徽州府志》载黄山茶"兴于明之隆庆"。且黄山茶驰名海外,日本荣西禅师著《吃茶养生记》云:"黄山茶养生之仙药也,延年之妙术也。"明代时黄山茶不仅在制作工艺上有很大提高,品种也日益增多,黄山毛峰茶的雏形基本形成。今天的黄山毛峰在中华大地上是家喻户晓的传统名茶。

那一刻,我就在黄山毛峰的故乡——富溪!村落的黛瓦白墙被漫山的茶树簇拥着。石阶与炊烟一起向高处升起,似乎都想摘取那最高处的茶树叶。草溪河水端庄婀娜地将人家、山、山径和茶树清澄映照。村庄静悄悄的,时闻犬吠鸡鸣,间或三两孩童嬉闹。大人们此刻都在山上忙着采茶,而我的心也先于我的脚步飞到了山上。

茶树依山势生长,有的地方像梯田一样,簇拥的绿一排排,似琴弦,风是乐师。我仿佛看见自己在树间缝隙行走,遇一小石为座,左手扶座,右手持柄。而手中的杯子只是用粗朴的陶泥手工捏制。身处丛林,我无须杯上描花绘云书清雅词句,我已在清雅中。"一饮涤昏寐,情思爽朗满天地。再饮清我神,忽如飞雨洒轻尘。三饮便得道,何须苦心破烦恼。"皎然诗句所言不虚。

想必中国茶文化中,以茶涵养淡泊宁静的旨趣不仅仅是因为茶饮淡甘清冽,而且与茶生长在深山有关。在富溪,我还看见竹子和茶树相伴生长的情形。看来郑板桥那首诗《题画》中所写竹、茶同在一幅画中是真实存在的。自然涵养了人的性情,悠远的中华文明中,茶与竹的交互通过诗歌形成了一股清泉,滋养着一代一代人向美向善的心灵。而茶文化的形成,离不开文人的推波助澜,正是陆羽等一辈辈文人墨客,将茶从大锅汤饮变为细品慢尝。"旋扫太初岩顶雪,细烹阳羡贡余茶。古铜瓶子蜡梅花。"多么优雅的意境!

陶醉着,我又被高处几位碎花红衣采茶女吸引。她们身材曲致丰满,脸庞紧致美丽。我看不见她们的眼睛,想象中的顾盼更加魅人心魄。她们娴熟而轻灵地摘着茶叶,劳动的样子可真好看。我细观身边的茶叶,呈微微卷翘状,如雀舌鸣啭,色泽绿中泛黄,且有银毫显露,正是采摘的好时节。"露蕊纤纤才吐碧,即防叶老须采忙。家家篝火山窗下,每到春来一县香。"勤劳的人们也得到了茶的滋养和回报,生活颇为富足。

再向上眺望,白雾缥缈。阳崖之上的茶树,有飞升之神态。云缕缭绕中,我不禁猜测,那第一粒茶树种子是否来自瑶池仙境,古今文雅之士发现其超然品质,借之或涵养性情,或增添诗兴,或参悟人生。而普通人家,围茶叙话,亦是人间美好。

(本文获"徽茶文化故事"主题征文优秀奖)

我 与 茶

黄怡婷

我小时候分不清茶树和桂花树。

归根结底,这得"怪罪"于我的小学语文老师。她是个讲求浪漫主义的女性。在介绍桂花的时候,她将无限美好的词汇赋予了这小小的植株。绿意盎然,枝节缠绕,花香袭人,宛若一个美丽的女人。正处于孩童时期的我无法将这过于美好的植物和生活中的事物对应,冥思苦想了几日,母亲去年在屋前种的矮小植株冲到了我的脑子里。可不,它真是一个绿色的小精灵啊,多漂亮,它就是桂花。在我的整个童年时期,我都在等它开花。

我狂热地喜欢它。每当家里来客人时,我都会手舞足蹈地向大家介绍它,介绍它的美丽,介绍它和我相处时发生的趣事。不知为何,可能是我的爱太聒噪,一向温和的母亲为此训斥了我。我歇斯底里地哭喊,好像在为我们的友谊辩护。

等我长大了,我才知道它哪里是桂花,桂花是干瘦妩媚的女人,它却是丰腴的胖女人。它来自母亲的家乡徽州。好巧,我的母亲也是个丰腴的女人。她是个受四邻称赞的好女人,勤劳能干,漂亮知礼。我曾问过母亲当年为何对我发火,母亲只是淡淡地说自己不喜欢桂花。再追问,她眉头一挑,说桂花的香味太浓。再问,母亲竟闭口不言了。

幼时我总是兴冲冲地对每一个同学说母亲身上有很浓的桂花香。当然,现在想来,那应当是茶香。在很长的时间里,我固执地将之视为母亲的象征,那是一种温暖的香气。直到我去了徽州,那里的女性,无论是活泼的小姑娘还是和蔼的中年妇女,或多或少,或深或浅,身上都有这股茶香。二十年前,我的母亲正是在这度过了她的少女时期。

姐姐妹妹们都非常热情好客。我们成天在茶园里和数不清的小精灵打交道——掌心向上,用拇指、食指配合中指,夹住新梢上要采的节间部位并向上着力,叶子便悄无声息地落入篮子里。等和这娇气的朋友处好关系,我就成功取得了进茶场的资格——炒绿茶是我的最爱。将鲜叶下锅炒制,一锅的绿油油晃啊晃,慢慢地,空气中的青草味溜走了,一股栗子味异军突起。这是一股多甜蜜的香气啊,它一路小跑,攀上我的肩头,揪住我的耳朵,向我抱怨刚才炒它的力道太大,叫我轻些哩。这娇气的朋友。

在姐姐妹妹们的耳提面命下,我总算是掐着点入了茶道的门。"乌龙入宫""春风拂面""玉液回壶"这些名词搞得我晕乎乎的。细细品味,又发觉其中不可与人言的精妙。

离开徽州后,总有人说我身上有一股茶香。

(本文获"徽茶文化故事"主题征文优秀奖)

黄 山 寻 茶

徐凤清

五月,我到安徽黄山出差。我知道黄山多名茶,不过这些茶叶市面上都有,随时可买,我像以往一样,只想进山买些自产自销的绿茶,新鲜又实惠。

那天出差任务完成,我兴冲冲地跑进一个小山村,不一会儿就发现有栋石头房子门口架着口铁锅,一位白发老人正在专注地炒茶,旁边还有个十来岁的男孩做帮手。可当我的眼光落到老人不断翻炒的茶叶上时,兴奋的情绪一下跑去大半,原来锅里的茶叶不是刚采下的嫩茶,而是铁青色的老茶叶,叶片竟然有野桑叶般大,能炒出什么形状来?我摇摇头说:"丑!"转身就跑。

"客人留步,你小看我家老青茶了。"老人突然抬起头,在我背后喊起来,显然我的一声"丑"刺痛了他的心。

我转回头如实回答:"老人家,亏你是个山里人,怎么种出这样的茶叶?送给我都不要!"

老人被我的话逗笑了,说:"回来看看,耽搁你一会儿工夫,看我把老青茶叶炒成什么样子,然后喝口茶,算交个朋友,再走也不迟。"

他把这老茶叶叫老青茶叶,倒是十分合适。

一旁的小男孩也不高兴地喊:"叔叔,老青茶叶是我家宝贝,你不懂茶,不要瞎说!"

老人说得很自信，男孩又把丑相的老茶叶说成了他家宝贝，让我心生好奇。我马上返回，倒要看看老人能把这老茶叶炒成什么漂亮模样，又会让我喝出什么特别的味道来。

老人不再说话，捧起茶叶轻揉、细搓，动作慢时双手抖着茶叶停在空中，快时茶叶在他掌中欻欻飞旋。随着老人变幻莫测的手法，满铁锅的老茶叶越炒越卷，越卷越小，最后华丽变身，竟然变成一粒粒深绿色的茶珠，又"铮铮铮"雨点般落到铁锅里。这声音激越人心，一阵高似一阵，让我想起白居易"大珠小珠落玉盘"。此刻，老人炒的仿佛不是茶了，而是一把把玉珠，看得我目瞪口呆。

老人额头渗出细小的汗珠来，最后把炒成的茶珠倒进一只小竹匾中，瞬间铿锵有声，似珠玉互相撞击。它们小葡萄大小，呈绿晶晶的半透明状。我感到刚才小看老人了，惊讶得大声喊起来："还有炒成这样的茶叶？分明是一颗颗翡翠啊！"

"哪里哪里，客人过奖了。"老人擦擦额头的汗水又说，"老了，炒这样的一锅茶，得炒半个时辰。"

旁边的男孩子也骄傲地告诉我："爷爷炒了五六十年茶，这样的珠茶其他人谁也炒不出来的！"

不过，我在惊异之际，心中出现了个疑团：老人费这么多精力把老茶叶炒成珠茶，怎么炒不出半点茶香呢？我在许多茶农家看到过炒茶，那时满屋子充满了炒出来的茶香，真是令人陶醉。我想，炒不出茶香，炒成的茶珠不会没有茶香吧？我从小竹匾中捧起一把还有着余温的珠茶放到鼻尖，还是闻不到一点香味。我惋惜地对老人说："你炒茶的本领让我佩服，可一点也闻不到茶香，你炒的是茶叶，还是树叶啊？"

老人听后，哈哈笑了，说："客人说笑了，怎么会炒树叶呢？"就叫男孩端来一杯泡好的绿茶，只见茶色纯绿清亮，七八颗翡翠色的茶珠半浮杯中，煞是好看，丝毫没有冲泡后的松散颓落。我轻轻喝一口，甘醇的茶香犹如陈年美酒,一下沁入五脏六腑,我忍不住喊声"好茶",又惊喜地问:"老人家,这就奇了,炒茶炒不出茶香,为什么泡后满口香?"

老人向我解释:"关键是掌握好了火候,把茶叶炒成珠子状,紧紧锁住茶香、茶色。而一般的炒茶,火候太旺,茶香半途被炒掉了,泡三杯后就没有了味道,茶色也淡了……"

旁边的孙子自豪地插嘴:"叔叔,这就是我爷爷炒茶的本领,能够把茶香和茶色锁住,泡了之后,让它们慢慢地跑出来。你刚才喝的那杯茶,还是爷爷一早起来泡的,有客人来了,请他品尝,快半天了,你看看,味道和颜色还是没有变!"

好一个"锁"字,我自以为是个"喝茶通""买茶通",想不到在这黄山旮旯里,遇上了能把茶香和茶色锁在茶珠里的好茶,让我大开眼界。我立刻激动地喊:"老人家,多少钱一斤?"

谁知老人又哈哈笑着回答:"这茶是不卖的,也没有价钱,你喝一杯可以的。"

我急了,又说:"价钱随你喊!"

老人又说:"不是不卖,茶叶是送人的。"

送人的?我根本不信,又恳求说:"老人家,我喝茶、买茶几十年了,从来没有喝到过这样的好茶,不管多少价钱,让我买一斤吧。"

老人见我执意要买茶,才告诉我这茶只送不卖的缘由:产这种老青茶叶的茶树也就剩下四五株了,都在他家的山地上。这茶树长得高,所以叶片也大,采时要架小梯子。从前山村里这种老茶树长了不少,由于叶片大而老,炒出来的形状不好看,加上产量不高,采摘困难,虽然味道不错,还是被高产品种淘汰了。而老人舍不得这四五株老茶树,每年在茶场工作之余,采了也只是炒出十多斤。其间,他慢慢地琢磨、摸索,炒成目前的翠珠状,好看好喝又耐泡,老人除了留下一点自己喝,大半送给亲友……

原来这是无价之茶,我只好遗憾地说:"老人家,对不起,您的老青茶我已经品尝过了,满足了。"

　　说罢,我快快转身,老人忽然喊住我说:"客人,看来你也是个爱茶的朋友,我就少喝一点,送一罐给你吧。"说罢,他拿出一只没有商标的简易铁皮罐,把刚刚炒出的茶珠装满一罐,双手送给我。

　　我激动地连喊"谢谢",老人笑笑说:"谢什么呀,在我们山里,像这样自己种种自己炒炒,摸索摸索炒茶门道,分给亲友喝喝的多得是,也是种乐趣。"

　　我感到老人送我的这罐茶叶十分珍贵,又忍不住提出建议:"这老青茶的味道胜过市上品牌,而它更具独特的形状和锁色锁香的功能,堪称绿茶一绝,何不把它打成品牌,推广出去?"

　　老人伸手摸摸孙子的头说:"我老了,没这个精力了,希望寄托在孩子身上了……"

　　这回进山,我不但收获了一罐好茶,更是感悟到黄山出好茶、名茶,除了地理环境得天独厚外,还有黄山茶农一代代智慧和汗水的付出。我相信,那些深藏在深山里没有品牌的茶叶,它们扎下的深根,也许就是明天的品牌……

　　(本文获"徽茶文化故事"主题征文优秀奖)

黄山的茶

廖辉军

细雨绵绵,一片片芽叶在春风的抚摸中萌发成翠绿,郁郁葱葱的乡间茶树显得格外精神抖擞,此时春茶经过冬季的休养生息,浑身透着饱满芬芳,散发出怡人香气。

中华茶史源远流长,算起来有数千年的历史,从人不离口到风靡世界,从喝茶到饮茶,从种茶到制茶,从茶具到茶道,一杯茶水蕴含了天、地、人、物的诸多内涵,反映了所在时代的社会变迁和人文风貌。可以说,一茶汤,道尽人间百姓事。

从古至今,民间饮茶之风盛行。俗话说,开门七件事,柴米油盐酱醋茶,由此可见茶在人民群众生活中的重要地位。茶道即人道,茶与人们的日常生活密不可分,小至明礼节知民情,大则彰道德显儒学,处处透露着生活智慧,记载着博大精深的中华文化和民俗风情。

一

黄山为千年茶乡,素有"无茶不成歌,无茶不成调"的说法。在诸多农事中,如栽田、挖山和筑堤修路等,常有专人击鼓唱歌以示加油鼓劲。在这些号子当中,采茶是最常见的内容。至于山歌、情歌、采茶戏、神歌、婚庆、节日等,更常见茶的影子。在茶歌中,情歌最为常见。如《十二月摘茶》四节:

"正月里来是新春,何日等得茶发芽,姐在房中急闷闷。二月里来是花期,郎在河下把水挑,姐在房中把茶烧。三月里来是清明,采茶情哥上姐门,姐在房中笑盈盈。四月里来是立夏,情姐打扮去摘茶,情哥送来一朵花。"

除此之外,还有不少场所唱到茶,歌中体现出非同一般的茶史文化和儒学思想。《栽田鼓》:"细茶芽,细茶底下有芝麻,有礼之人慢慢饮,无礼之人用手抓。"这里将茶与礼节紧密联系在一起,闪烁着儒学精神,人的本性得到充分的诠释。《赞婚茶》:"说赞茶,说赞茶,我把茶籽说根芽,上古时候无茶饮,文武百官喝开水。多亏唐僧去取经,师徒四人向西行,那日打从茶山过,带来茶籽转回程。过了一关又一关,茶籽播种黄山上,多亏茶农费了神,才有茶叶到如今。"寥寥几句,使茶的传说跃然纸上。

除了民间文化,多种多样的茶俗由来已久,不仅体现出当地民俗特色,而且其中充满了儒家精髓。在许多地区的农村,人们将订婚称作"吃定茶",自订婚后需要"三茶六礼",指端午、中秋、春节三大节日,男方家得向女方家送茶礼以示婚约,故有"七包饼子八包茶"之说,茶比食品还多,可见茶在婚事中的重要性,因茶生性清洁,茶味悠长,寓意守身贞节和婚姻长久。到了女子出嫁时,还要专备箱子装茶,谓之"陪嫁茶",或是婚后由新娘的弟弟或侄子送来,称之"郎舅茶"。男方到女方家迎亲或女方到男方家见客时,喝了茶的人要给红包,称"茶钱"。成婚那天两人喝过"同心茶",然后经过连续三夜的"抬茶闹茶",才算正式成为夫妻。

人生如茶,可谓百味俱全,有甜就有苦,有喜就有悲。民间办丧事,同样离不开茶。人死后,床前要摆上一盅清茶,意为一生清清白白,了无牵挂。入殓时,需在其中放入一片茶叶和几粒米,此为"含茶",表示在哪里都有茶喝、有饭吃。做法事时,还有"引路茶""赐福茶""回丧茶"之说,就是逢祭日,也要"献茶"和"讨百家茶",以示孝顺和平安降福。

同时,茶也是节日的必需之物。逢年过节,农家素以糖茶待客,红糖加红茶,皆为喜庆,糖有生活甜蜜之意,茶显相处敬和之礼。春节拜年时,客人不管到哪家都要喝茶吃点东西,叫"吃年茶",寓意"年年有余"。即使是生日宴会或聚会,家乡人也称作"汤饼之会",这"汤"实为"茶水"之意,亲人们聚集在一起,或叙亲情,或议族事,或对歌说书,大有"煮茶话桑麻"的况味。

二

黄山多山多水,人家依山傍水而居。有水便有桥,有桥必有茶,"桥茶"往往成为南来北往的旅客的歇脚点。这些桥多为古木建筑桥,上面盖有桥廊遮风挡雨,桥中左右安有横木以便行人坐靠休息。在人流量较大的桥上,还建有相当规模的桥头屋,称为"茶亭",一边是生活小店,一边是烧茶房,以方便过往客人。至于"桥茶",也叫"亭茶",这是免费提供的"赐茶",如果在多年前,你无论到何处,都不用担心路上口渴没茶喝,累了也不愁没有地方落脚。

那时,只见桥栏中间有一只方形大柜,柜里放着硕大的茶缸,足以装下几担茶水。那柜是盖着的,一半是固定封住的,上面放着几只茶碗或竹制茶杯,另一半是可以自由揭开的,旁边挂着一只长柄的竹茶吊筒,渴了可随意畅饮,不收分文。由于"桥茶"众多,为此还产生了专门维持日常运转的地方性组织,名为"茶社"。这"茶社"可不简单,相当于现代的慈善机构,甚至有自己的山林田地,可供"桥茶"人员的基本生活开支。虽然有些建在官道地方的"桥茶"名为"官茶",但大多数是由当地富足行善之人捐资施茶,从而成为收入来源相对稳定的公益性民间组织。

尽管如今随着社会变迁和时代发展,"茶社"早已不再,但有些地方仍保留着"桥茶"风俗,多年来从未间断地给路人烧茶,继续弘扬着儒学的和善、大爱精神。总之,这种民风之淳,显示着当地人们对茶的感情之深,展现出人间有爱的茶道之理。在记忆中,许多茶桥和茶亭上常有这样一副对联:"来不迎,去不送,礼义不拘方便地;烟自奉,茶自酌,悠然自得大罗天。"此情此景,令人不由得驻足观看,流连忘返。许多时候,我伫立在古道茶亭之上,手捧一杯黄山茶,望着桥上青砖土瓦、苔绿斑斑,曾经那些南来北往旅人的吆喝声在耳畔久久回荡……

(本文获"徽茶文化故事"主题征文优秀奖)

品 味 徽 州

鲍文忠

"进门一杯茶",是徽州的传统,也是徽州的礼仪,上自耄耋老人,下至青春少年,无人不知,无人不晓,无人不尊崇。

茶叶是最能代表徽州的物产,在连绵云雾中生长,吸纳山间灵气和百花香气,又经历烈火淬烤和重力捻压。冲泡时,杯中会释放出巨石的坚劲、云雾的缠绕和百花的清香,喝一口便品尝到徽州的味道。

徽州茶有很多种,祁门红茶、太平猴魁、黄山毛峰是大家所熟知的,已经声名远扬了。除此之外,花茶、屯绿(炒青),还有一些小众的茶叶,譬如顶谷大方、松萝茶等,也十分出名。

而我最爱徽州的绿茶,本质本味的徽州味道。

印象中,我的老家歙县石门,待客的一杯茶便是徽州炒青。那时茶农将上等的炒青卖给国家,所留极少的一点,在贵客临门时端出来,以示尊重。自己平时喝的"粗茶壳",鲜叶较老硬,品质稍次一些,但清香不减,夏天极为解渴。

生产炒青的程序我都熟悉,从采茶到制茶,从茶苗培育到移栽、茶园管理,茶园的松土、除草、施肥、杀虫、修剪,到现在还能说得头头是道,干得有模有样。

制茶是小时候最为难忘的一段经历。一般白天采茶,制茶都在晚上。

茶场里有一个巨大的木制水车,直径有 8—10 米,从溪流上游挖渠引水到茶场,水车转动带着制茶机器运转。除了炒锅和用于烘干的滚筒,整套机器全是木制品,连转轮和成套的揉捻设备都是木制的。炒青制作不太复杂,一般经过杀青、摊晾、揉捻、烘干等几道工序,便会生产出条索紧实细密的绿茶。

春茶时节,学校放十五天的茶假,让学生们回家帮着干农活。大人在制茶的时候,一群小鬼也跟着学模学样,或是打打下手。譬如,在大人的安排下,杀青时候的添柴、退火,将杀过青的茶叶搬去摊晾,烘干后拣去老叶和茶梗,还有茶叶装袋等,小孩们能干的活,大人也乐得放手指挥。更多的时候,大家还是在那个难得的、全村唯一有电灯光亮的地方,嬉戏玩闹。累了、困了,便睡在茶场里,直到天亮。那时我们乐此不疲。

每年都会在茶场待上短暂的半个月,那些夜晚,成为我最有趣味的记忆,人生中最丰满的一部分。

徽州炒青充满了浓浓的生活气息,炒制过程是生活的磨难和鲜叶的涅槃。冲泡时,片片嫩叶在热水中慢慢舒展开,让人深深感受到徽州的秀美山川和幽幽仙境。而黄山毛峰更多地给人以雅致的感觉,散发出来的清雾和流香,让生活充满了艺术和品位。

漕溪是黄山毛峰的原产地,19 世纪中期,毛峰茶就开始闯荡上海滩,用嫩芽、泉水和清香征服了上海,并逐渐名扬四海。漕溪四周的村庄,黄山毛峰的生产很快兴盛起来。每年春季,围绕着生产、制作、销售毛峰茶,大家开始忙碌起来。20 世纪 90 年代初的春季,我在村子里度过,有时就住在农家。或许是一直生活在茶乡的缘故,我跟茶人学会了毛峰的手工制作方法。

毛峰茶只生长在黄山及其周边地区的深山之中。天时地利人和,才能品尝到地道的黄山毛峰。气候要风调雨顺,不能出现秋冬大旱和倒春寒的天气;土壤的墒情、肥力合适,茶树生长的光照、温度、湿度适宜,才能生长出圆润、饱满、清嫩的芽头。采摘的时机要把握好,一芽一叶初展或展开、一芽二叶初展最好。采摘时要细活轻做,两指捏住嫩茶梗掐断,这样才能确保芽叶上的白毫如初。

　　手工杀青是讲究火候和手法的艺术。锅烧烫，手抓一把嫩芽，下锅之后顺着芽头边翻炒边整理，不能焦边，还要能除去青气，杀出香味来。揉捻时，把杀青后的芽头放在圆箕里，整理好，轻轻捻压，不能破坏条形和白毫。数次之后，将芽头一一摊开置于炭火之上烘干，黄山毛峰茶便做成了。

　　"待到春风二三月，石垆敲火试新茶。"那些年，每年我都能喝到头采毛峰新茶。农家用山泉水冲泡，毛峰在冲泡过程中亭亭玉立、白毫毕现，缕缕轻雾升起，百味花香弥漫，黄山毛峰在浴火之后重生，焕发出了新的活力。

　　（本文获"徽茶文化故事"主题征文优秀奖）

九 天 揽 月

刘如库

老街的尽头是一个爬满翠绿藤蔓的名为"聚茗阁"的茶吧,一条清澈见底的小溪把整个茶吧隔成两部分。慵懒的午后,调皮的阳光轻巧地挤入绿色的藤蔓,不安分地跃上窗台。

夏雨点了一杯太平猴魁,靠窗坐下,茶叶在沸水中几经沉浮、旋转,渐渐沉淀,氤氲出甜甜的气味,一杯清水已在不知不觉中浸染润透成茶。他端起茶杯,轻轻地呷了一口,浓郁的兰花香味便在口中弥漫开来,鲜爽醇厚,瞬间充盈了齿颊,浸润了肺腑。

夏雨的曾祖父夏之书二十几岁时就在屯溪创办了茶庄。抗日战争全面爆发,他将从原产地直进的茶叶卖出后,积极捐款捐物支持抗日军队。一天,盘踞在屯溪的日本兵全城"扫荡",一把火烧了曾祖父的茶庄,茶叶被洗劫一空,其中就包括曾祖父珍藏的一块"九天揽月"老茶。这块茶是曾祖父央求一位手工制茶老师傅,为庆贺夏雨的祖父出生而专门定做的,曾祖父将之视若珍宝,老师傅早已作古,饼也因而成了绝唱。新中国成立后,曾祖父曾经托朋友在日本打听,甚至连民间的博物馆也不放过,但一直没有"九天揽月"的下落。曾祖父临终前嘱托夏雨的祖父继续寻找,同样是杳无音信,祖父也抱憾而去。如今寻找它的任务就落在夏雨的父亲和夏雨身上,过去了那么多年,那块茶饼也许当时已被大火付之一炬了呢。

小溪的另一边坐着一个女孩,乌黑的头发垂落而下,丝般柔顺。她用食指和拇指轻握杯缘,中指轻托杯底,无名指和小指自然轻跷成兰花指,优雅地小口品啜,一只泰迪紧挨着女孩惬意地躺在座位上。从夏雨进来,泰迪就坐起来一直审视着他,和夏雨对视的那一刻,它猛地从椅子上跳下来,疯了一般越过小溪向他扑来,围着夏雨摇着尾巴呜咽着。

"团团,是你吗?"夏雨俯身一把举起泰迪,使劲摇着。女孩几乎不敢相信自己的眼睛,她放下茶杯,缓慢站起身,一脸诧异。

夏雨冷静下来,抱着团团跨过小溪,走到女孩面前:"小姐姐,这是你养的狗吗?"

"它是我领养的流浪狗。"女孩小心地回答,嗓音像被天使吻过一样,格外甜美。

"我去年带它到这里玩,一时大意,竟把它给弄丢了。"夏雨紧紧搂着团团,生怕它再跑掉。

"是吗?"女孩轻轻地抚摸着团团的脑袋,眼神里透露出万般不舍,"那就物归原主吧,你一定要好好照顾它!"

女孩的善良和大度令夏雨无比动容。

"那我想它的时候,你可以让我见见吗?"女孩仰起头,提出了一个让人不忍拒绝的请求。

"可以,当然可以。"夏雨频频点着头。

望着夏雨带着团团远去的背影,女孩两肩颤动,掩面啜泣起来。

经过交往,夏雨了解到女孩叫纯子,来自日本,在安徽大学留学时读中文,因痴爱中国茶文化,修完学业后,就在黄山市注册了自己的公司,取名"中日茶文化交流中心"。当夏雨的父亲得知夏雨在跟一日本女孩交往时,刚开始极力反对,但架不住夏雨的软磨硬泡,最终不得不答应。两个年轻人从相遇、相识到相知、相爱,顺理成章地就成了男女朋友。

两家人经过协商,将两人订婚的日子定在农历的七月初七。一见面,纯子就庄重地把特意从日本赶来的父亲介绍给夏雨一家:"这位是我的父亲秋田先生,从事中日两国友好交流活动,担任中日文化交流协会常任理事职务,在名古屋经营一家私人茶叶博物馆。"

夏雨也庄重地告诉秋田先生,父母在屯溪经营茶庄,他自己则是一名专业的手工制茶师。

夏雨和纯子交换戒指后,送给纯子两斤极品太平猴魁,纯子送给夏雨一个典雅的小叶紫檀的方盒。方盒是卯榫合角,镂雕通透干净,枝叶穿插掩映,有清朗灵动之致,点缀鸣蝉,增高洁之意,包浆浑厚自然,整体俊逸儒雅。打开方盒,夏雨一家顿时愣住了,这是一款造型奇特的高山古树茶饼:一块圆饼之上是一弯新月状的茶饼,二者合而为一,茶饼油润周正、条索清晰紧结、色泽红褐,金毫显露,一股淡淡的茶香随之飘然而来。棉纸上几个小字引起了夏雨的注意,上写道:苍天眷顾,幸得一子,生于乱世;愿怀九天揽月之志,走兴国振邦之道,凭赤子之心,以身许国。制茶一枚,聊以纪念。庚辰年夏之书。夏雨一家顿时惊呆了,这正是他们苦苦找寻的"九天揽月"。

待大家回过神来,秋田先生忽然向夏雨一家深深鞠了一躬,眼里泪光莹莹:"我代太爷爷向您一家谢罪!"夏雨赶紧扶他站起身,因为这一切来得太突然,夏雨和父亲竟一时语塞。秋田先生紧握他俩的手:"我和爷爷找了你们数年,终于找到了。今天,我们完璧归赵。"

夏雨和父亲顿时泪流成河。

阳光透过窗棂射到屋里,夏雨又忙起来了,团团趴在椅子上静静地看着他潜心仿制"九天揽月"。秋田先生正筹划与中国黄山市茶产业促进中心合作,共同举办一次大型的中日茶文化交流会,"九天揽月"是秋田先生的镇馆之宝,这样的盛会怎么可以没有它呢?

(本文获"徽茶文化故事"主题征文优秀奖)

"赶"茶往事

汪鑫兰

我出生在祁门县古溪乡的一个古村落——黄龙口村。记事起,就与茶结缘,祖祖辈辈靠茶为生。同样,我的父母亲也是靠种茶、采茶、制茶、卖茶来养育我们兄妹四人,维持一家人的生计。

到我能采摘茶叶的年龄时,"茶棵地"(茶园)已分到每家每户了,村里茶农对种茶、采茶的积极性更加高涨。每年的茶季是村里人最忙碌、最开心的时候。虽然辛苦,但一想到卖茶就有钱,有了钱就能买粮食、买衣服,劳动的那一点苦算不上什么的。

采茶叶是要"赶"进度的。"明前茶"(清明前的茶叶)生长速度慢,可以不急;过了清明,气温升高,雨水适宜,在皖南山区雨雾的氤氲里,茶叶生长得很快,如果不加快手脚,尖尖的嫩芽两三天就会长大,价格自然就卖不上去。所以,我们采茶丝毫不敢偷懒。母亲每天凌晨三四点便起床准备一家人一天的饭菜,我们在天亮前就得起床,吃好饭赶在天刚亮时出发,把中饭和茶水一并带到茶山,往往是太阳还未出来,我们的裤腿已被茶树上的露水沾湿。天气好的时候,茶叶采起来利索,遇到下雨天就比较麻烦,但茶季里没有休息日,穿着雨衣、雨裤、胶鞋奔赴茶山,一刻也不停歇。记得大姐是家里"赶"茶时的采摘能手,在将一天采摘的茶叶送回家制作时,累了一天了,本可以休息片刻,但她还坚持着到离家近的茶园利用天黑前那半小时,争分夺秒地采,天天如此,她是我们兄妹中最勤劳、最懂事的。

制茶(我们叫"做茶叶")也是要"赶"的,20世纪90年代初,我们那已兴起"黄山毛峰"的制作。那时主要是一家一户的生产模式。刚开始纯手工加工,生一钵木炭火,将生叶搁一把到钢丝筛内,然后双手上下来回在炭火上不停地抖动,让茶叶始终处于"翻腾"状态,确保受热均匀,这也是绿茶制作的初始步骤——"杀青"。之后,将"脱过水"的半成品"茶坯"放置在竹篾盘内晾凉,最后就是"烘茶",将"粗坯"搁置在竹制的"烘罩"内,同样也是放置在盆装木炭火上烘,这时的炭火要"熟",温度不能过高,基本要维持一个恒温,而且过个几分钟要翻动一次。做茶叶过程烦琐,同样也要"赶",所以每天父亲都得提前回来生炭火,这方面他是专家,"做茶叶"也是他的看家本领,尽管之前在生产队茶叶初制厂里,他从事的是红茶烘焙劳动,但做起绿茶来,一点也不逊色。一家人齐心协力、配合默契,总能在十二点前将茶叶"赶"制好。

卖茶更需"赶"了。头天晚上制好的干茶总是要卖出去换回钱的,这个任务我在家的时候基本上是由我来完成的。那时交通条件很落后,路是泥巴路,工具是父亲下了狠心买下的"老凤凰"大骨架自行车。那时我初中毕业已算大半个劳力了,虽年龄不大,但驾驭这辆高架自行车也是滑溜得很。家里每天的劳动成果就靠我背在身后,骑着自行车赶往十里开外的镇上去卖。辛苦是肯定的,但那时想得最多的是骑快点,能卖上个好价钱;骑快点,卖好茶叶能早点赶回来采茶。

时光荏苒,一晃快三十年了。后来我远嫁浙江,但每年的茶季,我也还赶着回家,帮忙搭搭手采茶。现在的交通条件大大改善了,日子也越来越好。制茶、卖茶也不像以前那般辛苦,采摘的茶草直接在村里的路边、桥头、操场就可以卖掉,镇上、村里也新建了好多茶场,也不用担心茶叶卖不掉、卖不上价。我呢,现在虽不在农村生活,但每年茶季都会想方设法挤出时间,赶回家采上几天茶叶,也挺"赶"的,因为多年来习惯了"赶"茶。

(本文获"徽茶文化故事"主题征文优秀奖)

草木有本心

林文钦

"黟县小桃源,烟霞百里间。地多灵草木,人尚古衣冠。"黟县人以茶会友,以茶陶情,日常生活处处闻茶香。

"我黟田少独山多,确土宜茶理不磨。好是春光三月半,村村听唱采茶歌。"歌谣称赞的是黟山石墨茶,它起于唐朝,盛于明清,衰微于民国。近年有李氏后人反复翻读古籍,方将石墨茶重新制成,并呈于世人面前。

石墨茶出自江南名山,有着传统名茶的传奇雅韵。该茶原产于石墨岭,其名相传与诗仙李白有关。遥想时年,李诗仙沿新安江上溯,游历至石墨岭下的黄姑河畔。中午在一家叫"桃源洞"的酒店畅饮后,店家给诗仙泡上一杯碧绿的茶。他一打开杯盖,一股幽香的雾气立即旋转起来,绕了几圈后徐徐上升,馥郁香气沁人心脾。诗仙细细品尝后,兴奋地连声称道:"好茶!好茶!"他随即问店家此茶何名,店家答曰:"未曾有名。"在思索片刻后,诗仙说道:"既然此山叫作石墨岭,这茶不如就叫石墨茶吧。"太白诗仙这一命名,"石墨茶"就被过往商客一传十、十传百,使得茶的美名盛传了千年。

"好山出好水,好水育好茶",石墨茶系黄山绿茶之大叶种,生长于幽谷怀抱、溪水回环的"桃源仙境"。每年清明、谷雨是石墨茶采摘季,采摘时不采雨水叶和露水叶,采下的鲜叶以"一芽二叶"为主。石墨茶的外观呈颗粒状,这是有别于其他绿茶的主要特征。因鲜叶较多地保留了天然物质,其中茶多酚和咖啡因保留鲜叶的85%以上,叶绿素保留60%左右,使得茶品有着"绿叶红汤,滋味收敛性强"的特点。

喜喝石墨茶的茶友们,都知晓它"重如石、色如墨、茶汤浓"。细思之下,石墨茶作为炒青绿茶,其味为何特别醇香?这还归功于黟山制茶的秘制古法,制作石墨茶取的不是芽叶,而是普通的单片叶子。史书记载,石墨茶制作精细、独具匠心,须经过手工摊放、杀青、揉捻、初烘、炒头坯、筛分、摊晾、炒二坯、晾置、足烘十道工序,经过七十多个小时制成。笔者曾被茶叶炒青过程所吸引,只见制茶师将茶叶翻得快、扬得高、撒得开、捞得净,一手炒茶技艺看后令人感叹不已。看炒青如观赏艺术表演,不啻一种绝妙的视听享受。听那铁锅里不时地发出噼噼啪啪的茶叶爆响声,就如同一首首伴奏的音乐。新茶出品后,色泽墨绿,白毫显现,外形紧细,弯曲如钩,茶品"香气清高,滋味鲜醇",在中华名茶中名列前茅。

黟县人对石墨茶倍加珍惜爱慕,且善待之。喝石墨茶是极佳享受,其茶汤是红的,品味中像是红茶,闻有板栗香和兰花香。这茶一泡时,团状茶珠在水中舒展开来,依然筋筋道道的样子,仿佛老树枯墨。喝干再泡一道,茶叶又舒展一些,茶汤澈亮,味道还是很浓。说起石墨茶的茶道,从沏茶到品茶都极为讲究,当地人注重沏茶的"四最宜",即宜茶、宜水、宜人、宜艺,彰显茶道美学的合理搭配法则。同时讲究品茶的"三之境":一品涤昏寐,情思爽朗满天地;再品清我神,忽如下雨洒轻尘;三品便得道,何须苦心破烦恼。这几句诗,形象说明了品茶的三重境界,体现出徽州茶文化博大精深的内涵。

"手捧一杯茶,脚踏柴火盆,除了神仙就是我……"在民间传说中,石墨茶盈满仙气,常喝可助饮者延年益寿。相传唐代著名道人许宣平夜卧石墨岭洞穴,修心悟道,白日穿梭于高大茶树间苦练太极拳,常以鲜茶充饥、干茶为饮、碎末成药、茶渣做枕,驻留此间不知多少年,世人却难觅踪影。这一民间传说,无疑给石墨茶披上悠远的神秘色彩。而经现代科学检测,石墨茶富含铁、镁、锰、锌、钴等十余种微量元素,氨基酸含量达5.81%,茶氨酸含量达

1.93%,对延缓衰老特有功效。石墨岭上村民常年饮此茶,百岁寿龄者竟达20人之多,甚至传说有活到200余岁的老寿翁。

因其极高的营养保健价值,石墨茶成为茶叶中的至佳礼品,被明清皇家列为"贡茶"之一。当年石墨茶上市后,运至屯溪集散输出,与祁门、休宁、歙县茶叶一起统称"屯绿"远销欧美,以"祁红屯绿"之誉名满天下。由此,古代文学家灵一赋诗点赞:"野泉烟火白云间,坐饮香茶爱此山。"

探寻一片茶叶,可知徽州农业文明的前世今生。而今"黟山石墨"入选中国农业系统文化遗产名录,其传统工艺和原产地品质已得到保护传承,正以黄山市域"五黑"品牌产品加以推广。黟县"弋江源"石墨茶以有机茶闻名,其高品质的安全保证越来越受到茶客的喜爱。

草木有本心,茶灵蕴禅机。爱茶者,可从石墨茶中品到高山流水,成为与茶对话的红尘挚友。茶山、茶水、茶香、茶韵,这怡人时光让人全身心地静了下来。

都说茶叶是有生命的,很多时候人们都被这长袖飘飘、气若幽兰的"茶仙女"秀颀而从容的舞姿所陶醉。试想,人的一生不也像那茶叶一样,在生命的里程里,倾情绽放自己美丽一生,最终沉淀一世精华,流芳百世,香飘人间?

石墨茶香荡涤人的心魂,唤起曾经的乡愁记忆,让人真切品出黄山绿茶的真实味道,进而读懂茶叶的深邃内涵。品茶之余你会惊讶地发现,源自黟山的小小茶叶,在沉寂百年后焕发着勃勃生机,奇迹般地将黟县与世界连为一体。通过漫长的跋涉旅程,石墨茶在四海五洲生根,它的生命历经了枯萎、重生和绽放,或许"只是为了提醒匆忙行走的人们,在明知不完美的生命中也可以感受到完美,哪怕只有一杯茶的时间"。

(本文获"徽茶文化故事"主题征文优秀奖)

古黟黑茶记

丁学东

心静之时，泡上一壶茶，让身心浸泡在幽幽的茶香之中，仿佛时间停摆。也许正是这种感觉，让我对茶有了特殊的喜好——无论哪种茶，都喜欢试一试、品一品。

那年初秋，我到了北枕黄山、南望白岳、四面群山环抱，被誉为"世外桃源""画里乡村"、古称古黟的黟县。这里，好一片如画的景致。微风拂煦，爽气袭人；山清水秀，云蒸霞蔚。据导游介绍，黟县是古徽商聚集地和徽文化发祥地之一，也是皖南国际旅游文化示范区的核心区之一，拥有世界文化遗产地、国家生态示范区、中国旅游强县等名片。县域处在黄山山脉及其南北两坡上，境内峰峦绵延，山高谷深，具有明显的皖南山区特点，是黄山山脉的名茶产区。尤其是产自青弋江和新安江源头的高海拔山坡，选用茶树新梢的芽叶，经传统工艺制成的颗粒形的石墨茶，最有特色，最有影响力，最有文化积淀，2013—2018年先后荣获北京国际春茶节神农奖、陆羽奖、金奖，2016年成功申报安徽省省级非物质文化遗产并入选全国农业文化遗产系统，2018年入选农产品地理标志保护产品。

我在宏村、西递等网红打卡地游玩了半天，像是换了一个人，涤荡后的心胸，注满了古朴、典雅、醇厚的人文底蕴和诗情画意。

晚饭后，在黟县经商的老乡带我们去了一间茶室。"喝什么茶？"老乡征求我的意见。之前早已做过功课的我,笑道:"古黟黑茶还是要品品的。"老乡跷起大拇指,说我到底是老茶客,要求与众不同。在老乡的招呼下,服务员取来外形粗壮带梗、色泽乌黑带褐的黑茶,倒入茶碗,再加入少量近100摄氏度的开水,然后用茶筅搅拌一下,再续上些水,轻轻摆放在我的面前。眼前一碗茶水,汤色金黄带橙,一如琥珀,清香四溢。我闻了闻,端起抿上一口,只觉醇和顺滑,甘甜无涩,一股干姜草香顿时沁人心脾。大伙见我陶醉的模样,也各自要了一碗。

《神农本草经》记载:"神农尝百草,日遇七十二毒,得茶而解之。"意思是说,神农氏尝药草中了毒,之后,拿茶叶嚼碎吞入腹中,最终大难不死——神农氏堪称"中华茶父"。

正所谓无巧不成书,关于古黟黑茶,拥有一个与神农氏经历相类似的传说。相传,很久以前,黟县有位郎中,在知天命之年一病不起,在尝试了许多药物后依然无济于事。眼见性命难保,一天,他突发奇想,叫家人采下屋前一棵树上的叶子,在锅里炒熟后泡水喝。早晚各喝一碗,两个月后,奇迹出现了——郎中恢复了健康。邻居们对他大病痊愈惊叹不已,打探个中缘由,他便把此"药方"和盘托出,传给大家。一传十、十传百,黟县黑茶声名鹊起。

传说终究是传说。正宗的古黟黑茶,叶片完整,叶底墨绿细腻,发酵均匀,肥厚有韧性,手搓不烂,经久耐泡,杯底有浓郁的果脯蜜饯般的香气,且较为持久,具有独特的品质和风味。

古黟黑茶最早起源于隋唐时期。其制作方法是:就散茶而言,在春天摘下茶叶的嫩叶,杀青后初揉、渥堆、复揉、烘焙干燥后存放;就紧压茶而言,采用传统手工筑制,先选用上等散茶、金花拼配,然后回潮,压制成砖,再烘焙干燥,五年陈仓存放。此制作方法,始于隋代,成熟于唐朝,且审订了鉴评茶色香味的方法。及至宋朝,流传甚广。宋代人士罗愿在《新安志卷二·货贿》中记载:"茶则有胜金、嫩桑、仙芝、来泉、先春、运合、华英之品,又有不及号者,是为片茶八种。其散茶号茗茶。"据说,古黟黑茶发掘了"运合茶"的制法,解决了茶叶的储存问题。

清朝茹敦和在《越言释》中说,古者茶必有点,其砲茶(抹茶)为撮泡茶,必择一二佳果点心,谓之点茶。此说法印证了黟县的茶俗——喝"锡格子茶"。所谓喝"锡格子茶",即在过年期间,拜年的客人来了,主人泡上一壶茶,拿出一个锡制的食盒,通常是四个一摞,一如我们今天带饭的一提圆饭盒,上有盖子,里面放有当地小点——寸金糖、徽墨酥、顶市酥、花生糖等。寸金糖形状似元宝或小金条,寓意招财进宝;徽墨酥是黑芝麻粉酥,寓意芝麻开花节节高;顶市酥是粉酥糖,代表市面顶号,寓意生意兴隆;花生糖是花生切片糖,寓意儿孙满堂、子女顺遂。主人请客人喝茶、吃过点心后,再请客人吃茶叶蛋。客人必须吃两只,寓意为"成双成对、好事成双"。待拜年的客人散去,主人家把锡格里的点心填满,依然摞在一起,加上盖子,既显得干净、防潮防虫,又寓意步步高升、留福在家。你看,黟县人就是这么讲究,活得既滋润又有文化。

"碧云引风吹不断,白花浮光凝碗面。"那一款古黟黑茶,闪耀着诗意和文化,溯历史长河而来。对于今天的人们来说,早已演变为一种时尚、一种身价、一种情结。

现如今,伴随着茶叶种植技术、遮阴技术、育种技术及蒸青设备的进步,所生产、加工的黟县黑茶,不仅原材料上乘,而且品质极佳,富含矿物质、茶多酚、可可碱、儿茶素、脂多糖、芳香油、碳水化合物、蛋白质、氨基酸、糖类及多种水溶性维生素,成了一种不同于其他产地茶种的贴近自然、绿色生态的健康饮品,饱受茶客的青睐和推崇。

有人说,和尚饮茶是一种禅,道士饮茶是一种道,文人饮茶是一种文化。对于我这早已将茶融入生活的半个文人来说,此生,黟县黑茶不可或缺也!

(本文获"徽茶文化故事"主题征文优秀奖)

茶写徽风月

王泽佳

像一滴浓墨滴入清水,晕染出一抹色彩;似一尾锦鲤跃入浅池,搅起一层涟漪。一股股绿褐色的清芬从龙芽凤草中弥散开来,仿若玉屏峰上的云雾携着霞光坠入人间,染了茶汁,香了茶室,韵了徽州。

我的家乡在屯溪,隶属徽州。这里的茶树吸收山川之灵秀,秉承日月之精华,长于高山幽谷,终年云雾缭绕,无严寒侵袭之苦,无酷暑炙热之忧,加之精湛的采制工艺,徽州遂成名茶荟萃之地。其中祁门红茶、黄山毛峰、太平猴魁位居中国十大名茶之列。

徽州人爱喝茶,管喝茶叫"吃茶"。"饭可不食,茶不可少",茶已是徽州人生活中不可或缺的一部分。作为黄山人,我们一家人都嗜茶如命。茶于我而言,更是一份愈精练愈好的必要的存在。

我的美好一天是从茶开始的。到办公室上班的第一件事便是沏茶,一杯清茶便将我这打工人的能量给充满了,喝毕便投入忙碌的工作中。每个周末的早晨,我都坚持早起。洗杯、温杯、投杯、注水,每一道程序都是一首清新的唐诗宋词。取出从老家寄来的黄山毛峰,只见它们身姿渐展,汤色碧莹,芳香流溢,我的心境亦芳菲温软。忍不住轻啜一口,不急于下咽,而是舌尖轻抵上颚,向内吸气,茶汤在口中快乐地跳跃、翻滚,顿时香生两颊。入喉一路流淌,熨心帖肺。干茶深绿,闻之有幽香,经水后渐见嫩绿俏芽,峰显毫秀,片片分明,舒张如剑,状如雀舌,载沉载浮,如娇俏少女在月色下灵动轻舞。口感醇和温煦,待入喉后再想细细品味,却已似着非着,似杳非杳。品饮之后,人有荡胸涤肺之感,可领悟"天人合一"的真谛。

我将沏好的茶端给母亲。她由于当年被下放在黄山脚下的一个小山村里,故深谙茶道。通过闻香和入口就会知道杯中茶的大致采摘方位,又能说出某日天气朗润,采摘时,兰花刚好吐芬芳,泡好的茶也就沾了兰草香。喝茶闻香,似回味似水流年。母亲回忆起下放的那五年,每年的清明、谷雨时节,细雨霏霏,从天空中撒下,像一根根细小的针直插泥土。茶树贪婪地吮吸着春天的甘露,它们舒展着绿油油的叶子,在雨雾中欢笑着。此时,逶迤起伏的大山深处有她们知青采茶的身影。采摘茶叶时,她们听见山泉的叮咚声,入山花气深,隔涧人语响。于是女知青们忍不住做小儿女情态,泼水溪边,洗涤双手。她们也将新的希望由茶而寄托。听着这些悠悠往事,一杯原本静寂的茶就有了故事。在我看来,品徽茶是母亲对青春记忆的收藏。

午间,诸事停当。我爱泡上一杯屯绿。它外形匀称,结构严谨,乌绿如玉,似山野村姑,透出一股原质的鲜灵香韵。冲泡时色泽灰绿淡润,汤色清郁,闭眼深呷,沁人心脾。隔着玻璃杯,看得到满园春花春树婆娑,映衬出午后时光里的温暖情愫,让我疲惫的身心随着隐隐茶香沉醉着。我十分中意这种惬意的时光剪影,可抵十年的尘梦。

结束了一天的紧张工作,傍晚回到家中,坐在露台上。有风吹过,枯叶或花朵落在书页上,暗香浮动,氤氲茫茫,若有若无,有云移过远处山梁,有雨落入池塘。独依窗下,在行云流水的琴音中,一边品着隽永、绵长的茶,一边读着苏东坡的词。吟啸徐行,竹杖芒鞋,也无风雨也无晴;此身非我有,江海寄余生;且将新火试新茶,诗酒趁年华。他犹如一只自由的蝴蝶,在曲折的命运中,从容不迫,苦静凡放。我在独饮的自在里,与之神谈一番,遥祝一杯,只觉心素如简,陶然静美,天地隐退。无须远足,眼前着景的便是诗和远方。

写这篇文章时,秋日慵懒的阳光投在我身上,秋风中夹杂着清清浅浅的桂花香。此情此景提醒着我,一壶醇香悠远的徽府茶正是我不可或缺的心灵慰藉。于是我订下次日的高铁票,回到我魂牵梦萦的故乡——徽州。

(本文获"徽茶文化故事"主题征文优秀奖)

千金台毛峰

许裕奎

休宁县茶历史悠久,休宁松萝和白岳黄芽两种历史名茶,具有一定的美誉度和历史地位。而新创名茶始于20世纪70年代,其千金台毛峰茶被公认为休宁新创名茶开山之作。

由我国著名茶叶专家王镇恒、王广智两位教授主编的《中国名茶志》,是部介绍全国名茶的最具有权威性的巨著。在安徽名茶分述黄山毛峰一节中,记有:"1979年,徽州地区试制名茶48品目……茶叶品质总评以歙县珠南凹毛峰和休宁千金台毛峰10号为最优。上述8个毛峰品目总体质量水平与黄山毛峰伯仲难分。"

1979年4月初,带着徽州地区农业局创制名茶的项目任务,我和洪峰、汪立枝三人创制小组,到当时的郑湾公社千金台生产队创制千金台毛峰茶。洪峰同志是屯溪茶场的专家,他曾在上海外贸工作,是我国资深的外销出口茶制作专家,他的嗅觉特别灵敏,上海茶界称之为"茶界第一鼻"。汪立枝同志是屯溪实验茶场的农艺师。

我们三人于4月8日乘车到源芳下车,徒步由"源白古道"经梓源、芳田到千金台村。9日早上队长汪国富带着我们和社员们到莲花芯茶园采茶。当时大家都没有采制过名茶,都不会采,年已古稀的洪峰老人,不畏山路艰险,亲自爬到海拔800多米高的莲花芯山谷茶园,亲手教大家如何按质、按标准采摘。

晚上开始试制,由洪峰师傅亲手示范。那时我刚从学校毕业,没有做过名茶,看到火红的铁锅,不敢下手,因为手工杀青锅温很高,而每锅只放8两鲜叶,每分钟要翻炒60次,要扬得高、撒得开、捞得净。几锅茶下来,我不但满身是汗,手也已烫出好几个泡。洪峰老人对我说:"做茶不易吧?但要做出好的名茶更是不容易。"

特级千金台毛峰,每公斤茶约有51200个鲜叶芽头,嫩度高,杀青是关键,火候要掌握好,该高时要高,该快时要快,烧火也是师傅亲自示范的,要高时得升得快,要低时要降得快。毛火、老火工序也不能马虎。洪峰老人是一流的制茶大师,他在茶场门口,就可判别哪个工序的茶火温过高或过低,是否出了问题,其技术可以说是炉火纯青。在洪峰师傅的指导下,我们通过反复试制,最终掌握了各工序操作要领和技术参数。

4月9日至12日,共4天,分为4批,要数10日晚做的茶最好。我问洪老,都是我们做的,为什么有差异。他说:"十个人做茶,十个人的茶都不一样,而同一个人做的茶,每次做的茶都有差异。做好茶是要有技术的,要用心去做,要用神去做,做出'动心'的茶不太难,要做出'心动'的茶很难很难,难在神上。"13日返回时,洪老坚持要到另一片高山茶园实地考察,我们陪着从蜈蚣坑经凹上到源芳,其中三分之一路程没有路,需要从陡坡密林穿行,有一段山很陡,要爬行才能通过,我们年轻人都很难行,何况一个70岁的老人。洪峰师傅的敬业精神和谆谆教导,使我受益终身。

此次4天,共制千金台毛峰21公斤,被作为礼品茶全部送至北京。该茶1979年被评为安徽省创新名茶,获徽州地区科技创新奖。

千金台毛峰试制一举成功,是休宁现代名茶的开山之作,从此推动了休宁毛峰类茶和银毫、嫩毫、雨花茶等所有名茶的大发展。该茶制作技术参数已载入史册,目前我国毛峰类名茶的创新项目论证、技术查新报告大都参照千金台毛峰茶的技术要点。

我曾赋诗一首——《金台毛峰赞》：叶绿汤清澈，香醇味厚浓；自古称四绝，风格异群伦；外因天独厚，内因制术工；雨前成名品，质量胜凫峰。

（本文获"徽茶文化故事"主题征文优秀奖）

寻味徽州白茶

陈　峰

白茶诚异品，天赋玉玲珑。

不知从什么时候起，我对自然天成的白茶有了一种莫名的向往之心。

纵览广袤的安徽茶区，绿茶有毛峰之清香、猴魁之醇甘、瓜片之鲜爽，红茶数祁门，芦溪有安茶，至于黄茶，在霍山一地亦是传承益香。

遍数徽州境，拾茶皖东西，竟寻不得一片白茶。

缘起·宋帝御书中的白茶上品

先时，饮茶之余，常学古人，效其风雅，翻书弄籍。

读至《大观茶论》，其上曰："白茶自为一种，与常茶不同……崖林之间，偶然生出，虽非人力所可致……"顿时眼前一亮，要知道这位徽宗皇帝，可是号称史上最杂学旁收、挑剔至极的艺术大家，白茶能得他如此夸赞，滋味想来必是不俗。

书中描述的白茶，非六大茶类中的晒白茶，而是讲究自然白化、天地钟成的白茶。浙江虽有安吉白茶，可身为皖人，地处北纬30度黄金产茶带的安徽茶区，竟未有白茶可长、可品，一直深以为憾。

成行·歙县山水里的桃源佳境

一个偶然的机会,在黄山歙县遇见了徽茶中的白茶。

彼时,笔者尚供职于《徽茶》,应黄山市母树白茶有限公司茶人刘平之邀,随主编一道,由合肥赴徽州,辗转至歙县,一探神秘的徽州白茶。

岁值初夏,六月将始,新安江畔的马头墙徽韵十足。

我们在一处有着典型古徽州民居建筑特色的院落里,见到了刘平,身为董事长的他,毫无拿捏架势,甫一见面,便开颜大笑,颇有中原之地的豪爽之气。

穿过天井,入了厅堂,他娴熟地煮水温杯,从旁边拿出锡罐,茶匙转两下,一勺茶翻身入杯,冲汤注水,一气呵成。

我瞧得仔细,那茶与寻常黄山佳茗不同,颜色中绿意极浅,泛着奶白,且茶身披毫极多,一看便是高山云雾滋养出来的好茶。

"蜈蚣岭白茶生长在海拔600—800米高山的云雾中,据传明清时期,该村曾有程道士水煮白茶,为乡邻治病,奇效非常,时人皆称之为仙药嘞。"刘平谈起蜈蚣岭白茶,语气中满是自豪。

我忙不迭地点头,其实却没听进去多少,因为眼耳鼻舌身意,诸般感受全都被这从未见识过的徽州白茶所吸引了。

一杯蜈蚣岭白茶,冲泡之后,茶芽朵朵如莲绽放。观其叶底,玉白如意;轻嗅一口,鲜香满鼻;再迫不及待地猛嚼一大口,好家伙,虽时隔数年,然而那个鲜爽回甘的劲儿,至今想来,犹如昨日。

觅珍·蜈蚣岭茶乡的高山长城

但得杯中味,须至嘉木生。

既然得遂所愿,尝到了梦寐已久的徽州白茶,那好茶生处的蜈蚣岭茶乡,必是要去看看的。

山绕清溪水绕城,白云碧嶂画难成。

处处楼台藏野色,家家灯火读书声。

这是南宋诗人赵师秀的一首诗,描绘出了古徽州的钟灵毓秀、人杰地灵。

歙县为古徽州府衙驻地,历来诗书传世,琅琅书声伴着星星灯火徘徊在静谧之中,俨然一处世外桃源。无怪乎诗仙李白曾赞叹道"歙县小桃源,烟霞百里间"。

而歙县璜田乡蜈蚣岭村便坐落在这桃源深处。

穿歙县县城而过,进璜田乡后,入目便是逶迤群山。行车到后来,山重水复之际,一座古朴安详的山村映入眼帘,粉墙黛瓦,徽韵盎然,这便是蜈蚣岭村。依着山、傍着水、偎着云雾、伴着茶香,一座仿佛从画里走来的徽州村落,从垄垄茶园、从大山深处、从历史长河中,款款走来。

站在村口,但见四周青山如屏,飞云乱渡,掠过青葱的树林,层层而上的茶园梯地和散若辰星的人家交相辉映。

"这就是蜈蚣岭村盛名在外的十景之一——天外云屏。"刘平说道,眼神里满是对眼前这片土地的热忱。

茶话·月下清饮时的抚今追昔

是夜,宿山乡。

晚饭后,老刘在院前支起了一张小方桌,一壶茶,几只杯,伴着月光,聊起了这杯茶、这座村庄、这片茶山。

蜈蚣岭壮美的梯地茶园其实并非一直如此,20世纪60年代,蜈蚣岭人农业学大寨,凭着钢钎和抬杠,凭着布满老茧的双手和肩膀,凭着满腔斗志和不屈的精神,克服种种困难,战天斗地,治山治水,终于在七沟八梁一面坡上建起了层层梯地,把昔日的乱石坡变成了庄稼葱绿、瓜果飘香、茶园遍布的人间仙境。

我看向远处,月刚出于东山之上,如水光华,浓雾渐渐从谷底升起,顺着层层梯地一直往山顶蔓延。

当年挥汗如雨开山凿石的人们多半已是耄耋老人,有的或许已悄然作古,而这一望无际的翠绿梯地,却是蜈蚣岭第一代共产党人带领人民群众,用血肉之躯筑成的永不倒下的丰碑。

如今,茶人刘平,和更多扎根于歙县茶园山水里的人,不辞辛苦,只为满山茶香飘得更远,只为先辈遗志得以弘扬,只为这徽州故地重绽荣光。

我相信,在未来,蜈蚣岭徽州白茶,这款生于古徽州灵山秀水深处的佳茗,必将更加为外界所熟知、喜爱!

我相信,在未来,黄山毛峰、太平猴魁、祁门红茶、石墨茶、松萝茶、屯绿、茗洲……更多的优质的黄山好茶,也必将如这个迈入"十四五"的伟大国度一样,崛起复兴!

(本文获"徽茶文化故事"主题征文优秀奖)

从溪畔到舌尖

夏迎东

从溪水中抓获的小鱼儿,经过一番精心的加工制作,即成为一款世上绝无仅有的茶品,并且深深镌刻在人们的味蕾之上,实在令人惊奇。在这里,我想要说的就是这款茶品——泾县琴鱼茶。

泾县琴鱼茶,系安徽省非物质文化遗产,它是一道具有独特风味的茶中佳品,因用当地的琴鱼制作而得名。琴鱼,是一种罕见的溪中小鱼,为泾县所独有,把琴鱼晒制成琴鱼干,用这样的琴鱼干冲泡出来的茶品即"琴鱼茶"。琴鱼茶与湘桂黔地区的"虫茶"、云南的"糯米香茶",以及产于西藏、云南一带雪山的"雪茶",并称为中国"四大奇茶"。

关于琴鱼,在泾县当地有着许多有趣的传说。相传赵国的隐士琴高,曾在泾县境内的狮子山修仙炼丹,常常将炼丹的残渣倒于山下小溪之中,不知是吸了天地之灵气,还是纳了日月之精华,那些丹渣竟幻化成一条条小鱼游于溪水中。据说每至午夜子时,这些小鱼在溪水中游动,会不时地发出阵阵声响,像在弹琴作乐,琴声悠扬、悦耳动听。忽然有一天,琴高"修炼道成,控鲤上升"。人们为了纪念琴高,便将其修炼之处的石台叫"琴高台",水溪取名"琴溪",溪中小鱼则称为"琴鱼"。

泾县琴鱼极其娇小,有"长不过寸,口生龙须,重唇四腮,鳍乍尾曲,嘴宽体奇,龙首鹭目"之貌,味道鲜美无比。但是这种小鱼一般不作食用,晒制成鱼干后多用来泡水代茶饮。饮用时,可将琴鱼干投入杯中,开水冲泡即可,玻璃器皿冲泡最好,透明可观琴鱼之变幻。每当将开水注入杯中时,透过明亮的玻璃可以看见,那小小的鱼干在水与蒸汽的共同推动下翻飞涌动、尽情起舞,好似恢复生机一样诱人眼眸,使人觉得那是一条条活生生的鱼儿在嬉戏游乐呢!啜茶入口,那种清香又是那么醇和,沁人心脾,让人欲罢不能。喝完琴鱼茶汤,再将被水浸泡后变得松松软软的琴鱼干含在嘴里细嚼慢咽,一股特殊的味道顿时溢满口腔,鲜中带着酥香、咸里包含着甘甜,给予人们一种超乎寻常的美食美味之享受。

　　琴鱼生长于天然的山溪之底,平时深匿于石隙之中,很难寻见,只有在清明前后十余天才会展露其尊容。琴溪良好的生长环境使得琴鱼品优质高,可佐食,可做汤,可做成各种羹食,不仅仅味道鲜美,而且有解毒养生之功效,自唐代起即被奉为朝廷贡品。但不知从何时起,当地人不再烹食琴鱼,而是将琴鱼制成了别具风味的"琴鱼茶",是因为这种鱼实在"名贵",还是因为大量的捕捞让它们的生存环境变得越来越恶劣,从而繁殖的数量也越来越少了呢?

　　依据琴鱼的生存和繁殖规律,捕捞琴鱼的旺季是每年的清明节前后,在这个时段,当地的渔民便用自制的竹篓、竹篮,或是特制的三角网等捕捞工具来捕捞琴鱼,并制作成鱼干。制作琴鱼干需要早和快,即是趁着鱼儿鲜活的时候放进早已备好的开水中,这开水里包含了茶叶、桂皮、茴香、糖、盐等多种配料,待鱼儿烫煮熟透后倒在篾匾上摊匀,滤去水分,再用木炭火将其烘干至橙黄透亮的色泽,就是人们看到的琴鱼干,即"琴鱼茶"了。烘干后的琴鱼干用瓦罐密封好,存放数月都不会变形变色,随食随取。"茶叶、桂皮、茴香、糖、盐"等配料与琴鱼相互融合,加之木炭火的熏烤,让琴鱼茶略带茶味,兼有淡淡的腥味、咸味与鲜味,喝起来别有一番风味。

　　有细心之人发现,将琴鱼茶投入玻璃杯具之时,随着沸水的冲泡,杯中会立即腾起一团绿色烟雾,不一会儿,清澈的茶汤中琴鱼们个个"头朝上、尾朝下、嘴微张、眼圆睁",就好像"死而复生"一般,在杯中恣意游历,着实令人惊奇。琴鱼茶可饮可食,饮罢茶汤,再将鱼干放入口中细细咀嚼,其肉嫩酥软、咸中带甜,那种鲜美之感是任何茶品或美味佳肴都无法替代得了的,因此,琴鱼茶还有"上桌是盘中珍肴,品茗乃茶中佳品"之美名。

(本文获"徽茶文化故事"主题征文优秀奖)

应信村茶比酒香

束晓英

四十来岁的时候,职场上忽然就不顺起来,如坐过山车一般。有人说,性格决定命运。自觉兢兢业业,不搞人际关系,只要把工作做好就可以了。可惜,历来的职场都如战场,只要有人的地方,就一定会有人情世故、往来交际,说白了,这就叫"情商"。《红楼梦》里,一个家族生活在一起,懂得人情世故笼络人心的,就活得随顺滋润深得人心;那种不善与人交往自认品洁高的人,总是会被人鄙屑为自作清高,不近人情,生活中多少被人掣肘,少不得生出诸多的闲气。前者叫宝钗,后者如黛玉。

北宋大才子苏东坡才华横溢,出口成章,行文写字,颇有魏晋之风,豪气奔涌,甚是了得。可惜,职场情商甚少,如一块鸡肋,被皇帝捏来弄去,总觉得食之无味、弃之可惜:用人之时,就想起苏轼的才华,放到一地为官,但那种桀骜不驯、仗义勇为的性格,又如一根尖利的鱼刺在喉,咽不下去,于是提拔了,贬去;又提拔了,又贬去,贬到湖北黄冈的黄土坡去还觉得不行,最后眼不见为净,干脆直接贬到被称为"天涯海角"的海南儋州,让他在那里与海涛风声为伍,喝一口淡茶,远离朝廷。于是,苏轼的一首《汲江煎茶》就这么诞生了:"活水还须活火烹,自临钓石取深清。大瓢贮月归春瓮,小勺分江入夜瓶。茶雨已翻煎处脚,松风忽作泻时声。枯肠未易禁三碗,坐听荒城长短更。"

自唐代茶圣陆羽写了一部《茶经》，到了明清之后，喝茶似乎就渐渐成了百姓生活中不可或缺的事。明代大画家唐寅在除夕的时候，一个人独自在寺庙雪后看梅，感到孤独寂寞，随口吟诵了一首《开门七件事》："柴米油盐酱醋茶，般般都在别人家。岁暮天寒无一事，竹时寺里看梅花。"

雪天赏景写茶诗的，还有当年留学美国的徽州绩溪人胡适。1914年1月的时候，伊萨卡下了一场大雪，胡适赏完雪景，回家烹茶写了《大雪放歌》，其后几句云："归来烹茶还赋诗，短歌大笑忘日昳。开窗相看两不厌，清寒已足消内热。百忧一时且弃置，吾辈不可负此日。"提及大博士胡适，真是声名远扬、大名鼎鼎，出生在徽州绩溪茶庄，十来岁就出去读书，后来还在新文化运动中做出了卓越贡献，在此暂且不提，但其爱茶、嗜茶也是有名的。当年在美国留学、任职期间，多次让家人寄黄山毛峰。他在给母亲的信中这样写道："前寄至毛峰茶，儿饮而最喜之，至今饮他种茶，终不如此种之善。即常来往儿处之中国朋友，亦最喜此种茶。"后来家乡某叔茶庄希冀以其"胡博士茶"之名来打广告，却被他以"不喜出风头"拒绝了。

徽州人爱喝徽茶，已成为徽州百姓的一种生活习性。一位出生在徽州的文友在《晨起一杯茶》中，回忆父亲每天清晨第一件事情就是喝茶："茶具不讲究，一只深绿色的搪瓷缸布满茶垢，年纪绝对长于我；茶叶亦不讲究，'炒青'为主，味道极酽且能一而再，再而三地泡。只是水一点马虎不得，非'滴笃翻'不可。当滚开的水遭遇炒青，升腾出一团氤氲时，我就得揉着惺忪的眼睛去河边小吃店买油条了。"这是他父亲的日常生活，也是作为孩童的作者渴望的未来过下去的日子。

"琴棋书画诗酒茶"，茶在文人雅士的诗性生活里，也是须臾不离的雅物。梁实秋先生在《雅舍小品》里的《喝茶》篇中写道："茶是我们中国人的饮料，口干解渴，唯茶是尚。茶字，形近于荼，声近于槚，来源甚古，流传海外，凡是有中国人的地方就有茶。人无贵贱，谁都有份，上焉者细啜名种，下焉者牛饮茶汤，甚至路边埂畔还有人奉茶。"他觉得："其实，清茶最为风雅。

抗战前造访知堂老人于苦茶庵,主客相对总是有清茶一盅,淡淡的,涩涩的,绿绿的。"知堂老人即周作人先生,彼时也有《喝茶》一文,与梁先生似有呼应。他说:"喝茶当于瓦屋纸窗之下,清泉绿茶,用素雅的陶瓷茶具,同二三人共饮,得半日之闲,可抵十年的尘梦。"写《骆驼祥子》的老舍先生有一篇文章《戒茶》,倒别有异趣:"我是地道的中国人,咖啡、可可、汽水、啤酒,皆非所喜,而独喜茶。有一杯好茶,我便能万物静观皆自得。"只是怯于1944年民国物价飞涨,老舍连茶叶也买不起,只好一戒了之。对于一位嗜茶如命的文人,戒茶需要多大的毅力啊!

在我处于人生低谷的时候,会写字的友人送了一盒当年新茶黄山毛峰,外加一副手写的浓墨重彩、拙稚朴厚的对联:"若能杯水如名淡,应信村茶比酒香。"挂在墙上,日看日悟,常看常新,浮躁的心随之也安静下来。一天忙完了俗务,用滚开的水泡一杯黄山毛峰,坐在书房的黄昏之中,看杯上袅绕云雾,嗅茶中轻灵之魂,恍惚中,喝茶的心境就落入了徽州昏暗的客堂,在那昏暗的客堂中,天色一点点暗下去,心里却亮堂与清晰起来:一天中最安静祥和的时刻就这样到来了。

(本文获"徽茶文化故事"主题征文优秀奖)

石屋坑茶叶飘红

陶余来

我深深地懂得,徽茶的万般滋味早已融入石屋坑的红军故事中,汇成一股甘甜清冽的奋斗创造之味……

石屋坑地处皖浙赣三省交界处的黄山市休宁县六股尖山脉北麓,第二次国内革命战争时期,这里是三省省委常驻地。1935年4月,方志敏带领的皖南红军独立团来到石屋坑开展工作,建立了党支部、农民团和妇女会等群众组织。当年秋,闽浙赣省委书记关英向皖南转移,由刘毓标等带领到了石屋坑一带。次年4月,闽浙赣省委改为皖浙赣省委,其机关就设在村中的一幢三层楼房里。当年中共皖浙赣省委下辖的五个特委及独立团负责人经常来此开会,省委书记关英同志就住在此处。省委领导在此运筹帷幄,此处便成为三省三十多个县的指挥中枢。方志敏领导的抗日先遣队在这里播下革命火种,红军独立团和游击队在皖浙赣省委领导下,开辟鄣公山游击根据地,在石屋坑取得了一个个丰硕战果。这个仅有36户98人的小山村就有7人为革命事业献出了生命,20余人被抓,石屋坑也因此成为皖南地区有名的"支红村"。

1951年,中央人民政府老区慰问团皖南分团曾授予石屋坑"发扬革命传统,争取更大光荣"的锦旗。1998年5月,中共皖浙赣省委驻地旧址被列为省级重点文物保护单位。2012年8月,石屋坑被列为省级爱国主义教育基地。随着红色旅游日渐火热,越来越多的社会各界人士前来"星火石屋坑""黄山的井冈山"接受教育。

通常一说起红军,人们的印象中总是枪林弹雨、血雨腥风,难以将他们与"柴米油盐酱醋茶"中的茶联系到一起。也许正是因为这一点,我第一次听说石屋坑"红军茶场"就怦然心动。皖南村名多"坑",我自然地由石屋坑想到猴坑。猴坑因产太平猴魁著称,石屋坑的皖浙赣省委驻地旧址、红军屋、石坑茶场、小岭头战场等众多红色遗址中,我印象最深刻的是红军茶场。

闭上眼睛想,红军将士钻山入林与敌人周旋了一天后,好不容易"偷得浮生半日闲"地坐下来,沏上一壶茶,品味生活的休闲美好,那是怎样熨帖舒心的快事啊! 敌人常污蔑红军青面獠牙做食人状,其实红军也爱喝茶,也食人间烟火,他们正是一群挚爱着生活的活泼泼的人啊!

常去皖南,见惯了"敬亭绿雪"的敬亭山、"白云春毫"的合肥庐江二姑尖、"舒城小兰花"的六安舒城县舒茶镇916茶园"青岗云梯"……"白云春毫"所在的白云禅寺曾毁于日寇炮火,可庐江二姑尖距离新四军江北指挥部不远,这里也曾遍燃抗日烽火,舒茶镇916茶园正是为了纪念毛主席1958年9月16日视察舒茶人民公社而命名,周总理一喝到"六安瓜片"就会想起曹渊、许继慎等许多六安籍革命烈士……安徽不仅有"祁门红茶",更有许多像石屋坑"红军茶"一样具有红色基因的"红茶"。主产于休宁一带的金台毛峰与黄山毛峰一样,形制都是"一旗一枪",让人联想起那芽尖鲜嫩如红缨枪头、叶面舒展似风卷红旗。

继续闭上眼睛,我分明看到了漫山遍野采茶的红军战士的身影,听到了从他们口中唱出的悦耳悠扬的"采茶调"。众多安徽茶园,尤其是皖南茶园的景致,被我移花接木地嫁接到石屋坑红军的身后作背景,梯田般的青青茶园中,战士们如茶苗一般茁壮而整齐地排列,一幅如南泥湾垦荒一般"自己动手"的创造景象便跃然脑际,灵动鲜活了起来……

"你挑水来我浇园""到底人间欢乐多",红军将士抛头颅、洒热血,不正是为了让百姓,也让自己,能过上辛勤劳作然后可"退而甘食其土之有"的自在生活吗?

　　茶有千味,叶有万形,各有所爱,见仁见智。徽茶滋味如何,前人之述备矣,我无意赘述,我只深深地懂得,徽茶的万般滋味早已融入石屋坑的红军故事中,汇成一股甘甜清冽的奋斗创造之味。置身今日的石屋坑红军茶场遗址,耳畔回响起方志敏烈士《可爱的中国》中如诗如歌的句子:"到处都是活跃跃的创造,到处都是日新月异的进步,欢歌代替了悲叹,笑脸代替了哭脸,富裕代替了贫穷,康健代替了疾病,智慧代替了愚昧,友爱代替了仇恨,生之快乐代替了死之忧伤,明媚的花园代替了暗淡的荒地!"

　　(本文获"徽茶文化故事"主题征文优秀奖)

一杯清茶露青峰

仇士鹏

我一直认为,在徽茶中,黄山毛峰如其名一般,呈奇峰突起之势,一览众山小。

它是中国十大名茶之一,由光绪年间谢裕大茶庄创制。之所以以黄山为姓,是因为它的鲜叶采自黄山高峰,是黄山的血脉与文脉在茶树上的延续。有人说,灵山必生灵茶,事实便是如此。"五岳归来不看山,黄山归来不看岳",品过黄山毛峰后,就不会再对其他茶叶心心念念了。

黄山毛峰之妙,在其形。它的茶叶微微卷曲,如同雀舌,隐约间,能听到山川林海间葱茏的弦乐凝结成无形的露珠,在上面轻轻地滚动,等到它们被风干后,就成了显露的白毫。毛峰的颜色并不张扬,不属于盛夏狂放不羁的绿,也不属于面容憔悴的黄,而是取中庸于两者之间,是初春后探出脑袋的新绿,润着清晨时光线明亮的淡黄,露出由童真向着成熟过渡的简单,也泛着历经风霜后依旧安于岁月清欢的温柔。把茶泡开后,杯中就像收纳了一座雨林,叶片肆意舒展,肥壮饱满,让人忍不住相信每一年的春天都在茶叶中留下了悠长的吻痕,从未走远,也不曾失约,所以才能绽放出如此活力。

黄山毛峰之妙,亦在其味。随便拈一小撮干茶叶轻嗅,都有清香拂面,似雨后清风入窗来。泡上一杯,便是鼻嗅之而为香,目遇之而成色。浅浅尝一口,便是在舌尖上欣赏了黄山四绝,奇松怪石、云海温泉的瑰丽与古朴都在唇齿间得到了最诗意的注解和诠释。

听闻一个故事,在明朝天启年间,黟县新上任的县官熊开元在黄山游玩,不慎迷路,便在云谷寺中借宿。突然发现寺中有一种茶,泡出的热气在空中袅袅上升,竟如白莲悬空,美丽动人。随后散作一团云雾,让满室生香。询问其名,得知是黄山云雾茶,这便是黄山毛峰的前身。熊开元下山后,仕途本不顺,却因献此茶有功,而被升为江南巡抚,不由得心想:"黄山名茶尚且品质清高,何况为人?"便毅然辞官,踏出红尘,皈依空门。如今云谷寺的路旁有一墓塔遗址,相传就是熊开元的坟墓。

想来,爱茶之人,爱的就是一份简单纯粹、清净无我。这从山寺里飘出来的茶香,随着黄山上的云雾悠久地盘桓着,渐渐渗入黄山人血脉的深处。一方水土养一方人,从生长出黄山毛峰的土地走出的人必有着骨子里的清高和素雅。

因此,黄山毛峰之妙,更在其魂。我很喜欢注视着茶叶在水中漂浮,吸纳了足够的水后,心满意足地以垂直的姿态缓缓沉入水中——这和生命何其相似!我们在前半程忙忙碌碌,不就是为了在生命的后半程能够从容而安逸地享受时光,并且把生命中珍藏的一切美好都逸散在水中,让人世间的智慧在温热的水中一代代地传承,心领神会?

这样的智慧经过采摘、杀青、揉捻和烘焙后,已经褪去了斑驳与沧桑,只留下草木的清新,带给人生命本真的欢愉。它虽质地干枯,内心却与苦涩绝缘,始终是充盈、鲜活而生动的,人们不需要重新走一遍风霜逼人的道路,重新流一遍已经流过的眼泪,只需要在阳光微醺的午后,品上一杯黄山毛峰,就能在山高谷深、溪清泉澈的意境中,体会茶中蕴藏的带有浓重徽州气息的文化生态、思维方式和艺术审美,琢磨余韵中缱绻的儒释道三教哲理、伦理和道德。茶叶徐徐沉下的时候,也是一个人的灵魂悄然上升的时候。

我想,品黄山毛峰茶,不仅仅是日常的生活方式,也是栖居灵魂的一项仪式。品茶的时候,是不能在脑海中留下纷扰与利欲的,要全身心地投入茶的清香,投入那袅袅的姿态和悠久的缠绵中。不要带着刻意的目的品茶,茶是纯粹的,它从不给予明确的答案,它只会留下"只在此山中,云深不知处"的朦胧,让人在熙熙攘攘中拥有采药去的心境,获得发现答案的可能。它给出来自春天的指引,而不给出对抵达的保证。

而我,就在一杯黄山毛峰中,尝出了一座云雾缭绕的青峰——或许是黄山,或许不是,但山上定会有我的名字,一年年地吐绿,在岁月里氤氲茶香。

(本文获"徽茶文化故事"主题征文优秀奖)

一碗善茶煮千年

汪红兴

那时还是叫歙州——徽州的前身。

五代时期(901—960),天下纷扰,战争不停。但古老的歙州大地,是一片世外桃源,山环水绕,安宁祥和,这里商贾来往频繁,特别是茶叶贸易活跃。"浮梁歙州,万国来求"。

有一位老人,白发如雪,连她的名字人们都不知晓,人们只知她丈夫姓方,丈夫早逝,无儿无女,于是人称"方婆"。她原本就住在海拔近千米的浙岭的山脚下,那里离浮梁不远。

这浙岭可不是普通的岭,是一座山水与文化交融的山,是春秋时期吴国与楚国的界岭,界碑上刻有"吴楚分源",是钱塘江与长江的分水岭。

在唐代,这条岭就开始修建,铺设石板路。这里是歙州到饶州的咽喉。每天来往的商贩、旅人络绎不绝,岭是上七下八,可是在这崇山峻岭之间的岭上古道,却没有一处遮风挡雨的歇息之地,常常有行人汗水涔涔、筋疲力尽却无水可喝,或者遭受狂风暴雨。

这位善良的老人每每目睹,动了恻隐之心。于是有一天,她一个人悄悄地搬到了古驿道的岭顶,在那搭建了一间简陋的茅草屋,燃起了袅袅的炊烟。为了确保最好的水源,她用长长的竹笕引来了一线泉的水,她又特地拄着拐杖到海拔千余米的高湖山,采来烟云缭绕的高山野生茶。

那时的茶是团饼茶,是不能直接泡着喝的,需要掰开,然后慢慢地煮着喝,这种茶被人称为"方婆茶"。方婆免费煮茶给过往的行人,还在边上搭了个茅屋,让行人免费借宿。就这样,方婆一个人在高山之巅,几十年如一日,度过一个又一个日月星辰。她与山林为伍,与寂寞相伴,感动了许许多多的过往行人。方婆被后人尊为婺源"绿茶鼻祖"。

后来,她去世了,人们就把她安葬在那思源亭的背后。过往的行人怀念她,特地从山脚下带来一块石头堆在那墓冢之上,久而久之,那墓冢堆起来有两米多高,于是人们在边上立起了一块高大的墓碑:"堆婆冢"。后人还在边上建起了一座万善庵,供奉着方婆。那香火十分鼎盛,现在浙岭古驿道附近还有万善庵的僧人墓。

就这样,方婆的故事传了一代又一代,这种乐善好施的美德影响了一代又一代。早在宋代,著名诗人许仕叔听闻,非常感动,还特地写了一首诗《堆婆石》,其中的"乃知一饮一滴水,恩至久远不可磨"等诗句至今依然流传甚广。后世写方婆的古诗还有十几首。

于是在徽州的古道上修桥补路、免费提供冬汤夏凉的善行蔚然成风,三里一路亭,五里一茶亭。一般茶亭上都挂着一个旗幌,上书"方婆遗风"。古道上的茶水费、资费都是由寺庙和附近的善男信女提供的。元代池州教授王仪在《过五岭》一诗中就写道:"五岭一日度,精力亦已竭。赖是佛者徒,岭岭茶碗设。"在今天婺源县浙源乡虹关村88岁的詹庆德老人家里,保存的雍正年间棣芳堂的账簿上,还清楚地记着雍正历年捐给浙岭万善庵的茶水钱。

在徽州,方婆的故事激励着一代又一代的徽商传承方婆的遗风。特别是在浙岭,尚存的同春亭、继志亭等古亭,那些碑额上密密麻麻的文字中,还能看到清朝雍正年间一直到嘉庆年间,婺源漳溪王氏在镇江从事木业发达后,不忘桑梓,乐善好施,以王启仁为始的五代人前后资助浙岭沿途72个亭子的故事。在这些古亭里,一直到20世纪70年代末,还是能够看到当地村民免费为行人提供冬汤夏凉的场景。

20世纪90年代末,有感于休宁板桥与婺源浙源两地,隔着高高的浙岭且尚未开通公路,影响了两地边民之间的正常交往。出生于樟前村,从小在浙岭脚长大,听惯了方婆的故事,后来经过自己的打拼,成为香港著名工业家的汪松亮先生,在和他的遗孀顾亦珍女士的共同努力下,慷慨捐资近千万元,帮助两地边民开通了又长又高的浙岭公路,还为当地学校捐资建校舍。为了铭记他们的功德,在堆婆冢的不远处,当地政府建起了一座粉墙黛瓦的"松珍亭"来缅怀他们。

结缘浙岭三十余载,我伫立在堆婆冢前,对方婆有着发自内心的敬佩,曾在梦中多次想起千年前的方婆。2011年的夏天,堆婆冢前颓败的思源亭内,数块记载着浙岭往事的古碑被盗。那天,当我们赶过去时,我泪如雨下。

好在今天,堆婆冢和思源亭得到了婺源与休宁两地政府和村民的重修,再现昔日情景,前来参观游览的游人是越来越多,方婆的故事也越传越广。

每次坐在思源亭内,沐浴着习习山风,我总是想着浙岭的茶事,想着那位白发老妪,真想为方婆立一个雕塑,让她站在那里诉说千年浙岭的风云际会。

这方婆茶煮的是什么?煮的是力量,是信仰,是人之初,性本善,上善若水。一碗方婆茶,所传递的是千年不变的善,承载着的是中华民族代代不息的传统美德。

(本文获"徽茶文化故事"主题征文优秀奖)

茶香陪伴码字路

郝东红

"写作茶做伴，出门景怡情。"转眼间，在机关从事宣传工作、以码字为业已经有 15 个年头了。诗仙太白能够"斗酒诗百篇"，我等凡夫俗子点灯熬油、码字爬格子，少不了"5+2""白加黑"地遣词造句、咬文嚼字。有人加班熬夜喜欢点上一支香烟，在吞云吐雾间以字为马，奔腾出深邃的思想、美好的故事。而我，喜欢在夜深人静时，泡上一杯香茗，以茶的微苦回甘提神醒脑，以茶的清幽芬芳启迪思想、调动智慧与激情。

真正与茶相遇缘于一个偶然的机会。作为农村出生的寒门子弟，我在 25 岁之前只喝白开水。军校毕业进入部队团机关工作后，领导和同事因熬夜多、加班多，基本是"老烟枪"。每晚聚在一起加班，宣传股的办公室里常常是烟雾缭绕，键盘的敲击声此起彼伏。而我却终究没有学会吸烟，因此被办公室的同事称为难得的"一股清流"。好在二手烟同样有提神醒脑的功效，不用担心加班时思维会犯困"罢工"。

就在刚到机关工作的第一年，有次，领导安排我帮地方一位与我年龄相仿的女孩修改一篇演讲稿。因为那时网络还不够发达，且因保密规定限制，军地之间传输文件既不能用 U 盘拷贝，更不能网上传输，只能靠打印的纸质稿交流。

女孩是安徽黄山人，具有徽州女子那种温婉、恬静、善解人意的性情。

有个周末,她来到办公室与我沟通修改稿件,走进办公室便闻到了浓郁的烟味。刚坐下改稿不久,她便问我:"你们经常写材料的人都抽烟吧?你如果想抽烟请自便,我没问题的。"我告诉她,其实我并不抽烟。但由于前一天晚上确实加班睡得太晚,不由得打了个哈欠、伸了个懒腰。于是她又给我出主意,告诉我喝茶可以提神醒脑,还有益身心。

那个下午,女孩再来办公室的时候,带来了一小盒黄山毛峰,并给我俩都泡上了一杯。冲泡时,她那纤纤玉指抓着形似雀舌、色似象牙、鱼叶金黄、白毫显露的茶叶放入玻璃杯中,我站在旁边便隐约闻到一股幽香。倒入开水后,水流冲击茶叶,引得茶叶向上翻腾,又激荡一股淡淡的芬芳。不一会,杯中便呈现汤色清澈、茶叶肥壮成朵、底角嫩黄的美景。我迫不及待地捧起杯,凑近鼻子贪婪地闻着茶香,凑近嘴巴品啜茶水,只觉一股鲜浓、醇厚、甘甜的滋味自舌间溢入肺腑。而她坐在一旁的椅子上,优雅浅笑,自豪地介绍着来自她家乡的茶叶和童年时自己在农村种茶、采茶的趣事。那个下午,时间过得飞快,写作也犹如被茶香打通了"任督"二脉,文思如泉水般涓涓涌现,一个个妙语、金句,时常引得坐在一旁的她抚掌轻赞、佩服不已。

人的习惯一旦养成就很难改变。从那时起,我便爱上了喝茶。每当有媒体约稿或单位有大材料需要撰写时,我便会在晚饭后早早来到办公室,先烧上一壶开水、泡上一杯清茶。在没有思路时,我会放松心情,端坐椅上、背靠椅背,双眼盯着杯中沉浮晃悠的茶叶,或构思行文思路,或酝酿表达辞章,在有思路时,我会于指尖在键盘跳动轻舞之余,品一口清茶,稍微放松一下心情,并双手交替按摩一下忙碌的手指。

品茶是一种习惯,也是一种情怀。《红楼梦》中妙玉说,一杯为品,两杯是解渴的蠢货,三杯便是饮驴了。而我喝茶却无暇享受工夫茶的恬淡闲适,常常不用小杯,偏爱大杯"牛饮"。买茶也从来不图名、不求贵、不爱精致包装,只求有茶相伴,一能解渴,二能提神,三愿文思泉涌。

我爱喝茶,不分贵贱、无论红绿,都是掏自己的腰包、品自己的情怀、喝进自己的肚皮,写出的是公私兼有的文章。码字之路,有茶香为伴,虽加班常有而休息不常有,但也自得其乐、佳作频现,不负韶华、无负艰辛!

(本文获"徽茶文化故事"主题征文优秀奖)

徽茶里的茶禅人生

江伟民

茶禅人生,品茗人都喜欢的四个字。

我喜茶,却与禅无缘。

一个朋友说,喝茶无非是拿起、放下,禅道亦然。

与我,或是少了机缘。机缘来了,茶禅的味道也来了。

一

茶总是与人有关的。只有那些载入史册的研制者,抑或与茶叶结缘的帝王将相、骚人墨客、风流大家,或可流芳后世。数以百万计的茶农,只是一段日子的过客。

"这也太不公平了,"说这话的是一位老贡生,"十载寒窗下,何如一碗茶?"人落寞到了极处。

此语出自清赵翼所著的《檐曝杂记》"厨人进茶"一节。

一日,明太祖至国子监,有厨人进茶,上悦,赏以冠带。一贡生夜吟云:十载寒窗下,何如一碗茶。帝适闻之,应声曰:他才不如你,你命不如他。

这一故事在《新安志》中说得更为详尽。厨子姓毕，徽州歙县人。明太祖朱元璋一到，厨人递上一杯热茶。嗅之醉人，啜之悦心，太祖大喜，问此为何茶，毕姓厨人惊跪：此乃雪岭青，小人是徽州人，乡亲们思念皇上，托小人带茶问候。

朱元璋率军起义时曾屯兵歙岭休整，同时招收当地茶人扩伍，其间一边品雪岭青，一边思研取胜之策。雪岭青曾为宋元贡茶，后改为云雾茶，也就是黄山毛峰的前身。毕姓厨人一说，明太祖非常高兴，就下了一道诏书，赐予毕姓厨师顶冠束带，封他为官。

国子监是各地贡生读书的地方。虽为各地拔尖的生员，却并非个个都有紫袍加身的机会。一见厨子献茶封官，老贡生不禁仰天长叹："十载寒窗下，何如一碗茶？"

1875年，歙（今徽州区富溪乡）人谢正安，通过杀青、揉捻、焙坯、足火、显毫，创制了黄山毛峰，忝为十大名茶之列而名扬四海。一起扬名的，当然少不了朱皇帝。毕姓厨人以此入仕，名利双收。老贡生虽无实名可查，却也借机留下了名号。或是这名贡生尚不够淡定从容，在引得他人动情的同时，也成了茶余饭后的谈资。

二

"不风不雨正晴和，翠竹亭亭好节柯。最爱晚凉佳客至，一壶新茗泡松萝。"郑板桥的诗句，和他的竹子一样，总是让人喜爱。这诗，写的就是出自休宁松萝山上的松萝茶。汪士慎为徽州歙县人，同列"扬州八怪"，又是挚友，带点家乡茶叶相送。只是没想到，一包茶叶，换取了诗人流芳后世的诗行。

打开松萝茶罐，用茶匙舀上一小勺，轻轻放进杯中。静待江水沸腾，提壶泡茶，沸水方下，便香气盈室。一吹一啜之间，竟是天上人间。

松萝山海拔882米，山势险峻，悬崖壁峭。相传山中有百年老茶树，亦有古寺遗址。我曾在一个晴好秋天寻径登临,看茶树,亦看残壁断垣,更想看看松萝茶的研制者,一个叫大方的和尚。

松萝茶的名气与郑诗有关,亦与沉没的"哥德堡Ⅰ号"古帆船相连。

史载,1745年1月11日,"哥德堡Ⅰ号"从广州启程回国,船上装载着大约700吨的中国物品,包括茶叶、瓷器、丝绸和藤器。行驶8个月,在离哥德堡港大约900米的海面上触礁沉没。1984年,从海底沉睡了239年的古帆船上,打捞出了封闭完好的松萝茶。2008年4月,中国茶叶博物馆向休宁县赠送了"哥德堡Ⅰ号"沉船松萝茶珍品。

大方和尚在松萝山上研制了松萝茶,是为炒青鼻祖。时隔不久,又云游至歙县老竹岭寺庙落脚,创制了大方茶,是为扁茶鼻祖。短短几年间,两种茶叶以不同的工艺制作,形成不同的样子,却出自同一人之手,称得上是一种奇迹。

老竹岭地处国家级自然保护区清凉峰,四周重峦叠嶂,海拔千米以上高峰30多座,常年云雾缭绕,徽杭古道过竹铺,跨老竹岭,经昱岭关而过。史载,大方和尚采制海拔千米之茶叶,制成扁形茶,招待过往商旅。后人把这种扁形茶叫作老竹大方。"老竹"是产茶之地,"大方"是创制者之名。

老竹大方加工有摊青、杀青、揉捻、做坯、整形、拷扁、辉锅、烘干等十多道工序,较炒青复杂许多,具有"色绿、香高、味醇,形似竹叶、扁伏光滑"的特点。

有史可查的几句话,或许很难满足受众要求。这里面的问题有很多,大家都想知道大方和尚为什么不制成炒青而制成扁形茶呢,或许无人能说出一个合适的理由。

有一点是肯定的,那就是今天的我们知道了一个叫"大方"的和尚。"老竹大方"这一名号还随着相继拥有的"贡茶""国礼茶"等名号而越发响亮,更为越来越多的人所记取。在这一点上,不像以山名名之的松萝茶。只是不知道,只想一心制茶的大方和尚,对"老竹大方"这一茶名有没有不同意见。

倒是不要搅了出家人的清梦为好。

三

徽州出好茶。好在山高林密,好在坞长坑深,好在极佳的自然生态。这是作为物质的茶产出的充分条件。

徽州出好茶。好在精细的采摘,好在精巧的制作,好在制茶人的工匠之心。这是作为物质的茶产出的必要条件。

徽州出好茶。好在似一首绝美的诗,好在有一个从容的心态。可以三五好友共同品鉴,亦可放下俗物,对月独品。

品茗需要足够的仪式感。一件高雅的事情,虽则简单地拿起、放下,做的次数多了,也就有了禅意。

在一个茶乡长年行走,我悟出了一丝茶禅的真义。

净心,从容;

专注,单纯。

(本文获"徽茶文化故事"主题征文优秀奖)

荸荠塘边那一抹红

许德康

荸荠塘,一口普通的农家小水塘,位于皖南祁门县城西南隅的来龙山脚。其名由来,是因水塘状如荸荠,还是因此处曾经广栽这种土生植物不得而知。然而,就是这方名不见经传的水塘,由于我国历史上第一个由中央政府创办的茶业科研示范机构——祁门茶业改良场总场迁建于此而蜚声中外,也因为这里出产的祁红工夫茶质高味美而红遍天下。这里,曾经承载着老一辈茶人复兴中国茶业的光荣和梦想,是当代茶人的朝圣地。

20世纪30年代初,世界性的经济大萧条漫及中国,农村经济几近破产,日寇侵占东北后,对整个中华虎视眈眈。情急之下,刚刚建都南京的国民政府掀起了颇具声势的国民经济建设运动,改良和复兴茶丝等传统出口产品与产业,发展对外贸易,成为其一重要选项。

在邹秉文、吴觉农、胡浩川等农林界有识之士的呼吁与斡旋下,国民政府决定将原北洋政府农商部1915年创建于安徽祁门的茶业改良场改隶,由全国经济委员会、实业部和安徽省政府三家合组为祁门茶业改良场委员会进行管理,同时决定另勘新址,筹建总场。1935年年初,已驻祁门主持农村合作事务的全国经济委员会技正刘淦芝奉命勘察规划,经钱天鹤、赵连芳等农技派高官实地察验,最后择定城南凤凰山下的荸荠塘畔为新场场址。

一年后,新址上的厂屋落成,由全国经委会购发的克虏伯揉茶机、干燥机、筛分机等也装设完竣,并在桃峰山的杨桃岭开垦了150余亩阶级式模范茶园。嗣后,场部由县南的平里村正式迁往县城。总场的建成,极大地改善了各类茶叶试验和经济制茶的条件,成为当时国内独一无二的茶叶科研和生产示范基地,开启了我国现代茶叶科学研究和推广的新阶段,在中国茶叶历史上留下了浓墨重彩的一页!

一时间,这里各路名人荟萃,茶界翘楚云集。大师们在极其艰苦的条件下焚膏继晷、夙夜匪懈,以简陋的仪器设备从事茶园垦殖、茶树栽培、机械制茶、祁红分级、茶树品种繁育、病虫害调查和防治等多项研究,取得了一系列的重要科研成果,加快了中国茶业的现代化进程。同时还承担对周边茶农进行技术培训、合作指导、红茶统制、产地检验等事务性工作。大批青年才俊怀揣梦想,受业于此,薪火相承,弦歌不辍,之后大多成为茶业领域的领军人物。祁门茶业改良场因此一跃成为中国现代茶业改良的中心点和标本地,被尊为我国茶叶科技人才的"摇篮"、茶业界的"黄埔军校"。

祁门茶业改良场老场长、"当代茶圣"吴觉农在考察印锡、日本茶业归国后,仍心系祁门,关注祁红,那篇以"池尹夫"为笔名的著名文章《祁红统制的现阶段》就写于祁门的莘莘塘畔。

六安人胡浩川是吴觉农先生在日本留学时的同学,从1934年8月至1949年4月,长达十五年的时间里,一直担任祁门茶业改良场场长,从事祁红生产和研究工作。特别值得一提的是,在全民族抗战最艰苦的时刻,先生抱定"个人不离场、工厂不空废、茶园不生荒"的原则,苦干硬干撑到底,带领全场员工积极开展经济制茶,以增加祁红出口,换取枪炮弹药,支援抗战救国。

哈佛大学昆虫学博士刘淦芝以特派专员身份驻祁,经常深入祁红茶区调查茶树病虫害情况。1939年赴贵州湄潭筹建中央实验茶场并出任首任场长,祁门的创场经验在湄潭开枝散叶。

范和钧,曾留学法国,踏入"茶"门后即与祁门结下不解之缘。他经常往返沪祁,传信息、做调研,孜孜以求。他与吴觉农先生合著的《中国茶叶问题》是茶界的扛鼎之作,书中的素材大多取自祁门。1939年3月,受中茶云南公司之邀,范和钧在云南创建佛海(今勐海)实验茶场,以云南大叶种为原料,采用祁红传统制作技术生产滇红,是滇红茶的创始人之一。

庄晚芳毕业于中央大学农艺系,祁门是他的第一个工作地,由他主持垦辟的杨桃岭标准茶园是我国最早的阶级式梯形茶园,在茶叶栽培史上具有标本作用。庄先生从荸荠塘边起步,毕生从事茶业教育和科研工作,是我国茶树栽培学科的奠基人之一。

陈季良、汪瑞琦、余怡生是当年祁门茶业改良场开设的茶叶高级技术人员训练班学员,正值花样年华的他们在浩川大师等的教导和熏陶下,以身许茶,终生事茶,为中华人民共和国的徽茶事业做出了杰出贡献,被誉为"徽茶三杰"。

从荸荠塘边走出去的还有冯绍裘、陈兴琰、傅宏镇、徐方干、佘小宋、潘忠义、张维、向耿酉、葛廷栋、钱樑、张堂恒、何德钦、陈观沧、朱典仁、章世勋……

岁月不居,往事如流。八十多年的风流云散,历经时间的淘洗和遮蔽,或化为尘埃,或付于清风。进入新时代,祁门县提出打造"世界红茶之都",保护和利用好以荸荠塘畔改良场遗址为代表的茶文化遗产,挖掘和传承好其蕴含的人文精神,应是最好的注脚。做好这篇文章,让荸荠塘再度"红"起来,功莫大焉!

(本文获"徽茶文化故事"主题征文优秀奖)

徽茶中的红色记忆

屈国杰

"翻过了一座山,越过了一道弯,撩动白云蓝天蓝,望眼平川大步迈向前……"一首《最亲的人》让我感慨万千,品着黄山毛峰那熟悉的茶香,我不由得想起爷爷,想起我家徽茶中的红色记忆。

一

我爷爷出生在农村一个贫苦家庭,解放战争期间,他积极参军,在党的培养下迅速成长,不仅成为一名优秀的战士,还在炮火硝烟中加入了党组织。

1949年4月,不满18岁的他随第二野战军突破长江防线后直逼皖南。当年他接到一项艰巨的任务——深入敌后侦察。为了完成那次任务,爷爷九死一生。盘踞皖南的国民党反动派妄图阻挡解放军的胜利,加强了封锁和盘查,疯狂镇压革命者。爷爷不幸在人生地不熟的歙县境内被国民党抓获,敌人对他威逼利诱,软硬兼施,但爷爷信念坚定,一口咬定自己是讨饭的,凶残的敌人看他不肯屈服,就将他拉到外边准备枪毙。

被五花大绑的爷爷面对敌人黑洞洞的枪口,经受住了生与死的考验,准备献出自己的生命!

二

在这危急时刻,一位卖茶的好心人路过此处,他看国民党又要杀害革命者,而且是年龄不大的少年。他在情急之下捧着沏好的茶水,跑过去求情说:"这孩子年龄小,怎么会是共产党呢?我还缺人手,请长官枪下留人,让他跟我干活吧!"

他狠狠心,把压箱底的最好的黄山毛峰送给两名士兵,求他们放过我爷爷。

当时的形势,处于黎明前的黑暗。国民党大势已去,他们只顾疯狂搜刮钱财,视人命如草芥,看到黄山毛峰后垂涎三尺,就答应了好心人的请求,拿起茶叶高高兴兴走了。就这样,爷爷奇迹般地死里逃生!

到了安全的地方,爷爷又饥又渴,一头栽倒在地上。好心人将茶水倒入他的口中,还给他熬了米粥,爷爷在茶香中慢慢苏醒过来。那茶香,那饭香,让爷爷一生都无法忘怀。爷爷回忆说好心人隐隐知道他的身份,意味深长地说还是共产党好啊!

为了防止夜长梦多,爷爷在当晚不辞而别,没有留下只言片语就匆匆消失在茫茫夜色中……

三

爷爷随部队乘胜追击,随后全中国解放了。对黄山毛峰,对善良的黄山人民,爷爷始终怀有感激之情。他多次想回去寻找救命恩人,向给予他第二次生命的恩人道一声感谢,敬他一杯黄山毛峰。但一场大病让爷爷不得不将此事搁置下来,他一直没有机会重回黄山,为此爷爷遗憾了多年!

20世纪60年代,爷爷因为那次被俘的经历,一夜之间从单位领导沦为阶下囚!他被诬蔑是隐藏在革命队伍中的"叛徒",没有人去调查核实,没有人听爷爷解释,铺天盖地的大字报让他百口莫辩。

那年除夕,爷爷一个人在牛棚里度过,满肚子是冤屈的他遥望黄山方向默默流泪,他想以死抗争,用死来证实自己的清白。

这时候,爷爷闻到一股茶香,这茶香是那么熟悉。不错,这就是他当年在黄山喝到的徽茶!伴随着茶香,爷爷单位的一位老工人偷偷来到牛棚,他对我爷爷的遭遇非常同情,说他亲戚在黄山工作,托人给他捎来一些黄山毛峰。他知道我爷爷不喝酒,大过年的,以茶代酒,端了半碗菜,趁着夜色送了过来!

爷爷含泪捧着热茶,那熟悉的茶香让他仿佛回到了过去!他的心里暖暖的,他对党充满了信心,相信严寒一定会过去,乌云遮不住太阳。

四

春天来了,为了纠正冤假错案,组织上派人赴黄山秘密调查,终于找到了爷爷当年的救命恩人。善良的老人既没有为爷爷当初的不辞而别而不满,也没有为爷爷这么多年的音讯皆无而抱怨,年老体弱的他如实向组织反映了情况,他的证言非常重要,为爷爷的平反昭雪起到了关键作用!

爷爷重新回到工作岗位,在得知调查的详情后备受感动,说他欠黄山人民太多太多……

不久,爷爷专程回到令他魂牵梦萦的黄山。时过境迁,黄山徽茶茶香依旧,只是他日思夜想的恩人在数天前已经离世,他再也见不到救命恩人,再也没有机会给最亲的人敬上一杯徽茶!

当地的同志介绍说,当年解救爷爷的好心人在新中国成立后也加入了党组织,他不图功与名,为徽茶的发展默默奉献了一生!

"同志!我来晚了!"爷爷将一杯黄山毛峰洒在老人墓碑前,泣不成声。茶香弥散开来,勾起了爷爷的回忆,他在恩人的墓碑前久久不愿离去……

爷爷拿出来一些现金,要留给老人的亲属,却被婉言谢绝了。他们说现在的日子越来越好,有勤劳的双手,有闻名于世的黄山徽茶,还能过不上好日子？一番话让爷爷对黄山、对徽茶更加敬佩。

临走之时，爷爷买了一些黄山毛峰等徽茶，回来送给战友和同事，还有那位早已退休的老工人。大家品尝后对徽茶交口称赞，在得知爷爷的经历后，对徽茶又增添了一份感情。

五

从此，黄山徽茶一直陪伴着爷爷，他不止一次叮嘱我们，一定要把黄山当作第二故乡，把奉献徽茶的黄山人民当作最亲的人。

爷爷去世后，我们全家人牢记爷爷的嘱托，怀着一颗感恩的心，更加关注黄山，热爱徽茶。令人高兴的是，黄山在新时代取得了巨大成就，今天的黄山徽茶，知名度和美誉度都达到了前所未有的高度。徽茶的茶香跨越了时空，历久而弥香！

"感谢这人间爱，传承了千万年……"难忘徽茶，难忘我家徽茶中的红色记忆！

（本文获"徽茶文化故事"主题征文优秀奖）

"老竹大方"情悠悠

方辉利

"外形挺秀触光滑,色泽翠绿微带黄;芽藏不露形扁平,金色茸毫遍身长。冲泡清香长绵绵,一品微苦再清甜;梦萦魂系在徽州,竟知雾滋茗生态。"这描述的是中国扁形茶鼻祖——国家礼品茶老竹大方。

老竹大方外形扁平匀齐,挺秀光滑,翠绿微黄,香气高长,有板栗香,滋味醇厚爽口,叶底嫩匀,芽叶肥壮,其色泽深绿褐润似铸铁,形如竹叶,故称"铁色大方"或"竹叶大方"。

老竹大方风味鲜爽独特,回甘持久,还具有深厚的文化底蕴,深受广大茶客青睐。

相传,早在宋、元年间,老竹岭山上有座古庙,住着一个叫大方的和尚。他为了招待烧香拜佛的客人,自种、自制茶叶,供来人饮用,大方茶就以此而得名,被称为"老竹大方",也叫"竹铺大方茶"。距今已四百余年,并扬名四乡。到了清代,被列为徽州人每年向皇宫进贡的礼品茶。

老竹大方产于安徽歙县东北部皖浙交界的昱岭关附近,集中产区有竹铺、三阳坑、金川,品质以老竹岭和福泉山所产的"顶谷大方"为最优。与歙县毗邻的浙江临安也有少量生产。

老竹大方产地地理环境独特,产区境内多高山,属天目山脉,北面的清凉峰海拔为1787米，产地山峦重叠、青峰插云、岗崖纵横、溪涧网布，海拔在1300米以上的有老竹岭头、石坑崖、翠屏山、黄平圩、福泉山、老人岩、仙人峰、鸭子塘等。群峰竞翠，涧水长流，茶树多生于高崖石隙里和山间幽谷中。这里的高山茶园都在千米之余，在自然环境的烘托之下，显得得天独厚，无与伦比。是地理生态造就了一个地域优质元素的茶叶品牌，是和善仁爱的鼻祖大方为歙县南乡铺出一条茶叶兴农的富裕之路。

老竹大方产地年平均温度16℃左右，年平均降水量1800毫米，气候温和，雨量充沛，土壤肥沃，有机质多，生态条件十分优越。这里，山势险峻，山脉连绵，大山如屏，远山如黛，发源于老山的清丽昌源河从此纵贯而过。一年四季，云蒸霞蔚，如梦如幻，滋润着大山里万物的生长，哺育着歙南人民一代又一代健康成长。

"清明谷雨四月天，嫩茶翡翠露尖尖；五月立夏和小满，茶老采制无空闲。"是的！你瞧，那依山而筑的茶园，一行紧挨着一行，一梯紧挨着一梯，随山势上升而逐渐缩小，远远看去如一条条突兀延伸的巨形翡翠腰带，系着大山的胸怀，把忽隐忽现的沟壑山垄装扮得玉姿翠影，富丽堂皇。

那采茶的男男女女、老老少少，穿着艳丽的衣服，穿行在茶园里，如一个个律动的多彩音符，在倩指靓影中演奏着《采茶曲》。他们的步履是多么喜悦，他们的情感是多么激昂，他们的夙愿是多么美好——打品牌大方，贯香茗天下。

藏大山之灵气，吸天地之精华。这里茶叶的加工制作，不仅是一项技术，更是一项艺术。近几年来，歙县南乡的茶市多了一道亮丽的景观，要进行茶艺制作大赛，重在传承徽州古老制茶文化，旨在推动精湛特色工艺发展。

你看，那一个圆形的嫁接烟囱的简易锅炉，是徽州农家发明并即将申请专利的用来制作大方茶的道具，把锅烧得刚要通红时，将斤把鲜嫩"两叶一芽"茶芽倒入，"哧啦啦"地发出青爆声，手起茶落，叶儿如瀑布流在空中翻动,这是第一道工序"杀青"。俗话说,嫩叶老杀,老叶嫩杀,这是制好大方茶重要的一关。随即,在炉温适中时"揉坯",即手抓茶叶在锅内滚动揉捻成条。在六七成干时"造型",即手掌扶住茶叶,由锅底向里向外移动,那忽上忽下的动作,需要制作者有一个好的腰板,最后是"辉锅"。要做出形美质优的大方茶,不仅要掌握好炉温,还要把握好各道工序的时间和手掌拍打的力度。

歙县茶乡的茶农,力求在色、香、味、形方面能力拔头筹,展现炒制实力,定格成一个个徽州大方茶制作的优质传承人。

老竹大方按品质分为顶谷大方和普通大方。老竹大方茶还可精制加工窨制成"花大方",如"珠兰大方""茉莉大方"。老竹大方是扁形绿茶,具有"色绿,香高,味醇,形似竹叶、扁伏光滑"的品质特点。

冲泡方法也是一门技术,需烫杯后将合适温度的水冲入杯中,然后取茶投入,不加盖。此时茶叶徐徐下沉,干茶吸收水分,叶片展开,现出芽叶的生叶本色,芽似枪、叶如旗。一段时间之后,茶汤凉至适口,即可品茶。此乃一泡。茶叶评审中,以 5 分钟为标准,茶汤饮用和闻香的温度均为 45—55℃。若高于 60℃,则烫嘴也烫鼻;低于 40℃,香气较低沉,味较涩。这个时间不易控制。如用玻璃杯,一般用手握杯子,感觉温度合适即饮;如用盖碗,则稍稍倒出一点茶汤至手背以查其温度。第一泡的茶汤,尚余三分之一,则可续水。此乃二泡。如遇肥壮的茶叶,二泡茶汤正浓,饮后舌本回甘,齿颊生香,余味无穷。

冲泡老竹大方的三要素,即浸润、冲泡、赏茶韵,在冲泡茶的过程中,品茶者可以观察到茶叶在杯内上下翻涌的轻盈姿态、茶汤颜色均匀度的变化,感受茶烟的升腾弥散,香气洋溢的怡然,以及最终茶叶徐徐沉淀杯底的淡然,领略绿茶的超然风姿。

茶是中国的骄傲,民族的自尊、自信和自豪。饮茶可以思源。世界著名科技史专家李约瑟博士,将中国茶叶视作中国自四大发明之后,对人类的第五个重大贡献。

品老竹大方茶,知徽州原生态。老竹大方,质优品牌,需在非遗技艺中传承。

(本文获"徽茶文化故事"主题征文优秀奖)

黑白背景里的徽茶

丁迎新

中国之大,茶叶并不鲜见,从可被查证的几千年历史中,茶叶经历了从祭品到菜食,到药用,再到饮料的漫漫长途,与人的关系可谓无比密切,成就了一部厚厚的茶文化史。因为地大物博,中国的茶叶品类之多让人眼花缭乱,其中,出自安徽黄山地域(古称徽州)的徽茶,可以说是最有文化底蕴的茶。

说到徽州,不免让人想到流传了多少代的俗谚:"前世不修,生在徽州。十二三岁,往外一丢。"在传统农耕时代,因山高岭大,地少人稠,偏僻闭塞,有限的土地上收获的粮食无法养活庞大的人口,许多徽州人不得不外出务工经商,徽商由此慢慢萌芽。走南闯北,见多识广的徽商发达后不只是把财富搬回家乡,还将思想、教育、文化、建筑等相继移植到徽州,融合消化,慢慢沉淀和发酵,在相对封闭的山水之间自成体系,成就鲜明的徽州文化特色。

徽派建筑、新安理学、新安医学、徽剧、徽菜、徽墨、歙砚、宣纸等,在不同的行业领域日渐风起,并涌现出诸多闻名遐迩的历史人物,如活字印刷术发明者毕昇、思想家朱熹、珠算之父程大位、思想家戴震等,不计其数。因为文化的长期浸润,往昔的穷山恶水生发出灵魂深处的活力,以新的面目呈现,竹木交映,山水间的黑瓦白墙是流淌不息的音符,与白纸黑字遥相呼应,丰富的茶叶资源岂甘落后,于厚重的黑白背景里挑出鲜亮的旗帜,骄傲地喊出徽茶的名号。

　　山水之脉，风光之秀，黑白之韵，思想之重，笔墨之雅，岁月之灵，清悠之态，于是集于一身。从生长之始就入骨、入肌、入心，不因后来的形态之异、制法之差、口味之别而有舍充和不同，一方水土养一方人，也养了一方茶叶。懂茶的人、识茶的人，纵然天南地北，远隔重洋，几茎在手、在杯、在喉，仿佛一方水土瞬间再现，依稀那般，原来如此，怎能不余味无穷？

　　生长在皖西茶乡的我，熟悉于类似徽州的山高岭大，习惯性仰头望天度时光，对茶叶也并不陌生，而且从小就随同大人一起采过茶、炒过茶。幼时懵懂，不知茶叶之蕴，解渴而已，换取温饱而已。读书时，在家乡政府供职的父亲率队前往黄山，取经茶叶制作经营之法，回来后兴师动众地模仿学习造势。一方山水自有一方山水的特色，云雾缭绕，兰草飘香，自然之物，当得一个"好"字，也渐渐声名在外。父亲仍不满意，怎么不似黄山毛峰之味？也没有太平猴魁的特点？由热销之故，慢慢地，父亲不再纠结，倒是我记住了父亲的不满意，但一直寻求不到答案。

　　年岁渐长，读书愈多，经历广泛，尤其是这样那样的机缘，几番黄山之行，恍然之间使我开了窍。曾有商贩把平畈地采摘的茶草运到山区，在山区加工，冒充山茶出售。虽能糊弄一些买茶人，终瞒不过识茶之人，甚至无须泡一杯品尝，看看茶叶形状，拈一撮在指间细闻，即可判别真伪。自然，这是山势、气候、水土等原因导致的差异，显现在不同层面，这是靠造假、冒充和模仿难以弥补的。殊不知，深入骨髓和灵魂的地域文化更是无法模仿的原生态，是基因，是骨血，是传承，是独家和私藏，纵然再发达的科学也复制不得，成为地理标志产品也有如此的原因吧。这在徽茶身上尤为明显。

　　可惜忙碌的现代人是没什么闲暇可言的，否则，品一杯徽茶之前，先走进徽文化的世界浏览一番，感受一回，哪怕是走马观花，手中的徽茶一定有了分量，滋味又有不同。

　　青山绿水多毓秀，黑白人文显风骨，这才是徽茶之香吧？不只是茶之香,生态之香,更有厚重的文化底蕴之香。久久蕴藏沉积,一朝唤醒,盛世而隆矣。

(本文获"徽茶文化故事"主题征文优秀奖)

"金山时雨"茶的传说

曹助林

徽州明山秀水,地处海拔偏高的南部山区,气候湿润温暖,降水充沛,适合茶叶生长与栽培,自古盛产优质好茶。中国十大名茶中,徽州茶独占其三,而国家历史文化名城绩溪县的"金山时雨"茶亦是名茶珍品之一。早在清末,上庄茶商汪裕泰在上海创立了"裕泰茶庄",开始销售"金山时雨",一经销售,"时雨"茶以其独特的品位名噪一时,一度被钦定为皇宫御品。到了民国初年,"金山时雨"已销往香港、新加坡等十多个国家和地区,从此,"时雨"扬名海内外,先后获得中国名茶金奖、世界绿茶协会最高金奖、国际农产品金奖等殊荣。

"金山时雨"茶产于著名学者胡适先生的故乡——绩溪县上庄乡金山村北云尖山脉南侧。关于"金山"村和"金山时雨"茶,有这么一个广为流传的民间传说。

位于绩溪北部的上庄金山村,何以取名为"金山"?相传,唐末为避朱温叛乱,昭宗临危托孤,将皇幼子由李姓改为胡姓,由近侍引领,一路逃至绩溪岭北一带隐居下来,并将从宫中带出的金银细软偷运到离上庄不远的一个无名山村,埋藏在村南一个叫金竹湾的山坞中。

某日,一位叶姓老农到金竹湾挖竹笋,偶遇一位慈眉善目、仙风道骨的老禅师,两人相聊甚欢,说到无名村灵山秀水,禅师跺脚叹惋道:"金银地,灵气聚，但恨春风不识茶。"说罢，愤而拂袖，袖口却滑下几枝带青绿叶片的小枝柯。那时候老叶和村里几户山民，全靠卖柴砍竹为生，不懂茶为何物，禅师的话自然也没往心里去，但"金银"二字听得真切。难道此地埋有金银财宝？正疑惑间，禅师已悄然遁去。见天色已晚，老叶决定在禅师跺脚的地方做个记号，以便第二天来寻"金银宝藏"，遂以禅师袖口遗落的枝柯插地为记。

哪知第二天，当老叶兴冲冲地再度来到金竹湾时，却看见整片山坡都被一种绿泱泱的植被覆盖，怎么也找不到原来那根做记号的枝柯了。原来这位禅师是云游至此的龙盖寺住持智积禅师，也不知道他用了什么本事让金竹湾一夜之间绿意盎然，有人说是神仙助力，有人说是金竹湾地底下的"金银气"催发了这一场自然与时光的馈赠。

数日后，受智积禅师的指引，禅师养子陆羽慕名造访徽州，逢山驻马，遇泉下鞍，遍尝各地名茶佳泉，一心只为完成一部《茶经》。行至皖南绩溪，见岭北上庄一带云山雾罩，溪流潺潺，遍野兰香，特别是无名村金竹湾那一大片绿色植被深深地吸引了他，那些植被不是别的，正是智积禅师之前有心栽下的茗雾绿茶。陆羽通过总结该茶叶的培植心得，很快完成了史上第一部茶文化专著，成为一代茶圣。临终前，他把弟子叫到身边，嘱托弟子们悉心呵护无名山村的茗雾绿茶，并向当地村民传授养茶、识茶、制茶、品茶技艺。若干年后，此地果真如茶圣所愿，种出了漫山遍野的极品茗茶，村民年年事茶，由于茶叶品质过硬，很快名声远播，山民也不再靠砍竹卖柴为生了。

村民为纪念茶圣及其弟子，在村口建起"茶神庙"，并借"金银宝地"之义，将村庄定名为"金山"，为表达对茶圣的思慕感恩之情，金山出产的茶叶也以陆羽的"羽"字为谐音，取名"思羽"，斗转星移，春秋更替，代代口传的"思羽"演变成了如今的"时雨"。而"茶神庙"外的"思羽潭"终年清泉流韵，还在诉说着当年的传说。

（本文获"徽茶文化故事"主题征文优秀奖）

在黄山,我只做徽州的一叶芽茶

王忠平

静谧中,它们睁开双眼
用小小的惊讶,撩开清晨的薄雾
那细微的声音在整个徽州
整个黄山的辽阔诗意中铺展开来

氤氲中,欲醉未醉、似真似幻
柔软的,清凉的,醇香的
适合打开一首朴实的茶歌

一座生机盎然的松萝山已走出凛冽
像一个远道而来的人一步步走出低谷
与南风中的每一滴绿色浑然天成
它披着一身翠绿,如琥珀一般
把宁静与美好
从浩荡中举到温暖的阳光下

远处,正在采摘的屯溪女儿

比我先一步打开茶山风情,打开一页页葱茏
她们在绿色涟漪中跷起纤纤玉指
那飞落的鲜嫩的文字
是我钟爱的顶谷大方、钟爱的太平猴魁茶啊
我要用一曲曲茶歌表达我的一腔乡音
借助那些灵巧、娴熟、轻柔的手指
拨动黄山上的一架架竖琴

流淌着果蜜的醇香
一枚枚芽茶优雅地落到竹篓
用另一种语言读着祁门的古朴绵长与辽阔
读着春天留在黄山上的丰满诗句

此刻,我也静默成一株黄山毛峰
在春风与阳光中一点点返青
变成一片茶芽回到最初的枝头
与蝉歌、与鸟鸣栖息在古老的黄山深处

此后我用一生的挚爱守候她的明亮醇厚与善良
用青山一样执着、绿水一样绵长　进入茶山秘境
亲切的抚慰中
茶魂与灵魂碰撞　山水与茶语交融
我们面对一枚枚春芽
捧出无数晶亮澄澈的诗篇

远远地看见蜜蜂飞过绿海

投入源源不断的青春梦、家园梦
它们写下一叶一芽的满山情歌
此刻的我也远离枝头
像一首抒情的金山时雨长在徽州的骨髓里

此刻的黄山　此刻的徽州古茶树
面含微笑　神色坚毅
我也像一只翩翩起舞的蝴蝶
自信地爱着茶山　爱着采茶的人
爱着每一叶转动山水的春芽
我恨不得立刻把胸腔打开
装下黄山的茶言茶语、茶歌茶经
让每一个经过茶山的人
都聆听到徽州茶美妙绝伦的歌唱

（本文获"徽茶文化故事"主题征文优秀奖）

黄山，名茶之都拓印时光复写的诗意

杨文霞

一

我无力那些磅礴的书写，奇山秀木之下
一枚神奇的树叶见证那些姿态心醉的美
仿佛一杯香茗的颂词久居人心，中国茶的故土是那么锦绣
我无力篡改山水澄明宏达的修辞
却能以一杯黄山香茗，品味山水高蹈的基因
写下黄山，云在茶中，水在茶中，名山在茶中
我向往的名山追随着那些香茗，迎着千叶矗立的高峰
黄山毛峰、黄山翠绿、黄山金毫、黄山银钩
在我想象的世界里，以黄山活在我的另一个世界中
等级在杯口上，不断提醒着人们
松涛、竹海、涧水、飞瀑
想到太平猴魁，想到顶谷大方、祁红工夫茶
想到茶马古道，通往人间天堂的路
我想到了美好，名山与名茶在杯中卓立
舒放的心境被观澜。一枚神奇的树叶抵达难以抵达的高峰

就此歇脚的人间,挂满凝固的岁月

让不识黄山的人,被一杯黄山茶慰藉

思念的杯口,茶是渴想的甘露

黄山,拉入梦境的身体,就是我,已经幻化成一枚茶叶

就是我,在弥漫的乡愁里,重新舒展

那么多茶山,从不同角度向我描述着黄山

那么多人喜好在黄山香茗中,隐瞒各自的身份

在新叶抽出枝干时,突然想到远方一座名山养育的情感

正以黄山茶,想起不一样的茶经来

怀揣一枚树叶的惊喜

逐渐在茶文化的历史中,动荡了时间静止的核

荡出黄山的风骨

二

我知道,一杯黄山茶里有隐隐的歌唱,香茗浸透醇香的透明

纵然的生命传来黄山茶千年不朽的歌吟

文明的珠落被采摘。喝着黄山的阳光、虫鸣、星辰和云雾

在一杯香茗上,我们再次相遇

仿佛拉长梦境里搁浅的身影,美妙也在轻声用力

足迹与碑铭,在香茗里被碑传

我将看见黄山的风云、鸟啼与水声,鳞次栉比

我知道那是黄山茶叶开始的一片喧腾

以满山名茶在杯中收敛。我知道囤积的诗词也跟不上

品味在黄山茶典的情丝,醉人芳心

总有一款黄山茶独占民谣风起的中国

以翠绿光鲜的画面,把黄山推崇

为那些婷婷的茶叶,玉立在一杯清洌的香茗中
拓印时光的印记,就是社火与香火、灯火与炊烟
解开由来已久的心结
仿佛很多年来,我们都不离不弃
仿佛很多年,我一直生活在黄山
谨记杯盏上的琴瑟与诗词,以黄山茶的精神知会我
并甄别每一款黄山茶之间细微的区别
然后以翠绿站成一片绿色的海
自然舒展,平铺直叙,是茶针也是黄山
隐见在香茗风云的世界,聆听茶叶之间窃窃私语
就是嘶鸣在云雾之上高分贝的形容词
在香茗的世界悬挂着主义
而黄山就在千叶的巅峰,填补舌尖与肺腑,以及香茗扎住的心房
擦亮名茶之都的地理名片,没有用滔滔不绝的说明

三

记住黄山毛峰,翠绿的叶面波光粼粼
徽茶代言茶典里的高峰,道出一座山的重量
记住太平猴魁,尖茶悬浮的身体
三泡四泡后依旧不散的幽香,升腾不息的炊烟
记住祁门红茶,红茶极品的盛誉,以国事礼茶,礼遇着世界
像是中国通往世界打开的一条通道
在一座茶山的修剪中,呼唤着你我
记住松萝,品味在民间贴切的字词
穿透灵魂的氤氲在茶杯上复活
就是记住了黄山,数不胜数的名茶,醇厚在一首诗里

保持盛世的姿势，并留下黄山的胎记
成就一首茶诗平仄的起因
黄山茶，在茶道中摆布一次人生的道场
隐喻生命的感喟之词，也把灼热的身体放凉
但依旧是黄山茶诗里的一次速写
茶香是黄山的体味，每一种都是黄山的馈赠
采摘、晒干、烘焙，黄山被反复揉搓
仍独立在秀美中与时间抗衡
我是多么欣慰我在中国，多么欢喜富有一座山水黄山给予的茶情
一次杯口亲近，感觉灵魂里的香
山水空蒙，暗合一首茶诗的工序
却是从冲泡开始，成为人生反复复制的章节
该如何去描述黄山？我只借用了屯溪绿茶
或者黄山毛峰，一个"屯绿"，一个用白毫披身
充盈着一首茶诗的张力
蛰伏黄山宽阔的胸膛与满山茶香挚爱的典故

四

一路相向而至，相遇徽茶，翘首的身姿被恣意
找到黄山，一页页被经典在徽茶上，时光的手指用来翻阅
找到那一盏茶汤微漾着山水的感动
五湖四海的乡愁被一盏香茗串联起来
复古诗意的章节隐约可见，名茶高调着示范，有机、康养
凝聚黄山云雾的内质
以黄山名茶的盛誉被刷新
千秋泉、松萝山、五溪山、漕溪、猴坑

不朽时光的鼓槌一次次敲打,又有祁香、六百里、新安源

该怎样形容一座名山盛世不绝的隐秘

该怎样形容我写黄山茶同一种孪生的情感

但我要告诉你,黄山与茶,没有凭借任何一种修饰与语法的摆渡

茶产名山,我向往名山,验算茶与天下的方程式

名山产茶,一气呵成的工序,源于上苍神话般的雕琢

或就在光阴延展的界面上,捧一杯黄山毛峰,心里又觊觎太平猴魁

提神醒脑、开胃健脾、生津止渴

装裱山水的含义,一步一景把黄山仔细端详

回味一场轰轰烈烈的陪同,在一杯香茗上品出耐人回味,又是那般绵长

饮茶、恋茶,渴想的世界有一款黄山茶暗藏生活的平实与富有

而我想登黄山,与它信仰在茶山上串联生态长廊的美图

我就是想在黄山茶的行囊上画上一枚山水的印章

与岁月反反复复用在一杯香茗上

青山做续,放逐人间的情感

交换身体的意志与对黄山茶深情的丈量

在素朴的时光里穿越

绵延在香茗上的珠玑开始辨认

黄山,乾坤在茶诗的词牌上,被豪情泼墨

即便是时光苍老,依旧能在众多香茗上捧读黄山茶的经典

(本文获"徽茶文化故事"主题征文优秀奖)

一品黄山茶：北纬 30°的群英图谱（组诗）

王维霞

黄山毛峰，永在春天的女子

鸟儿衔来的那粒茶籽
在五溪山广博而灵秀的胸怀中安居
那粒茶籽用花香构建梦境时
月亮袖口的皎洁悄然汇成山间的溪水
此景，一半是水墨画卷
一半是黄山毛峰的成长史

清香冷韵，袭人断腭
茶香有万千种氤氲
但只有她能将溪流弹拨出月光的琮琤
而百花无言
芳菲，像一粒朱砂点于她的眉间

此刻，唯有青山绿水配得上她
我是说，茶叶舒展在青花瓷的怀抱里

香息灵动,有云雀的鸣声婉转而出

透过她身披的那一袭霜露之气

由近而远,仿佛星辰的环佩碰响春天的密码

仿佛永在春天的心,清凌凌地苏醒

祁门红茶,阳光与霞光的艺术课

谷雨前,大吉岭的茶树

刚刚吐露一芽儿两叶儿的心事

而周围,草木葱茏了千年

像一种昭示

玫瑰、兰花以及果木之气

身带阳光的经纬与霞光的层次

丰富着茶香。但我还不能说

理解了祁门红茶

这个清晨,黄山西脉馥郁的林木

是霞光与阳光

探讨着的祁门香的艺术

你瞧!我手捧的,正是一杯霞光

是森林幽静的岁月

斟满一个小小的人间

可我还不能说

已经懂了祁门红茶

就像我还不能说懂了阳光的内涵

你瞧!这红亮的茶汤

多像一颗心,专注于播撒

专注于为所有春天授粉

太平猴魁，英气颂

云雾连绵,山水泛着清香
一片茶
像一位英武的青年
懂得如何从少年般的叶芽儿
走向苍绿匀润

在猴坑村,山水又像是盛放云雾的容器
一株茶树的光阴
多半在浸润滋养中完成
当茶香中柔软的光束
照亮深谷的幽兰
凡是品过猴魁的人们
都被一片茶内心的温热
真切地爱过一次
纯粹的向度,如英气锁于眉宇
而海一样的深沉敞开在胸怀之中
是的,我无法忽略
一片猴魁叶脉中隐现的红
无法不微醉于茶香中的神妙气质

屯溪绿茶，生态美学孕育的出众气质

像大地之上涌动着绿色的星辰
清澈的事物

都跟随高山深谷的指引
汇入屯溪绿茶的叙事

彼时,露水为振翅的蜜蜂
备下一整夜的晴朗
晨风是软的
无名的花草
捧着各自的芳菲
表明朝向春天的生灵
都决心用细小具体的爱
为一片茶的香气提纯

说到底,屯溪绿茶的汤色
是一种清凉的眼神
在黄山周围,把溪涧与林木原生的交谈
举向海拔之上的高度
是的！那高度无疑是品质
是天地精华的索引

想来,一片茶的风景里
藏着美好生活的答案
因绿润中饱含溪水的通透
芽峰吐露的那一层薄薄的霜
也变得能够透视

黄山绿牡丹，茶盏中盛开的国色天香

宛如清风破晓，花瓣徐徐展开
茶盏中锋苗齐整
鲜明的白毫渐渐隐退
像是南云尖的一次放晴

此刻，须凝神
须指认天青色的静雅中翩然的蝴蝶
须动用遍地芳草
以及深谷的幽兰
方可将云雾处理成一缕茶香的高远

倘若，筱竹古木相伴
加深了一朵花茶内心的层次
制茶人掌心的温度
便成全了一朵花茶含糖的愿望

是的！世间极致之美
正在茶盏中盛开
我要做的，是浅尝、慢品
是在茶香中领略花事般丰盈的爱

顶谷大方，高海拔的茶之骄子

如同银碗里细碎的月光
转身为雪，顶谷大方

以诗意的语言
诠释造物的眷顾
当我的耳畔响起竹叶上滑动的月色
葱翠已不仅是岁月绵长的思绪

你也许会错过茶树的第一枚芽儿尖
但不会忽略一款茶特有的格调
以及造就格调的必然条件
你看在老竹岭一带
大地皮肤上的乌沙土质
酸性的逻辑
藏得很深,但并非无迹可循
你看！岩石的缝隙
不仅收藏了满兜星光
也赋予勇敢的茶树
深涧的流速、群峰的葱郁

最好的时辰,就是与一杯顶谷大方
探讨风能做到的事
你看这绿如铁铸的神色
多像侠骨柔肠的骄子
而那一身金色的茸毫
不是春天的信使,便是朝阳的征衣

黄山茶道

时代月明风清的善意

我们在茶香中领受
以获得静雅之气、清幽之心
我们总是
在一杯茶的经纬中
遇见同一位故人
他有时在线装书的折痕处
抖落满身星霜
可当他置身于北纬30°的嘉禾之中
万事万物
便在茶与人的镜面上
投下倒影
茶香宁静却可以致远
茶人淡泊却可以明志
黄山茶道将时间回放至饮茶的仪式
使得每一杯茶,都如清晨
滴落的一点鸟鸣,轻啜
于唇齿之间,灌漱如恩泽
如黄山茶道为世人捧出自然的福祉

(本文获"徽茶文化故事"主题征文优秀奖)

第三辑 佳作选登

茶　印　象

苏立敏

　　记忆里的故乡，茶叶不是家家都有的。有茶的人家都是大气人家，多铺着青石板小路，风门，圈椅上放着垫子，方桌上放着几个小罐罐，小罐罐里有糖有茶。每当我跟着爷爷去那样的人家串门时，就能有幸喝上一小碗茶水。

　　通常是把圆柱形茶壶放在一个印着花花的搪瓷盘子里，盘子周围倒扣着几个细瓷小茶碗，与自家的粗茶碗相比显得格外金贵。喝的时候，爷爷的大手就托着茶碗，催我喝完了赶紧放回桌上去，生怕摔了。我一口气喝完，凉热不顾，自然喝不出茶的味道来，只觉得与白开水稍有不同而已。

　　父母都是文化人，他们觉得家里与文化最般配的物品就是茶与酒。喝茶水是母亲对美好生活想象的一部分，村北新家在没盖起来之前，母亲经常说，等搬进了新家，就在院子里栽几竿竹子，竹子下支一个石桌子，有月亮的夜晚就在院子里喝茶水、嗑瓜子。我真正感受茶水的旖旎是从上班开始的，和同事们去饭店吃饭，上菜前必有一壶茶水，只是那壶免费的茶真是难喝，那茶叶有时很碎，有时很大，给人树叶的感觉，又涩又苦，自始至终没有茶色，还不如白开水好喝哩。

　　我第一次网购就是买了扁平挺直、鲜爽味醇的太平猴魁，是"货到付款"诱惑了我，我怎么也不相信不打钱就给寄回茶叶来，抱着试试看的心态买了点儿。结果真的收到了茶叶，与茶叶一同来的还有两棵小茶树，小茶树根被一团湿泥护着,带着江南的清新味儿,那种心情绝对是青青的小茶树带给了我感动,你想啊,本来想要一缕春风,人家给了一个春天。

太平猴魁属于有兰花香息的绿茶类尖茶,产于黄山市一带,为尖茶之极品,久享盛名。其外形两叶抱芽,扁平挺直,自然舒展,白毫隐伏,有"猴魁两头尖,不散不翘不卷边"的美名。茶叶中所含的化学成分有500多种,具有抗菌、抑菌、减肥、防龋齿、抑制癌细胞等功效。

可能是网购的经历让我对茶叶有了好感,后来,走亲访友时,常常提一箱凉茶饮品,感觉就是坐在一起品过茶了。因文学与江南三清媚结缘,每年都去一两次,回来必带的礼品就是茶叶,有自家炒的,有名山上产的,有红叶,有绿茶。我品茶品的是送茶人或风景的品质,一直联系不到茶叶自身的味道上去。说来真是惭愧,有一次朋友送我几个小青橘,我端详着那个装满茶叶的小青橘子,觉得可惜极了,那么小的橘子就被摘下来烘干装茶叶,每端详每可惜,到现在也没有品尝过。

一袋从三清山带来的茶叶,在女儿回门宴那天开启了,不知道客人们是没话说还是茶叶真的好,走近桌子前回酒时都说酒好茶好。没喝完的那半袋送给了一个朋友,她再见面就没别的话了,说茶水很香,她儿子还打听在哪儿可以买到。

退休以后,终于有时间喝茶了。于我,喝茶品的是寂寞,当把一杯冒着袅袅香气的茶端在书桌上的时候,我总是想起喜欢茶酒的爷爷,想起渴望在院子石桌边喝茶水的母亲,想起一起喝过碎树叶般的赖茶水的同事们。时间很无情,在"人一走茶就凉"的尘世,历尽繁华后细品一杯茶水的醇厚,生命里遇见的人总与茶有关。

最喜欢江南的茶园,看见友人发的茶园图,迷人的绿色简直惊魂,就好想去茶园走走,让眼眸在圆润的绿意里得到滋养,让余生感受生命里欠缺的芬芳。只可惜去了那么多次,一次也未与茶园邂逅,或许与茶园邂逅是我以后依然会去江南的理由,适合在晚遇的时光里。

妹妹来,我告诉她家里的茶叶很多,别买了。她说自家的茶叶也很多,叮嘱我若是茶叶过期了别扔,煮成茶叶蛋依然有味道。我感觉茶叶似乎是永不过期的,即使不能泡水喝了也可以做成枕头,多好,枕着茶叶睡。

《茶经》里说:"茶者,南方之嘉木也。"我给外孙起名"嘉木",就是希望他像茶叶一样自带光芒与香气,在茫茫人海里做不一样的人,如茶在草木里只做美好的那株一样。

茶韵徽州

张 杰

我国饮茶已有两千多年历史。西汉王褒所著《僮约》,载有"武阳买茶"之句。唐代时,茶已成为许多人家"一日不可无"之物了。如今茶更为普遍,客来献茶,已是我国人民交友待客的礼节,而招待贵客时,徽州茶道是当地人们最真诚、最重要的待客礼节。

徽州的茶叶种植历史悠久,始于南朝,唐代时已成为全国著名的产茶区。祁门红茶、太平猴魁、黄山毛峰、屯溪绿茶、白茶等家喻户晓。

祁门朋友小刘从小就跟随着外祖父、外祖母一起上山采茶叶,那时候外出劳务的工种也少,多数农民都是靠着种茶、养蚕维持生计,清早天还没亮,就背着干粮上山了。年幼时,不知道山有多高,只知道特别累和困,始终走不到尽头,而到了那里的时候,天已经亮了。

在采茶的季节,他经常看着父亲制作茶叶,那时候都是纯手工,没有设备,都是在锅里直接杀青,在青石板上揉,用炭火慢慢地烘,用现在的话来说,就是古法制茶叶,纯手工打造,由此制成的茶叶真的是甘甜解渴!喝大碗茶,真叫一个痛快!

徽州人爱喝茶,家家户户一年四季都喝茶。在徽州乡村,家家种茶,人人饮茶,出门环游都携带竹质茶筒,山巅道间都设有茶亭,家中待客,用铜壶、瓷壶泡茶共饮……茶成为徽州人生活的重要组成部分。早起一杯涤浊扬清,晚上一杯润肌爽神。徽州茶道有一套完整的程序,如饮茶前用盖儿在茶水中轻轻拨两下将叶子拨散开,将茶盖倾斜搭在茶碗上,细饮茶汤。整个过程,品茶人聚气敛神,充分品尝茶的香味与神韵。品饮之后,人有荡胸涤腑之感,方能领悟"天人合一"的真谛。

徽州茶是当地民间最普遍的软饮料。徽州茶以其品种多样、泡制方法特异而得名。用新安山泉水把茶泡到浓酽,倒入茶杯中,一口呷干,十分舒坦。逢年过节,来了客人,备好茶杯、茶盅,人人自泡自饮,叙话谈心,惬意无比。徽州茶,冬季驱寒御冷,夏季沁骨提神。黄山、祁门等地方讲究茶道。

徽州茶是讲茶道的,以茶道为修身养性的途径,借以达到明心见性的目的。注入了"天人合一"的哲学思想,树立了茶道灵魂,同时还融入了崇尚自然、崇尚朴素、崇尚本真的美学理念和重生、贵生、养生的思想。

徽州茶道,讲究以茶立德、以茶陶情、以茶会友、以茶敬宾,注重环境、气氛,以求汤清、气清、心清、境雅、器雅、人雅,是博大精深的中华茶文化的重要组成部分。

在徽州,每家每户无论日子过得贫穷还是富裕,家里寻找几个茶具是不成问题的,而且在徽州逐步形成了徽州茶待客之道。

徽州茶还有一个特点:人化自然,即徽州人在茶道中表现出人对自然的回归渴望,以及人对"道"的体会。具体地说,人化自然表现为在品茶时乐于与自然亲近,在思想情感上能与自然交流,在人格上能与自然相比拟并通过茶事实践去体悟自然的规律。这种人化自然,是道家"天地与我并生,而万物与我为一"思想的典型表现。中国茶道"人化自然"的渴求特别强烈,表现为人们在品茶时追求寄情于山水、忘情于山水、心融于山水的境界。元好问的《茗饮》一诗,就是"天人合一"在品茗时的具体写照,是契合自然的绝妙好诗:

宿酲未破厌觥船,紫笋分封入晓煎。槐火石泉寒食后,鬓丝禅榻落花前。一瓯春露香能永,万里清风意已便。邂逅华胥犹可到,蓬莱未拟问群仙。

诗人以槐火石泉煎茶,对着落花品茗,一杯春露一样的茶能在诗人心中永久留香,而万里清风则送诗人梦游华胥国,并羽化成仙,神游蓬莱三山,可视为人化自然的极致。茶人也只有达到人化自然的境界,才能化自然的品格为自己的品格,才能从茶壶水沸声中听到自然的呼吸,才能以自己的"天性自然"去接近、去契合客体的自然,才能彻悟茶道、天道、人道。

对茶境的人化,平添了茶人品茶的情趣。如曹松品茶"靠月坐苍山",郑板桥品茶邀请"一片青山入座",陆龟蒙品茶"绮席风开照露晴",李郢品茶"如云正护幽人暂",齐己品茶"谷雨初晴叫杜鹃",白居易品茶"野麋林鹤是交游",在茶人眼里,月有情、山有情、风有情、云有情,大自然的一切都是茶人的好朋饮友。诗圣杜甫的一首品茗诗写道:

落日平台上,春风啜茗时。石阑斜点笔,桐叶坐题诗。翡翠鸣衣桁,蜻蜓立钓丝。自今幽兴熟,来往亦无期。

全诗人化自然和自然人化相结合,情景交融、动静结合、声色并茂、虚实相生。

其实,徽州茶有它的药用价值,《本草纲目》上说:"茶苦而寒,最能降火,火为百病,火降则上清矣。"当代医学证实,茶中含有丰富的维生素C和咖啡因,咖啡因能兴奋神经中枢,所以茶能提神醒脑,消除疲劳。此外,茶还能醒酒消食,祛除炎症,对口腔和肠胃轻度溃疡有加速愈合的功效。现代医学证明,饮茶对消除环境污染和放射性物质的危害,也有积极的作用。但是患心脏病和高血压的人以少饮茶为宜,尤其不要饮浓茶。当然,一般泡茶没有这个效果,这就是徽州茶的出奇之处。

道法自然,返璞归真。这也是徽州茶的精神之道,表现为喝茶人自己的心性得到完全解放,使自己的心境达到清净、恬淡、寂寞、无为,使自己的心灵随茶香弥漫,心境与宇宙融合,升华到"悟我"的境界。

百 年 香 魂

方建梁

　　1915年2月20日正午12时,美国旧金山海湾区广场阳光普照,万国国旗飘扬,巴拿马太平洋万国博览会在此正式开幕。

　　美国民众和华人络绎不绝地从联邦各州赶来,一连数月的热闹场景略去不表。转眼到了5月,博览会进入了展品评奖阶段。中国参展团的茶叶课课长、农商部佥事陆溁心中多少有些忐忑,虽然此次带来的茶展品都曾在南洋劝业会上获过大奖,但据他十年前随清廷两江总督周馥赴南洋考察时所了解到的情况看,情形并不乐观。由于英国人在印度的大吉岭、阿萨姆和锡兰等地试种茶叶成功,不仅辟有大片茶园,还造出了制茶的机器,使其产出的红茶不仅数量倍增,且规格齐整,味厚价廉,已渐被西洋人习饮,大有与中国红茶分庭抗礼之势。

　　经过数日的评审,中国参展的大多数绿茶获奖已无悬念,唯独到了红茶这块,正如陆溁所料,因出现不同意见,迟迟难以定夺。一家印度公司的代表、英国人沃伦·杰克逊扬扬得意,口出狂言:"如果说过去我们的大吉岭红茶与祁门红茶相比还有些逊色的话,那么,自从我们在茶叶加工中使用了机器后,情况就大为改观了。世界上最好的红茶已经从中国转到了印度,转到了大不列颠,我们用机器打败了中国人的那种落后的手工制作。"

　　会场一时陷入沉寂。争夺大奖的两款红茶摆放在评审台上,观其茶形:

印度大吉岭红茶长短如一,齐整,有白毫,青绿近乌;中国祁门红茶则条索紧细,锋苗挺秀,有金毫,色泽乌润。再看汤色:大吉岭茶橙中偏红,清澈透明,有金黄光晕;而祁门红茶色如琥珀,红艳明亮,杯沿挂有金圈。闻其香:大吉岭茶芬芳似麝,有葡萄香;祁门红茶则清香淡雅,似果似兰又似花蜜。品其味:大吉岭茶出汤舒缓,渐次味浓,口感细腻;祁门红茶柔和清醇,沁人肺腑,回甘绵长。实事求是地讲,两者各有千秋,难分伯仲。这也不奇怪,要知道,印度红茶得的是中国红茶的真传,英人从咸丰年间起,不断从中国私购、偷运中国的茶苗茶籽,又从中国招募植茶、制茶技师而制作成功,加之机器的利用,说是超过祁门红茶也不完全是大话。特别是近些年来,由于祁门红茶供应量不足,印度、锡兰红茶乘虚而入,抢去了不少祁门红茶的外销市场。

不过他的话并未得到在场各位评审员的附和,他们都是来自各个主要茶叶进口国的高级评审师,职业感使他们对这种打压他人、抬高自己的说辞微有不快,且他们那天生的高鼻梁确实有着极其敏锐的嗅觉,对香气的辨识是一般人难以企及的。一个低沉的男中音打破了沉默:"我不这样认为,杰克逊先生,"说话的是来自英国皇家茶叶学会的英国人,"您不要忘了,女王陛下喜欢的可是祁门红茶。上个月末,我有幸和女王陛下共进下午茶,女王说了,只有祁门红茶才是这个世界上最好的红茶。而且,据我所知,在葡萄牙、荷兰、法兰西、意大利的王室里,祁门红茶仍然是最受欢迎的。"

"伯爵先生,您不认为大英帝国的工业革命正在改变着世界吗?机器是可以帮助我们创造奇迹的。"杰克逊小心翼翼地反驳说。

"是的,"伯爵沉吟片刻,"您的话只说对了一半。机器可以使我们更多地获取产品,但不一定能够更快地提高产品的质量。中国人手工制作的茶叶,可能隐藏着某种尚未被认识的化学密码吧。您听说过'祁门香'吗?闻一下祁门红茶的香气您就知道,这是任何机器都制造不出的特殊的、令人陶醉的一种气息。另外,我们不妨拿一杯牛奶来,分别冲兑到大吉岭红茶和祁门红茶里,看看会有怎样的区别。"

伯爵的发言起到了一锤定音的效果,经过又一轮慎重而严谨的品尝和比较,将近70%的评委将自己的一票投给了祁门红茶。对此,杰克逊很不服气,挥舞着右臂,气急败坏地说:"No,先生们,这不公平,你们做出了一个让人无法接受的决定。市场才能说明一切。要知道,我们的大吉岭红茶已风靡全球,你们不能视而不见。"

"先生,请注意您的绅士风度。难道您认为在座的各位对茶叶的品鉴能力不足以担当此任吗?"评审委员长面无表情地说。

杰克逊张了张口,随即无奈地低下了头,耸耸肩,双手一摊,愤愤不平地夺门而出。评审委员会最后宣布的结果是:上海茶叶会馆选送的"三星"牌红茶、上海茶业协会选送的"日顺"牌祁门红茶和忠信昌茶行选送的"春馨"牌祁门红茶分获博览会最高大奖和金质奖。三份获奖的红茶均来自同一个地方,一茶三奖,绝无仅有!

这年年底,农商部佥事陆溁特意赶来祁门,在祁门茶叶公会举办的庆典上,亲手将祁门红茶所获的万国博览会金质奖章和农商部周自齐总长签发的贺状颁发给了祁门茶叶公会和提供参展茶样的茶号老板,接着详细介绍了此次博览会茶叶奖项的评审情况。

他的介绍使刚才的欢欣气氛笼罩上了一丝愁云,一些茶号老板不禁窃窃私语起来。陆溁见此,提高嗓门说道:"由于祁门红茶在英伦大受欢迎,被呼为'王子茶''群芳最',因此,英国茶商对祁门茶区觊觎已久,早于今春就通过其驻上海总领事馆向政府提出要在祁门建茶场。政府思谋再三,如坚拒,恐招外交事端,不如抢先一步,在祁门办一茶场,以堵英人非分之想。鄙人此次正是借道喜之机,受周总长之托来贵地考察筹办安徽省模范种茶场事宜,希望用科学之法以提升祁门红茶之培植技艺,引进洋机以扩充祁红之产出,开中茶以来未有的创举,以期振兴祁门红茶之大业,永葆中国茶叶之荣光。"

他的话激起一片掌声,在场的政府官员、公会会长及理事、各茶号老板,以及茶工、茶农代表连声叫好。大家隐约感到,祁门红茶是到了要改良的时候了,一定要让祁门红茶好不容易博来的英名叫得更响,传得更远!

传 奇 毛 峰

吴宏庆

天下名山,必产灵草。江南地暖,故独宜茶……

——明·许次纾《茶疏》

1860年,谢正安回到老家歙县漕溪村务农。此时他虽然年仅23岁,但自18岁随岳父做茶叶生意以来,于商场之上已是游刃有余了。他原本以为用不了多时,自己就会像那些徽商巨贾一样,坐拥千金,荫福子孙,然而事与愿违,太平军突然闯入徽州,一夜之间整个徽州都受到了重挫,又突遇瘟疫,家破人亡,他只能与妻子回到老家,租地生活。

这一日,谢正安正在地里农作,突见乌云压顶,知道暴雨将至,于是急忙去附近的一座小庙中避雨。庙小,没有香火,仅有的一位无名老僧孤苦伶仃,缺衣少食,谢正安虽也是身无立锥之地,但也常尽力助他。

才进庙,便有大雨袭来。老僧正在屋檐下品茶,见了他,摆手请茶。茶是谢正安的施舍,品质不好,老僧泡得却有一番妙意,加上屋檐雨滴声,有禅意,更有意境。

老僧平日里寡言少语,今日不知为何,话却是多,主动聊起了茶来。对于茶,谢正安自然不陌生,二人聊起当今名茶,乌龙、碧螺春、西湖龙井等,说道起来,谢正安一副向往的神情。老僧淡笑道:"你只知别处好茶,却不知自家好茶也不逊于它们。"谢正安微微一笑,道:"大师说的是松萝、云雾吧,只可惜业已失传,不得见了。"

原来,那松萝、云雾两茶确实有名,明代许次纾的《茶疏》有记载:"若歙之松萝,吴之虎丘,钱塘之龙井,香气浓郁,并可雁行。"《中国茶经》也有"休之松萝"一说。其间,又有"云雾茶"记载于册。只是,这些茶都是因地名而起,比如,关于松萝茶,《歙县志》中就写道:"旧志载明隆庆间(1567—1572),僧大方住休之松萝山,制法精炒,郡邑师其法,因称茶曰松萝。"关于黄山云雾茶,《黄山志》有称:"莲花庵旁就石隙养茶,多清香冷韵,袭人断腭,谓之黄山云雾茶。"因为局域受限,产量不高,技艺也掌握在出家人手中,极易失传。所以到了今日,这两种茶仅能闻其名,而不见其真容。

老僧又是一笑,说:"既有记载,便不为虚。"说着,忽然又撇开话题,说了件让谢正安吃惊的事。老僧说自己次日便要坐化,死亡对他来说无惧无畏,但这副皮囊留在世间会让人厌恶。"因此,还请谢施主帮忙焚之。"老僧双掌合十。谢正安一愣,却又释然,躬身道:"愿助大师早登极乐。"

第二天,谢正安来到小庙,见老僧果然已圆寂,他跪拜之后,将老僧背去庙外火化,却见他座下有一本书,打开一看,上写"松萝茶经"。谢正安翻开一看,脑子里顿时嗡的一声响,原来里面记的正是制作松萝茶的技艺,看笔迹,像是新写不久。仔细一想,也就明白了,想来,老僧定是松萝山旁大方僧人后辈弟子,只因时局动荡,不得不来到漕溪小庙,圆寂之前,不忍前师技艺失传,因此写下茶经回赠予他。茶经中老僧写道,自己早年博览群书,又游方四处,可以推断,云雾茶与松萝茶为一种茶系,只因产地不同而名称不同。

这次境遇留给谢正安的是一个新的开始。其实,他并不清楚自己学习松萝茶的制作方法有什么意义,如此民不聊生之际,"斤茶兑斤盐""斤茶换升米",茶不值钱,而像松萝茶这种无论采摘还是制作要求都非常严格的茶,售价必然高昂,制作出来谁能受用得起?此时的谢正安虽然并不知道这个机会将对以后的黄山茶叶产生翻天覆地的影响,却能隐隐觉得,上天不会无缘无故地给自己这次机会,因此,到了来年春天,他一次次地尝试了松萝茶的制作,并以自己的经验改进了部分流程。

数年后,太平军灭,徽商又迎来了好时机,谢正安重操旧业,在漕溪开办"谢裕大茶行",不久便成了徽州各大茶行之首。之后,他又向上海进发。也正是如此,他发现了徽茶最大的问题,那就是缺乏品牌。那个时代,商人多抱有"酒香不怕巷子深"的理念,对品牌影响力并不是很在意。从深山密林中的徽州乍进繁花似锦的上海,谢正安就被西湖龙井、庐山云雾、云南普洱等知名品牌撩花了眼睛,他收集了市面上所有品牌茶叶,与旗下茶师一一细品。诚然,口味各有千秋,但有了品牌影响,同样品质的茶居然要贵出一半甚至数倍。

回到徽州后,谢正安四处走访,又与茶行的茶师多方讨论,决定创建一个新的徽茶品牌。当时徽州茶师所制产品多为"屯绿",因此众人都建议在此基础上发展,但谢正安要做品牌,正是想打破"屯绿"给人的廉价的印象。为了说服大家,他想出一个办法,遍请徽州府名流乡绅,他和茶师们各制一锅茶,供人品评。

谢正安根据松萝茶,也就是云雾茶的制作方法,亲自带人到黄山附近的茶园选采肥壮的新鲜嫩叶,用自己改良后的工序精心制作了一锅茶。那茶状似雀舌,入杯冲泡雾气结顶,汤色清碧微黄,叶底黄绿有活力,滋味醇甘,香气如兰。最后,不仅是品茶人,就连制茶师也为之倾倒。徽州知府问:"谢掌柜,此茶前所未见,唤之何名?"谢正安顺口说道:"白毫披身,芽尖锋芒,且鲜叶采自黄山高峰,为'黄山毛峰'。"

黄山毛峰一经问世,便立即得到国内外茶商的宠爱。谢正安趁热打铁,创办了茶场,形成了规模化生产,很快,他就如愿跻身徽商巨贾之列,而更重要的是,从此世间又多了一味名茶。

黄山茶话

谢丽荣

一

中国是茶的原乡,徽州是闻名中外的茶叶之乡。

当徽州从"松风吹茵露,翠湿香袅袅"的黄山脚下徐徐出釉时,人们便对黄山茶有了初步的理解和认知。

这时候雨从谷雨赶来,茶从谷雨赶来,人从谷雨赶来,黄山便逸在雾的袖口,浮在云的衣襟。放眼望去,时光宛若一幅水墨浸淫的画,山是天青色,茶是天青色,人的心情也是天青色。

持一盏好茶,倚栏静立,一窗青山外,朵朵春光红了闲池,瓣瓣鸟音洗碧空天。恍然间桌上的瓷瓶活了,瓶上的山水、舟影、古村落被欸乃照亮。于是你便如壶里的茶一般氤氲,缭绕,翩翩跹跹,影影绰绰。当一首古诗从雀替下的漏窗流进来时,落在茶碗、茶盏、茶碟、茶盘、茶瓢、茶匙上。

有道是:诗写梅花月,茶煎谷雨春。

而黄山,就是以这样含蓄矜持的态度与你相见。

如此一来,这情节就多了几分闲雅,这茶具也有几分情谊,这人,当然也泅染了几分古典的味道。

而此刻的黄山,正从历史的转角探出眉眼,看着亭亭出釉的古村落,看着一畦一畦的茶园,用黄山特有的静气——茶的静气,观瞻天下。这时黄山是安静的,这种静,是一抹鹅黄在雨水的枝头等待山泉的静,是一阕宋词轻抿着胭脂的嘴唇与你问答的静,是一叶一芽、一旗一枪,风泠泠、水淡淡的静,也是"无由持一碗,寄予爱茶人"的静。

二

倘若黄山是散落在地球上的一个自然村,那么黄山上的茶树就是村子里古老的大家族。

每个家族都有一个以茶为名号的族谱或姓氏,每个家族都用其独特的长相、性格、韵味及文化内涵,传承几千年的家族荣耀。并且每个家族都是一支隽永的词牌,用优美的格律在古徽州的封面上吟哦。

那香气如兰的是"黄山毛峰";清芳里包裹着蜜糖味的是"黄山金毫";香高持久的必须为"茗洲炒青";而"金山时雨"产于金山一带,叶片似雨丝;"顶谷大方"高古沉着,滋味厚爽,每斤约有3.5万枚芽头;"太平猴魁"不愧为绿茶类的尖茶极品,但见芽叶徐展,舒放成朵,以"刀枪云集""龙飞凤舞"之美,阐释着黄山茶的弹性和张力;"屯溪绿茶"是绿色的金子;"祁门红茶"为红茶皇后;"黄山银钩"弯曲似钩、毫白如银。

读郑板桥的《七言诗》"不风不雨正晴和,翠竹亭亭好节柯。最爱晚凉佳客至,一壶新茗泡松萝",我闻到了严而宽厚、肆意酣畅的松萝茶,我捕获到了黄山的风流和儒雅、气节和操守。

而那些散落在民间的白茶、安茶、滴水香、石墨茶、珠兰花茶等,就像我的邻家小妹,清甜素洁,明丽莞尔,眉目流转。

时代发展到今天,黄山茶依然跷着兰花指在古老的琴弦上轻拢慢捻。从《点绛唇》走向《定风波》,从《渔舟唱晚》走向《阳关三叠》,从吴侬软语的昆曲唱到字正腔圆的京戏,从娇俏可人的花旦走到沧桑悲苦的老生。从挑担子的小贩走到茶马古道、丝路花雨的徽商,从小桥流水的江南走向皇天后土的大漠。从清笛走向编钟，从金石丝竹走向盛大的交响乐，从现代走向古典的回归，走向季节的力道、时间的厚度，走向黄山人千锤百炼、与时俱进的完美呼应。

三

有道是：天下名山，必产灵草。江南地暖，故独宜茶。

尤其以黄山脚下的古徽州"晴时早晚遍地雾，阴雨成天满山云"的环境最受茶叶青睐。而采茶之际，恰逢春和景明的清明、谷雨时节，油菜花黄，杜鹃花俏，空气娇嫩得可以滴出燕雀的舌头。携一家老小，约三五友人去茶园赏游踏青。人们身着桃红柳绿的春衫，背上小茶篓，一心一意采茶。阳光扑棱棱笑着，空气"布谷布谷"唱着。山在眼前，而人语呢？这人语便是黄山的茶歌。

你听："姐在园里捍茶棵，郎在园外唱山歌，锄头搁在茶树上，哎哟哟，我的哥，哪有心思捍茶棵……"听上去茶香袅袅，春心汩汩。一曲唱罢一曲又来："四月采茶茶叶黄，三哥田中使牛忙，使得牛来茶已老，采得茶来秧又黄……"歌声把诗的情感、画的趣味从茶垄上吹过来，光阴的流水又多了几分怅然。

当几声吆喝从茶田里飞散时，人们已经通过萎凋、炒青、揉捻、抖筛、烘焙等程序，泡上一壶亲手采制的新茶，坐在山水间讲茶语，吟茶诗，品农家菜，说人情的冷暖、家乡的变化、时代的中国。当然亦可一人枯坐，在"闲观叶落地，静坐一杯茶"中领略人生的甘苦。从茶的清纯、幽雅、质朴中，感受个体与茶的心身交汇、天人合一的自然之道。

一花一世界，一茶一徽州。

当一片树叶落入水中，改变了水的思想时，这便是茶。

当一个人独坐空山，改变了山的四季时，这就是诗。

当一个人对着一壶茶独坐空山时，这便是禅的味道，红尘的味道，一箪食、一瓢饮的中国味道。

此刻青瓦婉转,马头墙高耸,让我们走进粉墙黛瓦、岚烟净水的古徽州,走进天井、栏杆、漏窗、飞来椅及渔樵耕读的琴音,到黄山吃茶去吧。

李 公 与 茶

王一腾

李公总是乐和乐和，一副悠然自得的样子。

李公是谁？茶农李明智也。他不仅是优秀的创业者，也是黟山石墨茶制作技艺的省级代表性传承人。他生于黟县的制茶世家，乐于坚持，干一行爱一行。众所周知，制茶清苦且收入微薄，可他从不在乎，甘于寂寞的生活。为了"复活"黟山石墨茶，他在600—1100米的高山茶园里种了十六年的茶。几乎每天往返于山上山下，除草、采摘、修剪，个中滋味只有他知晓。可是李公淡然一笑，说自己"辛苦却快乐着"。2004年，他把全部身家投入一片看中的山头上，别人笑他"看走了眼"，李明智没说什么，一切按照计划进行。"要做好一杯茶，就得从源头做起。"这是李明智认定的真理。上山的路车子走不了，条件艰苦工人不愿去，他就用高工价吸引人。有人估算过，每一趟来回都得耗上六七个小时，辛苦不说，且存在其他问题。由于完全野放，不施用任何农药和化肥，茶园里的茶产量很低。有人不解，问："这样能赚钱吗？"李明智心里有数，对自己的茶园有信心："原生态产品是再好不过的，没给茶叶打药就不可能出现安全问题。"

黟山石墨茶是徽茶的一种，属黟县第一历史名茶。因其品质独特，很少有人坚持制作。"石墨茶的加工工序很复杂，摊放、杀青、揉捻、初烘、炒头坯、筛分、摊晾、炒二坯、晾置、足烘，整整十道工序。它对鲜叶要求也高，必须在清明与谷雨之间采摘,这样才能保证质量。"李明智这样说道。他很谦虚地寻师问道,不停地通过拜访制茶老师傅和专家教授这种方式来获取更多有利的知识与技术。有人不解地问:"做木材或者其他生意,不是更赚钱吗?为何要守着这份既辛苦钱又少的行当?"他给了这样的答案:"茶是祖辈传下来的东西,我有义务把它发扬光大,再传给下一代!"

把文化发扬光大,可不是件容易的事。李明智曾以为低价收购别人的茶品再以稍高的价格卖出,品种多样就能吸引顾客。其实他错了。曾经,他收购过数百家农户自家生产的茶叶,因其品质参差不齐,一些老顾客被他质量不稳定的茶叶"吓跑了"。李明智一下亏损20多万元,他气急之下决定"再也不碰茶叶"。然而一番痛定思痛过后,他并不甘心就此放弃,毕竟从小在茶文化氛围中长大,打心底的热爱之情无法掩饰。他通过深入研究,获知了石墨茶的未来前景与价值。很少人做就自己做,没有经验就自己尝试体验。渐渐地,他发现品质优良、工艺独特的石墨茶能够获得消费者的青睐,心结一下就打开了:"石墨茶比较小众,是因为很多人并不了解它。它的种植规模小,但有好品质肯定会有人要。"

"石墨茶里含有铁、镁、锰、锌、钴等十几种人体所需的微量元素,冲泡后不仅栗香扑鼻,而且还有奶香和兰花香藏于其中,五泡味正醇、八泡有余香,又有抗衰老的功效,是现代人们追求健康生活的极佳之选。"李明智最开心的时刻,莫过于忙碌过后沏茶一盏,望着紧结厚实、色泽乌润的石墨茶叶被沸水冲泡成金黄透亮的,轻轻一啜,甜醇滑口,回甘持久。李公喜欢与人分享茶的滋味,也曾收获不少赞许。

清同治七年(1868)《黟县三志》中有载:"茶,六都石墨岭产者最佳,茗家谓之石墨茶。"李公坚信依托科技力量,石墨茶定会拥有闪亮的未来。

人生有茶

殷银山

闲读诗书斜卧榻,苦夜茶伴兴味长。大凡读书人,在沉湎于读书之时,总喜用玻璃杯泡上一杯浓浓的茶,看着那一片片绿色的小精灵在沸水中舒张身子,沉沉浮浮中,一缕缕馥郁的清香飘然入鼻,再啜上一口,顿觉神清气爽,这时读书的劲头会更足。我想,书香只有伴着茶香,每一个平淡的日子才会变得愉悦起来。可以说,人生有茶才有味。特别是对于黄山毛峰,我有一种来自心底深处的甜润。

我和茶叶的最初结缘,还是很小的时候。那时家里穷,根本不会花钱买茶叶喝,认为那只是富人家才能享受的。不过好在有一远房亲戚住在黄山那边的大山里,每年总要挑茶叶过来卖,吃住在我家,走的时候总觉过意不去,时常送给我家一点茶叶,由此我认识了这像树叶子似的茶叶,没有叶尖,没有旗瓣,除了大叶就是梗子。可就是这没有等级的粗茶,用于泡大茶壶还是绝好的茶料。夏日参加田间劳作,火辣的太阳炙烤着大地,接近40摄氏度的高温,使人浑身上下湿透,口干唇焦舌燥,嗓子如着了火似的,令人难耐无比。这时最渴望的是水,可喝冷水、白开水会使肚子胀膨膨的,不能动弹,还要往外冒水,唯独那在大茶壶中用大把粗茶泡出来的茶水,倒进粗瓷大碗后,通黄通黄如酱油,对着嘴巴咕嘟咕嘟牛饮一阵,甜甜的感觉令五脏通爽,一碗不够再来一碗,几碗下肚,既不胀腹,又有精神。在那种恶劣环境下,对大碗茶的思念超过一切欲望。当时想,这黄山出产的夏茶都这么有味,那春茶更是沁人心脾了。

  喝茶重在一个心情,闲茶闷酒无聊烟。记得小时候父亲带我去大澡堂泡澡,出来后总会要上一杯黄山毛峰,佐以五香花生米、小饼干之类的点心,时不时眯着眼呷上一口。此刻的他,有工夫喝点茶,定觉这是忙完后一种难得的惬意。这毛峰茶也就是他对生活的奔头。人生忙到最后,最快活的,或许就是能摒弃一切烦恼和忧愁,忙里偷闲拿壶茶来。有时喝茶,确能给人以情趣与时光的享受,我在安庆就体验过一次。作为黄梅戏故乡的安庆,文化打造也很有特色。那天在会议主办方的安排下,有幸到黄梅戏会馆听了一场黄梅戏,几人围坐一张桌子,上面放着水果、糕点,瓷杯中早已泡上了一杯浓酽的黄山毛峰。当你用杯盖轻轻刮移浮于水面上的茶叶时,伴着袅袅升腾的清香抿上一口,靠在椅子上品着那醉人的茶香,闭着眼睛欣赏着那耳熟能详、余音绕梁的黄梅戏,你会顿觉这毛峰茶也只有伴着这戏,才会更加入味,戏中人生,茶中人生,相得益彰,各尽其妙。

  黄山毛峰也好,太平猴魁也罢,于我来说,飘出来的不仅是一缕淡淡的清香,还有一份浓浓的亲情。20世纪80年代,我在家乡的县城中学读书,因家庭人口多,生活来源主要是几亩薄田,供一人念高中,常常捉襟见肘。记得有一年暮春,正处青黄不接之时,家中无经济来源,我在校的生活费也没了着落。正在我一筹莫展之时,母亲突然出现在我的眼前,她从贴身衣袋里掏出一个手帕,一层一层地打开,留下自己回家的路费后,便将一角、两角、五角、一元、两元等面值不等的钞票悉数交到我的手中。接过钱后,我惊讶地问:"姆妈,你这钱是从哪儿借来的?"母亲兴奋地说:"这是我从黄山那边山上摘茶叶挣来的。"听了母亲的回答,我的眼睛湿润了。

  攥着这一沓浸满母亲汗水的零散钞票,我脑际立马浮现出母亲艰难劳作的身影。我仿佛看到母亲在那层层叠叠如绿色云梯的茶园里,不顾心脏不好的身体,气喘吁吁地上下攀爬着,瘦弱的身影穿梭于郁郁葱葱的茶垄间,手指在半人高的茶树上飞快地跳跃着,汗水湿透了衣襟。看着采摘的新茶,一篓一篓过秤后,换回一张一张的角票。当时,母亲或许在想,多采一点就会多挣一点,儿子的生活就会改善一分。在那挣钱不易的年代,也只有这采茶的生活,让母亲感受到了自身的价值。每当我花着这渗透母亲汗水、留有黄山茶叶清香的钱时,我便对这产于黄山的茶叶顿生无限爱恋,是她让农家有了生活来源,是她在关键时刻解了农家子弟求学危机。

如今,改革开放带来了人们生活水平的极大提高,喝茶不再像过去那样是一种奢侈的享受,而是成为寻常百姓家的平常消费,但茶叶牵系着的亲情无法割舍。知道父亲喜欢喝茶,特别是好一口黄山毛峰,出差去黄山那边时,我总忘不了捎带一点源自产地的黄山毛峰,给他老人家品尝,也算尽一份孝心。那年春天,大妹同人一道到皖南山区采茶,一天工资也就一百元多一点,说实话这钱挣得也不易,但听东家说他家茶叶不打药,属于绿色无公害产品,便特意用她采茶的微薄所得,买了一点太平猴魁带给我,点点滴滴着实令我感动。每每喝着这太平猴魁,从甜润中我品味出亲情,这袅袅茶香,也如缕缕丝线,传递着亲人之间深深的爱意。

秋游野茶谷

杜德玉

正是丹桂飘香的中秋时节,天公却不作美。入秋以来,连绵的阴雨和闷热让人平添了几分烦恼与忧愁。昨夜秋风紧,开门细雨飘。虽然老天火热的脾气锐减了不少,但阴郁的脸色让人依然感觉沉甸甸的。一个多小时的山路颠簸,满载着几十名游客的中巴和小车终于抵达大山深处的桃源野茶谷。

刚下车,六百里公司的员工就满脸微笑地迎了上来,递给我一面小国旗,说是秋游野茶谷的标志。我马上意识到再过几天就是国庆节和中秋节了,六百里公司特意组织野茶谷采风活动,也算是表达对中华人民共和国生日和传统节日的庆贺吧。随着人流向前走,忽然看见一位浓眉大眼圆脸的中年男子正站在路边与人交谈着。兴华兄告诉我,他就是六百里公司的掌门人郑中明先生。郑总中等个子,体态微胖,看上去气宇轩昂,气度不凡,也很健谈。

野茶谷地处黄山区西部桃源的大山腹地,虽然四周高山环立,置身其中却丝毫没有感觉到空间的狭窄和局促。野茶谷中的山并不高,也不大,一个个绿荫如盖的小山丘,宛如笼屉中蒸熟的馒头似的,看上去浑圆而又低矮。一种似曾相识的感觉涌上心头,我猛然想了起来,太平猴魁的发源地新明乡,境内连绵起伏的山峦,基本上是这种低矮的丘陵。这样的山峦很适合种植茶叶,难怪生长在新明三合的郑中明先生会看中这片丘陵,并投入巨额资金,将这片野茶谷打造成首家国家级太平猴魁标准化示范生产基地。

偏僻的山谷中拥进了几十名游客,使寂静的茶园顿时喧腾和热闹起来。郑中明先生亲自当向导,游客们手舞着国旗兴致勃勃地向茶园坡地走去。行不多远,右侧山沟中一方清澈的池水吸引了我们的眼球。水池很大,呈扇形铺展开来。水也很深,看上去绿莹莹的。远看水池,极像是一块天然的翡翠镶嵌在山谷中,让人怦然心动。我开始以为这可能是为了灌溉茶园而建造的蓄水池,但越往茶园深处走,水池就越多。一座座水池连绵而上,宛如梯田似的层层分布在山谷中。我有些疑惑地问道:"茶园中兴建这么多水池干什么呢?"走在我前面的是郑中明的女儿,她满脸笑容地说,修建这些水池是为了调节茶园的小气候。我立刻醒悟过来,有了绿水的润泽,岂不更有利于茶树的生长吗?

中秋时节的茶园虽然泛着一片墨绿色的凝重色彩,但看上去依然呈现出葱郁茂盛的景象。一行行猴魁茶树在秋风中摇曳着肥硕的枝叶,抖擞着洁白的花瓣,似乎正在热烈欢迎远道而来的客人。同行的美女们一个个打扮得花枝招展,在深绿色的茶树中间顾盼生姿,争相媲美。摄影协会会员手中的"长枪短炮"在茶园中肆无忌惮地横扫着,将茶园的风情和风景尽情地捕获到镜头中去。公司员工正忙着从货车上卸下有机肥料,党员志愿者服务队的成员埋着头给茶树施肥。郑总介绍说:"野茶谷的茶叶全部采用有机肥料。这种肥料是将菜籽碾成粉末,直接施在茶树的根部,肥效特别好,也保证了茶叶的品质。"

沿着细石子小路向山坡上走,眼前的茶园让人感觉有些异样。山坡上林木翁郁,翠竹披拂,似乎看不见茶树的踪影。但走近了细看,高大的树木下面,一行行茶树正茁壮生长着。隐匿在树林中的茶树,看上去就如同襁褓中的婴儿一样,静静地依偎在母亲的怀抱里,让人感觉特别温馨。陪同的兴华兄遥指着漫山遍野的树林说:"树下种茶,这是六百里公司想出的一种茶园种植新模式,既保护了大自然的生态环境,也改良了茶树的生长环境。茶树喜阴凉,树木的浓荫遮蔽正好符合茶树的生长习性。树下种茶,有助于促进猴魁茶叶具备野茶的品质。"

行走至山谷中的一处灌溉堤坝时,老天忽然下起淅淅沥沥的小雨。正好堤坝上有一座水泵房可以避雨,十几个人挤了进去。水泵房空间很狭窄,七八平方米。中间摆着几台水泵,人只能贴着两边站立。同行的公司员工介绍说,茶园中水网纵横交错,灌溉设备很完善,适时地对茶树进行喷洒和浇灌,既有利于茶树的生长,又有利于提高茶叶的品质。我们在水泵房里待了好长时间,雨一直下个不停,继续前行已不可能,只好接过郑总派人送来的雨伞,按原路返回了。

野茶谷不是地名,也不是山谷名,而是这一片丘陵茶园的总称。雨稍停,我们四位文友又沿着细石子铺砌的马路蹀躞前行。徜徉在野茶谷中,我们感触最深的是这一片茶园的标准化建设,绝非一般的茶园可以同日而语。野茶谷是国家级现代农业生产示范区,基础设施都是严格按照国家标准来建设的。兴华兄边走边向我们介绍:环绕野茶谷茶园,是一条宽阔平整的细石子马路。它像一条飘逸的黑色缎带,沿着山势跌宕起伏,将整个茶园萦绕起来,形成四通八达的交通网络。

吃过午餐,走出大厅,我伫立在屋檐下静候着回程车。透过细密的雨帘,眺望着云雾缭绕的野茶谷,我不禁有些感慨。2007年,六百里猴魁被当作国礼赠送给俄罗斯总统,这是太平猴魁品质的象征,也是六百里猴魁的荣耀。六百里猴魁在中国绿茶中为何能独占鳌头,作为国礼茶赠送给外国总统?我想,只要你到桃源野茶谷探访,就可能会找到其中的答案。

黄山茶之恋

英 伦

一

因你而生发的,是春天嫩绿的双唇
两叶一芽或两芽双叶,吐露攒了一冬的馨香
因你而绵延的,是我不尽的冥想
如初春的薄冰等待融化,如一垄垄
顶着嫩绿枝叶的茶枝,惹人欢喜
如干裂的心正承蒙一场绵雨的滋润
如你倾壶而下,汤色亮澈,温热适中

愉悦总是从闻到你的馥郁开始
幸福总是浸润在你优雅的芳名里:
黄山毛峰、休宁松萝、顶谷大方、祁门红、屯溪绿、太平猴魁……
每个都蕴含佛性和美学,比星辰笃定——
只与黄山结发,雪篷云棹,互为独钟
四季摇曳一副葱绿柔软的身子
像待字闺中额头闪亮的淑媛

滚烫或冰凉的嘴唇,你都不称意
萎凋,晾青,揉捻,发酵,烘干……
自然卷曲,紧致成条,才不负你在山中熬过的日子
为此,太阳以你为傲,每天斟满世间这硕大的杯盏
并一遍遍昭示天下:
他爱黄山茶,胜过自己

二

我无法捧住月亮的光影
却能捧住你禅茶一味的水汽。因为
我的舌头没有水里的鲤鱼灵活,无法不被你捉住
这是多么庸俗的爱啊,可我不想并拒绝高尚
爱越具体越真实,也越容易记住
这就是为何
我始终捧不住月亮的光影,爱不够你

知道你渴望沉在壶底的沉静,但都不及
我天天午后唇齿轻碰杯沿的声音
爱是遇见就再不想分开,是两只蜜蜂
一起猛扑在同一朵花上
知道你仅仅是一枚树叶,看似并不出奇
从生到死,都打着深刻的黄山印记
可我在遇到你之前,竟荒废了那么多时光
甚至不敢说
我是个懂茶和热爱品质生活的人
与你在一起久了,我的肉体和灵魂发出的

都是黄山茶的气息,甚至我的梦境
也时常呈现出你氤氲多姿的样子

三

我偏爱不开花的叶子胜过不长叶子的花
科学已逐渐证实
世间之爱,唯人类和植物的最为牢固
为此,每天我才让你像住进房子那样
住进我宽阔的胸腔,并欣然接受
你从唇齿开始遍及周身的爱抚
帮我清热解毒,抵消内心的虚空
这是你之于我的最宝贵的馈赠,而我
送给并配得上你高贵气质的礼物
却还没有完成——
一首比炉火炽热、比星辰璀璨的赞美诗
用尾音上扬、干净有力的徽州方言
激情朗诵给你和黄山听

徽茶的道与术

衣新慧

道为术之灵,术为道之体。以道统术,以术得道。

——《孙子兵法》

中国十大名茶中,安徽产地的就占其四,而皖南徽州的黄山毛峰、太平猴魁和祁门红茶又更胜一筹。可以说,徽茶极大地丰富了中国名茶的品质与种类。

术为道体

术,乃人为开创与设定,是解决问题的全新方法与方式。而徽茶的"术"就在制作工艺上为中国茶开辟了一条前所未有的道路。茶叶的制作方式,在唐代为晒青,在宋代是蒸青,而到了明代,徽州人则开创性地发明了炒青,这种对茶叶进行炒制的加工方式,对后世的茶叶加工产生了深远的影响,一直沿用至今。

正是这种对"术"的极致追求与运用,让徽茶文化生生不息,不仅有民间传说中的备受明朝开国皇帝朱元璋青睐的茶中极品——歙岭青,更有作为后起之秀,一跃成为茶叶家族中翘楚的黄山毛峰。

黄山毛峰是清朝光绪年间歙县人谢正安所创制,谢正安出身于茶叶世家,从小就对茶叶耳濡目染,十三四岁便外出经商,虽历经家道中落,但徽商血液里流淌着的永不服输的精神,让他重持家业,开垦茶园,继续茶叶生意,开茶行、办茶场,并将业务扩展到全国各地。19世纪中叶,随着清政府对外贸易的增加,上海逐步取代广州成为茶叶出口的第一大口岸。谢正安凭借着多年的从商经验,敏锐地嗅到了商机。他托人将自己的茶叶运到上海闯市场与洋庄做生意,但是当时西湖龙井、云南普洱这些名茶已早早入市,在上海稳占江山,简单加工的徽州茶在当时根本无法吸引茶叶买办们挑剔的目光。徽茶在追逐这项交易时,输掉了比赛,谢正安也第一次感受到了国际竞争的残酷。

以道统术

徽州人自古就有行商的传统,这种吃苦耐劳、闯荡四方的徽商精神也恰恰是徽茶文化中不可缺少的"道"。出师不利的谢正安并没有气馁,38岁的那一年,他下定决心,创制新茶。

为了保证新茶品质,谢正安决定从源头入手,几经挑选,终于在黄山诸峰附近的漕溪充头源带领家人垦殖了一片良种茶园,此处土壤肥沃、日光漫射、气温清凉,所产茶叶具有极佳的天然品质。茶不等人,为采制好的茶叶,时间的选择也格外重要,每到清明边、谷雨前,谢正安就带人上山精挑细选初展的嫩芽,并在采摘之后进行分拣筛选,精选出最好的原料,用以保证新茶的品质。

天时、地利虽已具备,但这些只是好茶所应具备的基础条件,如果想要让新茶一炮而红,打开市场,只能事在人为,想办法在后续的制作工艺上有所突破。于是,谢正安决定亲自动手,经过反复实践,他将炒茶时候的火温控制在既不烫手又能炒熟的范围内。同时,杀青、揉捻时也动作精细,一气呵成,完美地保留了芽尖上的白毫。相比于其他茶叶,黄山毛峰的历史虽然不算悠久,但是它的工艺很特殊,在当时已有的工艺上进行了一次重大突破，那就是复烘，使茶叶彻底收干水分，浓缩原叶的鲜香。这正是谢正安的独门手法——蔀蓝一罩。

就这样，别具风格的新茶问世了，形似雀舌、白毫披身、芽尖锋芒、鱼叶金黄，谢正安将它命名为黄山毛峰。1875 年，谢正安正式成立谢裕大茶行，并将黄山毛峰推向市场，首批便在上海引起轰动，成为沪上名流馈赠的珍品，外国茶商也纷纷订购，迅速打开了国内外的销售渠道。

如今，谢裕大茶叶博物馆在徽州已经成为黄山毛峰茶文化的中心，每天南来北往的游客，都能在此感受到徽茶的历史与魅力。

黄山毛峰的味道，历久弥香，定格成悠悠绵长的徽州。而它的诞生，正是不屈精神与精湛技艺的完美融合，也是道与术的深刻体现。

道与术相辅相成、互为统一，正如徽茶文化与徽商精神一样，在源远流长的中国茶文化和中国历史中扮演着至关重要的践行者与推动者角色。

母亲的明前茶

王 强

母亲爱喝茶,也爱摘茶,更会做茶。我们生在黄山脚底下,仿佛天然地就和茶有着不解的因缘。

我们小时候,每年清明前后是母亲最忙的时候,母亲常被邀请到附近的茶园采茶,这家采完,采那家,最远去过太平、歙县的好多茶园。采茶收入从几十元一天到上百元一天,往往这时候也是母亲最骄傲的时候——母亲的这些天收入比父亲的还高!母亲终于不是那个围着锅台转的烧饭老太婆了,这些天是母亲实现人生价值的高光时刻。

母亲从没有带我去过她干活的茶园,一来是因为母亲早上起得非常早,等我醒来,母亲早已不在家了;二来是因为这个时候我要上学。但母亲说她是很想带我去的,她说采茶和制茶是一个非常有趣的过程:"儿啊,你看啊,这明前的茶树嫩着咧!嫩绿嫩绿的还挂着露水珠呢,轻轻地掐下芽瓣儿,整朵儿的摘下来像花一样。"母亲和我转述时,眼里总是含着笑,仿佛我现在就会摘这茶叶尖尖似的。"制茶的时候要掌控好火候,注意翻炒,这头一步叫杀青,最是要掌控火候和速度了,嫩芽在锅里扬起来,上下翻滚,撒开好似落雪。这第二步是揉捻,讲究的是一股巧劲,杀青之时,趁着热乎劲儿,轻柔抓捻,使之受热均匀,曲柔伸展,芽片成形。这第三步叫烘,最是考验耐心,初烘时每只杀青锅配四只烘笼,火温先高后低,第一只烘笼烧明炭火,烘顶温度达到沸开水以上，其后三只烘笼温度依次下降到 60—70℃。初烘过程翻叶要勤，摊叶要匀，操作要轻，火温要稳。初烘结束后，将茶叶放在簸箕中摊晾 30 分钟，以促进叶内水分重新分布均匀。待初烘叶反复 8—10 次时，并为一烘，进行足烘，足烘温度 60℃ 左右，文火慢烘，至足干。"母亲向我描述时，像足了一个老师傅。

母亲这些年一直想找个机会给我炒点手工茶喝，如今母亲爬不动山了，有了大把时间，我却忙得一年难得回几次家。机缘就是这么错过了，母亲每每在清明之前总因这个唠叨，直到去年因为疫情，过完年滞留在老家，才能弥补老人家的心愿。母亲起了个大早，腰间系个兜箩，带个矿灯就出发了，我跟在后面，爬到半山腰，母亲看着薄雾迷罩的茶园，又看了看鲫鱼肚白的天空："是个好天咧，"母亲由衷地称赞道，"我们得快些，日头出来摘的茶叶可就要蔫了。"母亲的手又轻巧又快，举手之间带着露水的嫩芽就完整地躺在母亲的兜箩里。太阳刚出来时，我们已经下山了。吃过早饭，母亲开始着手炒茶。母亲在灶膛里加了两块硬柴，硬柴火力强劲持久，退火也方便。母亲架起锅，加热至锅面发青，微冒热气时，将茶叶洗净倒入翻炒，片刻之间，氤氲出的茶叶清香便弥漫厨房。母亲上下翻炒片刻，忙喊我退火。母亲把茶叶摊开到竹笼上，退出的炭火正好埋在笼箱底下。母亲反复翻检茶叶，至每片茶叶都温顺地把水分挤干。这个时光母亲总是耐得住，待到天完全黑了，母亲收获了一小罐茶。

沸水泡上茶，茶叶便在沸水中升降沉浮，人生便也是这样起起伏伏。母亲一直这样乐呵呵的，在人生的起伏中，一直保持着耐心和勤劳。就像这明前茶，它定会舒展开来，呈现茶叶原有的样子，不违初心，定会展现属于自己的特色清香。

徽茶的三维叙述

王庆绪

贵于净

禅茶一味,其旨在净。

"浮梁歙州,万国来求。"古徽州之茶,若毛峰,若金毫,若祁红,抑或太平猴魁,屯溪绿茶,休宁松萝……无不立身阳坡,得风,得露,得水汽。

皖南之天,水洗般清澈;皖南之云,棉朵般净洁。

放眼望,千山竞秀,万峰争拥,漫无边际。若有道,可择此结庐静修。

数不尽的群山,绵延成苍茫屏障,涵养着水分子、阳离子铺天盖地地漫卷,将外界的纷扰、浊气,或消释,或阻挡。

净,方可修得内心的真。

请看,一层层、一排排、一畦畦茶树,整齐地列于山坡之上,俨然大课间的操场。手臂森林,蓬勃向上。

清明时节,雨纷纷。阳光,以暖色调,普镀万物。鸟鸣,是耐不住的掌声。大自然生生不息的力量,随处可见。

茶树们,枝叶沐着雨,根脉连着地,谛听季节的呼吸。

从容,娴静,一点一点聚拢养分;优雅,知性,由内而外地修炼自己。

果香、蜜香、花香,凝于一芽。看着,锦绣心中生。

为春天增色,为生活积累,为人间添香。

与云,与雾,与晨曦,与光照,与皎皎月,与微微风。每一次交融,皆亲切如恋人的软语。

待到芽头饱满,所有的美,在指尖下一一回归。

随后,这些在皖南山水中长大的徽茶,以小家碧玉的身份,出嫁。

嫁妆,是千金难买的"徽风""皖韵"。

臻于色

黄山,以"四绝"奇天下。

得天时,占地利,有人脉,载香而行。

黄山毛峰,外形微卷,绿中泛黄,银毫显露。入杯冲泡,汤色清碧微黄,雾气结顶,叶底黄绿有活力。尝一口,滋味醇甘,香气如兰。

土地永远是善良的。时间一旦熟透,所有的物事,必于外表披一层个性之色。

依托山高、坡暖、雨润、风和,休宁城北的松萝山给予勤奋耕种的人以丰厚回报。所长"松萝种"茶树,叶片厚实,芽头肥壮,嫩绿中透着老熟,鹅黄中涵着生机。

"松萝茶者,味在龙井之上,天池之下。"

"茶以松萝为胜。"

"徽茶首推休宁之松萝,味出诸茶之上。"

请看这娇然枝头,一枚,两枚,万千枚,尖尖向上,恍若幼儿园孩童做操的小手。

再仔细一点,你会发现,它们体形饱满、圆润,充满活力。这诱人的胴体,唯有大自然圣手能够雕琢。

采摘,晾晒,烘炒,揉搓,成形……保持本色,自然之韵藏于其中,只等时机一到,便于一方泥壶里再度盛开。

当一股茶汤从壶嘴汩汩倾下时,香,喷薄而出,飞翔成悠远的禅意,染透五指;韵,在其内,包容乾坤万象。

天地灵气,日月精华。我多想从中捞取一勺九天苍茫,覆盖内心的苍凉。

达于纯

"祁红特绝群芳最,清誉高香不二门。"

作为"红茶皇后","祁门红茶"是一阕经典传奇,自带流量。

诗心,飞向青山。阳光的色彩,幻化为内心葱茏。

当古韵翻出新声时,所有的美,因相遇而生。

东方美,没有虚拟。

徽茶,在众多茶类中一枝独秀。带着徽风、徽韵的贵气,如花似栗的香气,纯净康养的自然之气,从山水明媚中翩然起身,将悠悠东方韵诠释成山水经典和万民口碑,惊艳人间。

历史发酵,故事传扬,茶艺氤氲。

时光稀疏时,只需一杯徽茶出场,瞬间便可填补尘风撕开的裂口。

香气袭来,每个被浸染的人,仿佛又回到了青春年华。

闻香,识味。从唇到舌,从舌到喉,从喉到腹,小碎步前进,一路丢着平仄,逼退喧嚣与芜杂,扶正生活的炊烟。

一如皖南的美丽乡村建设,将青山绿水诠释成酣畅文章、世纪伟业。

天人合一,谓之谐。人茶合一,谓之品。

那么,来吧,肥胖的我们,劳累的我们,被油腻和腥膻困扰的我们,被钢筋水泥包裹的我们。不要害怕遥远,不要害怕麻烦。遥远自有网络与快递化解,麻烦只不过是手指点点。

"生活不只眼前的苟且,还有诗和皖南的田野。"

我们只管在一盏徽茶的香气里,以乡愁为引,与山水为伴,以诗为远方。

沉潜于大自然的豪赠,以谦卑的姿势感恩。

远,俯瞰大地;近,鉴照自身。

徽茶与古镇周庄

陈 益

来到被誉为"中国第一水乡"的古镇周庄,时常可以看见男女老少围坐在一起吃茶。杯杯清茶,碟碟茶点,边吃边谈,有说有笑,其乐融融。这就是"阿婆茶"。周庄人的阿婆茶,称为"吃"而不是"喝",是因为在品茶时必须佐以腌菜苋、酱瓜、兰花豆和糖果等茶点。人们以谈天说地为主题,说累了,吃咸了,才喝一口茶,润润喉咙,继续这种带有家庭温馨气氛的社交活动。

阿婆茶与徽州茶商有着很深的渊源。周庄几座深宅大院的住户中,始终珍藏着祖传的青花瓷盖碗和茶盅,以及高雅古朴的茶壶、图案精美的茶盘。老一辈的周庄人至今仍然记得,南社成员陈去病的先祖于元代从浙江迁居周庄,制作熏炉,同时生产铜锡茶壶,逐渐衍成饮茶风气。徽帮茶商吴庆丰开设于清代初年、程义泰开设于乾隆年间的茶叶栈房,位于七进大宅沈厅的附近,建筑遗迹犹存。究竟是由于阿婆茶的盛行促进了茶叶的旺销,还是因为徽茶备受欢迎而助推了阿婆茶的流行?

徽帮茶商不辞辛劳,每年从产地徽州购进原件毛茶,在古镇进行筛选、复焙和窨花,拼色出售,尤其是黄山毛峰、祁门红茶、屯溪绿茶等名茶,深受茶客的欢迎。最多时,仅有数千居民的周庄,拥有大小茶叶店十几家,茶楼也有十多家,不难想见其兴盛。阮仪三教授主编的《江南古镇》记载,一直到1956年,程义泰茶叶店、鼎泰茶叶店、隆泰茶叶店仍然在经营。

周庄人很讲究吃茶的方式。前些年,长者仍坚持着一种别具风韵的方式——炖茶。家里放置一只大水缸,积储纯净的天落水备用,吃茶时将水舀入陶瓦罐中,搁在风炉上,用枯树枝炖煮。茶具一般选用盖碗或紫砂壶,放进茶叶后,先用少量沸水点好"茶酿",将盖子捂上,稍等片刻,再冲进开水。此时泡出的茶水分外清香浓郁,甘洌爽口。

阿婆茶,是一种饮茶方式。由邻居街坊轮流做东,定下日子后,东家四处邀请,洗涤茶具,摆设桌椅,备好茶点。到了约定时间,客人接踵而来,东家热情接待。在袅袅的茶香中,人们天南地北地叙谈起来。一席阿婆茶散后,大家拱手告别,随即约定下一次阿婆茶的场所。

人们吃阿婆茶用以说邻居、道街坊、聊行情、通市面,促进睦邻友好,同时也是一种交流思想、传递信息、社交公关、文化娱乐的良好方式。喝阿婆茶的人,并不限于上了年纪的妇女,男人们也常常聚在一起喝茶,因此派生出"喜茶""满月茶""春茶""吃讲茶"等习俗。

喜茶,一般在男女双方正式举行婚礼的第二天早上进行。吃茶时,左邻右舍的客人们先要进入新房欣赏陈设,向新婚夫妇表示祝福,然后由新娘招待来宾。喝茶时主人家要为每一位客人端上一碟由女方家人准备的茶点,包括红皮甘蔗、红枣、桂圆、胡桃、糖果等。客人到齐以后,新娘拎起盛满开水的水壶,在婆婆的引领下逐一为客人斟水,以示恭敬。

满月茶,是主人家为新生婴儿满月举办的一种活动,用以庆贺婴儿健康成长。方式与喜茶相似。

春茶,是每年春节到来之际的吃茶仪式。茶客们从大年初一开始喝茶,每天轮换一家。轮到请春茶的主人家,天一亮就派人逐家上门邀请。直到相邻的每一户人家都轮到,才宣布收场。

周庄还有"吃讲茶"的古风。每逢邻里街坊、来往客商、四乡农民或者是家人亲眷间发生了纠纷,都会到茶馆中去调解。尽管彼此扭着胸脯,脸红耳赤地互相谩骂,可是走进茶馆,泡了茶,打架互骂的双方就会入座呷茶,然后向茶客申述各自的理由。茶客中不乏主持公道、说话有权威的长者,听罢申述后,他们耐心地劝说,促使纠纷得以调解。吃讲茶时,很可能忽而砸台拍凳,忽而破口大骂,言来语去,满堂喧哗,但是在强大的舆论压力下,惹事者自知理亏词尽,服服帖帖付了茶钱,离开茶馆。吃讲茶作为息事之道,今天依然在古镇流行。

周庄湖荡围拥,水质清澄。好茶好水,是阿婆茶源远流长的根本。心灵手巧的人们,在平凡的生活中还创造出了许多风味独特、与众不同的佐茶食品。比如已成为旅游纪念品的万三蹄、万三糕、腌菜苋、熏青豆等,始终十分畅销。

我的祖父一辈子生活在淀山湖畔的古镇商榻,与周庄是近邻。他是清末的秀才,民国间又去吴江师范进修,从此成为受人尊敬的乡村教师。记忆中,因为常常要请客吃阿婆茶,他每隔个把月就要去镇上买茶叶。黄表纸包扎得四四方方,上面还蒙有印着徽茶栈号的红纸。回家后,把茶叶装在一只锡罐内,说是这样能保持干燥。

水乡古镇周庄、锦溪、朱家角、金泽(商榻),分属江苏、上海,临近长三角一体化示范区,历来地域相邻、习俗相近。前几年,商榻阿婆茶入选上海市非遗名录,周庄阿婆茶入选苏州市非遗名录。谁承想,来自黄山的茶叶也立下了不可低估的功劳呢。

千载茶韵香满天

朱绍学

在黄山旅行，与您见面次数最多的一个字，一定是"茶"字。茶场、茶馆、茶楼、茶山、茶园、茶香、茶叶店、喝茶、制茶、茶村、茶点、茶旅、茶农、茶经等，所经之途，所到之处，各种标牌、指示仿佛要穷尽与茶相关的词汇。

当然，这没什么值得大惊小怪的，因为这里是茶的世界，茶的天堂。山上山下，满眼茶园，一垄垄、一畦畦，翠屏层叠，美不胜收；村边镇头，随处可见制茶茶厂，大小不一，规模不等，小到一处民居，大到成片厂房，厂子不分大小，茶香总是浓郁；闹市街尾，茶楼、茶馆林立，三五茶客围坐，喝茶说茶买茶，热闹中藏着静雅，专注中透着斯文。

黄山农人喜欢在房前屋后、田间地头栽几丛茶树，清明前后采来茶青，在煮饭的大铁锅里炒制烘焙，制成的干茶谓之土茶。讲究的人家把土茶盛在密封防潮的锡罐里，罐盖贴一方红纸片，辟邪又喜气。普通人家用泥瓦罐装茶，红纸片贴在罐腰，罐口封上厚厚的牛皮纸，用麻绳捆扎，看起来倒也雅致，这罐茶得应付全家一年之需。平时家里来了客，或农活困顿、生病体虚之时，抓一把土茶，泡成滋补又解乏的茶。

孩童时代的记忆中，茶是家乡人日常生活中不可或缺的伴侣。对家乡人来说，喝茶既是一种生活态度，也是一道礼仪规矩。每天从早到晚，壶里杯中不换上几回茶叶，都是十分没有面子和不懂生活的表现。日常居家用茶壶泡茶,一家人自饮自斟,但凡有客人到访,主人不会直接从茶壶里为他斟茶,非得要洗净一只茶杯,另沏新茶奉上。不管客人待多久,茶都是要现泡的,这既是对客人的尊重,也是对茶叶的敬重。客人也心领神会,非迫不得已,总会坐下来,和主人家长里短、海阔天空地聊开去,直至把一杯茶喝到寡淡方才告辞,临别时要由衷地夸赞一句:"这茶叶真的不错。"这既是对主人热情的感谢,又是对这杯香茶的赞美。

家乡人还有一种浓厚的"野茶"情结,执着地认为那些自然散落、零星生长在深山峡谷的野茶,远离繁华喧嚣,不受尘世污染,味道更香、更醇,蕴含着神秘的仙气和灵气,用当下的话说,就是"更加原生态",野茶为茶中极品。

朝飞暮卷,旧时光不再,那些记忆却如茶树的叶芽,遇见春风春雨总会一茬又一茬地冒出来。深秋的黄山让我留恋、沉醉,大地静谧,天空澄明,万物集聚满能量开始等待。此刻虽不是黄山采茶制茶的火热时节,但坐在一处安静的茶室,喝一杯茶,看窗外蜿蜒盘旋的茶园,你会有新的发现:清晨的茶叶被白雾笼罩,它们是雪白色的,中午阳光灿烂,它们闪亮着银光,如一万把刀子在晃,到了傍晚,满山尽带黄金甲。

有时候我想,是否我对茶的偏爱很大部分来自茶的母体——茶树,又或者是茶叶从植物变成饮品的这个蜕变升华的过程? 一如我们爱着人生,又何尝不是爱着在人生的沸水中翻腾却永不放弃的自己呢?

暮春逢君茶香浓

张玉东

一、茶坊山院寄衷肠

挺直的鼻梁,坚毅的眼神,麦黄色的皮肤,果敢的性格,是对洪昊形象粗线条的勾勒。

洪昊出生在皖南徽乡,高三那年害了一场病,原本学业优异的他高考成绩并不理想,最后勉强读了江城一所高职院校。但倔强坚毅、不甘人后的他从未向命运低过头,身边同学还在浑浑噩噩混日子的时候,他却丝毫没有放松对自己的要求,工程管理这个专业他很中意,自然学起来也是信心满满,经过自己的努力一路读到博士学位,在毕业前夕就被一家上市公司高薪聘请。

27岁那年,洪昊终于与相识相恋五年之久的爱人牵手踏入婚姻的殿堂,两人的感情平淡而牢靠。现在,他们又是朝夕相处的业务伙伴,作为公司的业务骨干,工作沉重而繁忙。曾经,洪昊与爱人回到皖南徽乡度假,两人散步时,爱人曾无意间指着那块已经荒废的茶山对洪昊说,什么时候我们可以不再为生计奔劳,在乡村经营自家的茶山,过上悠然恬静的山居生活?那时,洪昊只是笑而不语。可能,是命运之神嫉妒这对至爱眷侣,让这一切美好定格在乙未年盛夏的那个雨夜。

洪昊和爱人在那年春节过后就双双远赴云贵分区监督一个复杂的工程,项目接近尾末,洪昊因公司另有工作安排提前返回,项目收工时正值雨水频多的盛夏季节,身处高山深谷的云贵腹地,山洪、泥石流是常有的事。为了尽早赶回洪昊身边,爱人当晚提前独自一人驾车赶在返程的路上,意外就这样发生了。

十分钟前两人还在视频通话互诉衷肠,没想到一泡茶的时间,拿起手机时,再也没有等来对方的信息,洪昊内心顿时有了不好的预感,彻夜难眠的他终于挨到第二天清晨,等来的却是噩耗。此刻,仿佛整个世界已崩塌……

一段时间里,洪昊精神极度消沉,工作时也是恍恍惚惚的。后来,他回到皖南徽乡老家,走进空旷寂寥的破败茶山时,倏忽间回想起爱人曾对他说过的那些话,于是,他毅然决然抛弃在大城市已经小有成就的金领工作,回乡经营起了自家的茶山。

很快,那片早已荒废的茶山褪去了旧时模样,重新焕发出盎然绿意,一如洪昊的身心境地,也逐渐从自责、封闭中走出来,不再把自己禁锢在炼狱般的牢笼里,决定重新开启自己的人生,只为了却爱人生前的心愿。在与茶叶打交道的这段时日里,他也逐渐懂得要看淡人生,试着修持哀而不伤的勇敢。他还亲自打造了一所茶坊山院,希望通过一盏茶事,能够为更多的人提供心灵栖息的地方,让人们可以从繁忙的都市生活中觅得些许放空的时光,奉送给人们至清至净的心灵涤荡……

二、暮春逢君茶香浓

光阴悄然而逝,暮春时节的江城大学校园内惠风和畅,同学们都想着在毕业前抓住所剩无多的春光,莫然与同学结伴来到皖南徽乡踏春游赏。华灯初上,搭乘最后一班公交车,开启了皖南山居的美好时光。山城旧镇的质朴模样,犹如电影画面夺人眼球。车子在乡村公路上兜兜转转,一晃行程过半,一路上山茶烂漫……

莫然入住了茶坊山院。这里,清晨的阳光下,满眼茶树滴翠,和着山野清新的空气,自是给人一种清爽。黄昏溪边伴着鸟鸣,几处炊烟唤起家犬的声响,置身其间,莫然不禁吟诵出"石映松泉啼清晨,袅娜炊烟度黄昏"的句子,真是好一派徽乡山春图。晚上同学们吃着山野时鲜,餐桌上笑语晏晏,一旁是山院主人专注炒茶的形象,味如淡兰的茶香,不时吸引游人好奇的目光,莫然也凑上前去,仔细端详茶叶扁平且挺直舒展的模样,两叶抱芽的形状,表面还泛起一层隐隐白毫的粗犷。主人见状便邀请她坐下来品一品新茶的甘香,莫然被主人精雅的茶艺深深吸引,端起杯来,一袭淡淡的兰香掠鼻而上,目之所及,一汪清绿明澈的茶水尽收眼底,一口啜饮,醇厚回甘的滋味充溢着整个味蕾喉腔,原来这就是太平猴魁的真相。

品茶之余,莫然也在只言片语中知会洪昊令人神伤的旧往,和着茶味让她久久难忘。春游过后,洪昊的模样一直萦绕在怦然一动的心上,脑海中始终印刻着洪昊专注的脸庞……

三、一泓茶汤两情偿

后来,莫然回到了家乡,稳定的工作让她成为别人羡慕的榜样,但平淡无奇的小城生活让她时常想起皖南短暂的过往。又逢暮春时光,一次下班路上,公告牌的茶艺比赛海报上出现了洪昊的画像,这一瞥触动到莫然悸动的心房。于是,她不假思索报名参赛,对茶艺一无所知的她,学习起来却也有模有样,那段时间没有底气的她,也曾有过放弃的想法,但期望能再次见到洪昊的她,还是毅然走进了赛场。

比赛那天,面对评委席中自己思念已久的他,莫然还是表现出了该有的从容平和,赛后,莫然向他提起了去年暮春游居山院的短暂过往。其实,洪昊对莫然也是印象深刻,这个出生在北方的姑娘,独有着姣美的面庞和婉约诗意的气场。洪昊也惊诧缘分的奇妙无常,当年那一泓茶汤,却能让两个人久久神交,原来静默的时光是在积淀思念的重量。

后来,莫然毅然决定来到洪昊身旁,二人用心经营着茶坊山院这块补养精神的地方。莫然再也不像以往那样,过着一眼望到头的劳忙,而今清茶一盏,醇厚回香,诗词为伴,古韵悠绵。而她心中一直有个愿望,要把这份清净传递给更多人分享……

朱元璋与松萝茶

张正旭

"不风不雨正晴和,翠竹亭亭好节柯。最爱晚凉佳客至,一壶新茗泡松萝。"郑板桥的这首品松萝茶的美妙诗句,不仅赢得了文人、茶人的共鸣,也成了松萝茶的千古绝唱。《中国名茶志》记载:南宋以后,安徽江南茶区名茶生产全面崛起,明清时期达到鼎盛……休宁松萝山的松萝茶作为炒青型名茶的鼻祖,创制于明初,到明代中后期已远近闻名。当西欧对茶叶需求进入导入期并期望大规模进口时,徽商捷足先登,将松萝茶远销广州然后转输外洋。他们是中国最早"发洋财"的茶叶商帮,他们为徽州茶叶外贸业立下铺路架桥之功。自此,在松萝茶的带动下,徽州茶开始了它走向世界的辉煌之旅!

朱元璋,是明朝的开国皇帝,典型的草根族皇帝。据民间传说,朱元璋与松萝茶之间的渊源,与朱元璋到民间微服私访有关。话说朱元璋一行人来到了黄山余脉的松萝山下,天气炎热,口渴难耐,决定寻一户人家讨口水喝。转过山麓,几间茅草房赫然挺立眼前,几个人前往。见到陌生人前来,门前大黄狗不友好地狂吠着。狗叫声惊动了主人,是一个老妪,忙从屋内出来看个究竟。见几个陌生人前来,老妪满脸惊愕。随从忙搭话:"老妈妈,莫怕,我们路过这里,讨口水喝!"老妪闻言,呵斥狗停止叫,热情地把这群人引进屋内。老人忙着找来几个茶碗,从茶壶里倒出冷好的茶水。几个人喝着茶,茶水清绿,馨香弥漫满口,大家顿时诧异。皇宫里都是上贡的极品茶,怎没喝过如此美味的茶呢?几个人心中带着疑问,故而诧异满脸。朱元璋喝着茶,情不自禁连声赞叫"好茶,好茶!"。放下碗,朱元璋对这种茶产生了浓厚兴趣,刨根问底地询问这种茶的制作工艺。老妪也不隐瞒,一五一十地说开了。老妪说:"这种茶叫松萝茶,我们茶农把茶叶采摘回来,经过炒青,保留了茶叶原味,喝起来清香满口,做工简单。现在朝廷每年从我们这里征茶,把茶叶做成了茶饼,破坏了茶叶原味,工艺烦琐,劳民伤财不说,还白白葬送了松萝茶的好名声,可惜了,可惜了……"听完老妪一番话,朱元璋若有所思。

朱元璋回去后,经过了解,茶叶都被做成团茶或者饼茶,称为"龙团凤饼"。这种团茶的制作工艺非常复杂,包括采茶、拣茶、蒸茶、洗茶、榨茶、搓揉、研茶、压模、焙茶、过沸汤、烟焙、过汤出色、晾干等大大小小十几道工艺。朱元璋回想起微服私访中发现的社会上的奢靡现象——斗茶。斗茶的标准一般有两个:一是看茶汤的颜色,以纯白为上,青白、灰白次之,最下等为黄白;二是看汤花,即茶汤煮沸时泛出的泡沫,汤花均匀,聚久不散的为上。斗茶成了达官贵人之间花费金钱互相攀比的活动。这些显然是放牛娃出身、做过和尚、当过乞丐的朱元璋看不过去的。朱元璋经过深思熟虑,结合自己品尝的松萝茶美味,一场茶叶命运改革拉开了序幕——"罢团兴散",洪武二十四年,朱元璋拟圣旨:"罢造龙团,惟采芽茶以进"(就是说不要进贡团茶,只进贡芽茶)。与此同时,他还撤销了北苑贡茶苑,不再设皇家茶园。从此以后,团茶、饼茶几乎在中华大地上绝迹,而斗茶活动则进入了历史的博物馆。

因为朱元璋结缘松萝茶,虽出身于布衣,看似与高雅的茶文化之间沾不到边,但他以一己之力改变了中国沿袭上千年的饮茶方法。饮茶方法改变是从官宦权贵走向普罗大众、奢靡成风走向清雅脱俗,传统茶文化在一定程度上恢复了本质与本真,松萝茶可谓功不可没。

做一回抖音嘉宾

江红波

去年清明回竦坑老家,朋友说给带几斤毛峰。表兄办了茶场,我过去看看行情,照顾一下他生意。

到茶厂时,表嫂在看茶、收茶。她初中毕业之后,就跟着父辈做生意,茶叶、药材、菊花都收,慢慢地有了自己的天地,逐渐获得了村民信任,后来成立黄山市百味香苑岩茶专业合作社,担任村委会副主任。

她看到我时,说可能要做一个抖音直播,问我是否有空回来讲讲。抖音是个新生事物,我在手机里看到过,都是直播带货的,没参与过,不知道是什么味道。新奇的东西,总想试试,紧跟时代发展。我一口就答应了。

县里在老家深山鲫鱼背办"滴水香"开园节,在朋友圈里看到百名直播博主,利用手机在那里展现茶叶的各种品质。故乡山高,云雾弥漫,茶叶在氤氲中变得香味浓郁。疫情改变了卖茶的方式,曾经满大街地叫卖,变身为手机网红的直销。

几天后,我在路上接到表嫂电话:"明天晚上邀请朋友来抖音直播做茶,你进来吗?"答应的必须参与,言而有信。直播的时间是7点半,我带着莫名的兴奋,回到山里时才4点半。母亲还在山上摘茶,背了袋子去跟前跟后,到6点回家时,父亲用秤钩了一下:小一斤。

暮色渐渐地下来,村庄的灯火亮了。我准备去看看那个直播是咋回事。

走出村,隐约的路面,开了手机上的照明灯,一路晃着,很快听到茶厂机器的轰鸣,看到里面请来帮忙制茶的村民。表兄在茶厂里照应着,在自动制茶的时代,人工不需要太多,只是需要人盯着。

在隔壁屋的厨房里,看到有几个还在吃饭的陌生的脸孔,坐下了就是熟人。利用抖音来直播做茶的,是隔壁桃源村第一书记、扶贫队长谭维新。他是市总工会派下来专职扶贫的,利用抖音来宣传推广农产品是他的职责,更是责任。

等我再转回到茶厂,谭书记已经在厂中间摆开了阵势。三个人围着直播设备,拿着麦克风盯着眼前的手机,在那里介绍茶厂,介绍村庄,介绍茶厂主人的忙碌。表兄的大孙女在那里跑来跑去,直播中出镜时扭捏着跳舞。茶厂是嘈杂的,出焙、扭茶、杀青、滚筒,各种制茶机的声音混在一起,说出的话很快被吸收了。

谭书记过来,交流我讲的部分内容。村庄的故事,在自己的文字里也在血液里。两个人站在直播的设备前,我戴上耳机,拿着麦克风,清晰地听到自己的声音。村庄的四百年历史,来辣坑的祖先,村庄传说中的名人"辣大汉",新中国成立前的革命烈士,更有小村的风俗,阴历十月半"庆丰节"的粽子,都是熟悉的东西。

看着手机视频里的自己,看着那一行行跳动的字母,还有人打出我的名字。这小小的视频连着山外。茶叶在制作中,在品质的磨砺中,看着进入"房间"的人数在增加,看到有人询问"柯大统"——元朝末年邻村柯姓的开基者。朱元璋路过看到大山起伏,犹如浪涛汹涌,脱口而出"好一个大谷涌",演绎成今天的村名"大谷运"。

时间在不知不觉中过去,在开学已近两个月却没有学生在眼前的日子,拿着话筒,似乎是拿着粉笔在讲台前。就那样讲着,二十多分钟很快就过去了。谭书记拉了主人——我的表嫂过来,下一个重点是她介绍推荐自己的茶。

我回到家,父母已经在看电视。他们问,结束了？我说讲了一下子,需要两个小时才算完整,几个人一起。他们说,在手机里看见我讲东讲西的。没想到,父母居然在手机里看到我在那里讲,不好意思也没敢问情况怎样。

翻手机微信,看到老家群里有热心人的截图。我是闭着眼睛的,不知道是灯光刺眼还是自我沉迷其中了。我把随手拍的图片发到朋友圈,很多人惊讶:开抖音直播了？网红啊！

翌日返城,妻说昨晚用手机搜了一下抖音看辣坑卖茶直播,可能时间不对,都没看到我。我只在抖音里晃了二十多分钟,没看见是正常的。做一回抖音嘉宾,感受一下卖茶的新形势,倒是值得铭记,相信借助各种各样的推销方式,家乡的"滴水香"将飘得更远。

"炒青"里的苦和甘

王海斌

陆羽《茶经》开篇即云"茶者,南方之嘉木也"。徽州位处吴楚之地,贵为徽商故里,茶着实扮演着生活中不可或缺的角色。待客之首,上杯好茶,是徽州人素有的传统。"祁红""屯绿""黄山毛峰""太平猴魁",名茶种类闻名遐迩。外地游客抑或都市闲人,悠然驻足之际,泡壶好茶,别生情趣——烫壶、温杯、置茶、高冲、刮沫、低斟、闻香、品饮。一番陶醉,两颊生风,万物自得。这茶,就喝出了韵味。

悟道品茶,是境界人生,但多数人好茶,毕竟只是品饮习惯,抑或是茶有比白开水多的那份入口之苦和回味之甘。

父亲有饮茶之习,晨起第一件事便是烧水,洗漱后第一要做的便是泡茶。但平日总喝名茶是生活所不许的,家乡人常喝的茶,是那种大片叶的茶,汁水浓、味清冽,俗称"炒青"。清明前的茶属名优茶,刚冒尖,青嫩,叶柔,采摘不易,制作考究,故价格不菲;而谷雨后,茶叶疯长,至立夏时分,几乎一天一模样,大叶茶今朝刚毕,明晨复出,采摘时无顾虑,产量丰,价格便没那么好,"炒青"就是如此。喜好者,都因其味烈耐泡而经年饮之。冬日天寒,父亲用刚沸的水冲上一杯,似乎都能带来一天的温暖;夏日酷热,母亲先晾凉一壶,农事结束之后,一番牛饮,那种意满自得实是难以言传。

妻的老家也在深山,亦有漫山遍野的茶园,身处其间,在晴时或是雨后都会感受到扑面而来的清雅气息。因其地海拔较高,故而又多了个名号——"高山茶"。都市之人来此游览,都好此茶。晨间山谷云雾缭绕,露珠清洒在叶片间,乡野中,鸟鸣之声不绝,茶棵间都是翻新的泥土味道,驻足茶园,一种生命的力量使人感同身受。如今人们好称它们为"天然,有机,绿色,环保",殊不知,这一直是山里数十年的生活常态,它从未改变。

高山茶好,但养护不易。因它们常置身于丘陵地带,远远望之,路窄坡陡,给茶农打理茶棵带来极大不便,雨后路滑跌落的事时有发生。而天气和灾害又是茶农所必须面对的两大难题,干旱时,茶叶萎蔫;虫灾时,满目疮痍,茶树在施肥后也可能因一场突如其来的暴雨而白费气力。因而,身为茶农,本身就承载着一份坚守和传承。

去年五一,随妻回了趟老家,其时正值茶叶丰产。起早贪黑,披星戴月,忙得岳母无暇顾及我们。彼时,我拍着胸脯说:"未来时日,我随你们一起上山采茶,锻炼、劳动两不误。"岳母笑道:"这可不是件易事。"次日大早,用餐完毕,便装备齐整进山了。茶园路远,翻山越岭半个时辰才到。现如今国家提倡"绿色防控",漫山遍野的茶园里,密密麻麻、整整齐齐的都是"诱虫黄板",煞是壮观。不及多谈,彼此开工。凝神注目处,叶片在清晨的露水中昂首挺立,一抹朝阳斜射,在光影交错中,顿有了岁月的痕迹。妻说父母每日勤作,多时可采摘两三百斤,因价格有时难免走低,唯有用每日产量来弥补,辛苦不用多言。采摘之初我还能双手并用,频率相宜,不时便有两大麻袋的成果,但太阳渐起,移至头顶时,草帽已无太多作用,园中暑气蒸腾,汗水湿透夹衣,腹中饥肠辘辘,蚊虫叮咬疼痒难忍,一时,所有的狂傲都荡然无存。看看时间,午时已过,瞅瞅她们,依旧低首忙碌,偷懒之念又姑且放下。幸而岳母怜惜姑爷,说饿了就早些回家吃饭,我如同大赦,唤妻与我同归……午餐用罢,我似已精疲力竭。妻说,她还需去给岳母一行送饭,平日她们带饭进山,一干就是一整天。妻未顺势数落我,但我深感惭愧,我亦是乡野出身,儿时假期也有"采茶节"一说。竹筐、手套、丁字形的采茶凳,皆是童年的标配,怎么年龄渐长,反倒不如孩提时了呢?

随妻送饭到山间,岳母一行仍在忙碌,我们忙叫歇息用餐,她们方才停手。妻告诉我,每年采茶季,父母都会来山里好几趟,施肥、除虫、修剪,现在茶园如此清爽整齐,是他们一贯操劳的成果。看着漫山茶园,我陷入了沉思,这个庞大的"工程",每年都会让父母花上半年时日,而近年茶价起伏不定,让这样的辛勤成了一种鸡肋似的存在。然而,这偌大园里的每条沟畦都堆叠着父母奔忙的脚印,每个茶棵都浸润着父母辛勤的汗水。你问他们,就放不下这些吗?他们说,荒在山上可惜了。

返程时,父母送了好些当年的新"炒青",淡淡茶香盈满了后备厢。数百斤的生茶制成茶叶后实无更多,何况制茶的过程本又是烦琐的。思绪及此,对茶事又多了份深沉的感知,父母无言的操劳背后,只是想在儿女跟前极力表现出富足的"慷慨",当儿女远离后,他们又会回归到惯有的"清贫"——这是个永不被拆穿的谎言。

品饮"炒青",有入口之"苦",亦有回味之"甘",这味道质朴平实,盈满了感恩与乡愁。

诗意无法抵达的清香

刘 强

岁月，是掩映在眉弯里的一眼凝望，是袅袅茶雾中的一缕清香，是不眠之夜的一窗月光。卷舒浮沉，人生如茶，眼前的这杯黄山毛峰，每一片舒展的茶叶，都像一片清纯的诗页，释放着青涩的记忆。

20世纪70年代，我们上海知青响应国家号召来到黄山景区脚下的茶林场插队落户，接受贫下中农的再教育。在农村这个广阔天地里，我们与黄山老乡们同吃同住在一个生产队里，战天斗地在茶场。缭绕的云雾画出隐约的山峦，听飞瀑鸣奏、山泉叮咚，听飞鸟的歌喉里撒下半截皖南民谣，让矩阵排列的梯田一层层打开春天，配上茶农们辛勤劳作的剪影，宛若走进了桃源，让我们忘记了身心的疲惫。

有一天，公社领导忽然通知我，叫我立即收拾行李，到更偏远的山区杨家坳大队小学任教师。当我绕过几个山头到达杨家坳小学时，眼前的"学校"着实让我吃惊不小。几间破旧的牛舍改造成的"教室"，低矮狭小。教室里的几排"课桌"全是土制的泥台，一块门板挂在墙壁上算作黑板，几块粗疏的陶片或红土块就可以充当粉笔板书了。让我唯一欣喜的是，教室里为数不多的孩子清澈明亮的眼睛和带有大山里草木味道的一声"老师好"。

大队干部告诉我，这所小学刚刚成立。杨家坳是偏远的山区，有一定文化知识且熟悉普通话的人难以寻觅，现在，国家为快速发展教育事业，解决乡村教育师资力量严重匮乏的问题,号召群众办学,这所小学应运而生。"你是知识青年,文化知识渊博,相信你能带动山区的基础教育。"

那时,我第一次听到"民办教师"这个称呼。少年不识愁滋味,心里还暗暗地为自己顺利成为一个民办教师而由衷高兴。殊不知,还有更多的困难超乎我的想象。

首先,在生活方面,宿舍依然由牛舍改建,10多平方米,一张床、一张桌就差不多摆满;附近没有水井,吃水要下山去挑;没有电,一盏煤油灯和满天的星斗遥相呼应。其次,在教学方面,大山里的孩子说的都是方言,连平时的沟通都成问题,更别说基础的汉语拼音教学,a、o、e发音至少讲了半个月。

说实话,面对诸多的困难,我当时确实打起退堂鼓。但有一件事很快改变了我的想法。那是到达杨家坳小学没多久,因为水土不服,我病倒了,高烧不退。在卧床不起的时候,孩子们竟然用小桶一趟一趟地将我的水缸蓄满,还送来了可口的饭菜。

最让我感动的是一个学生杨芳,送来了一大包茶叶,说是自制的黄山毛峰,还说她姐姐让她告诉我,用茶叶煎水喝,有清热解毒之功效,多喝水后病就好了。

我打开了那包茶叶,意外发现里面有一张字条,竟然写着一首小诗:这些缱绻的绿色/是大山的封面/喝下,你就成了山峰/你今天种下的春雨/正在滋润山里的桃李/夜幕下你书桌前的灯火/是照亮孩子们走出大山的北斗。署名:杨丽。

杨芳告诉我,杨丽是她姐姐,因家境贫寒,几年前初中未毕业就辍学在家,喜欢看书写字。哦,难怪杨芳的学习成绩相当优异呢,原来有个热爱文学、会写诗的姐姐。我当即也写了一首小诗,让杨芳带回给她姐姐:你送我的/一座山的春天/让我在阳光下重新审视自己的影子/我会把自己的年华/镀上黄山毛峰的纯色。

后来,我逐渐不满足这样的诗歌传送,于一个月朗星稀的夜晚,偷偷地约出了她。月光下的杨丽,少女的妩媚掩藏不住几多娇羞,一双大眼睛注满春水。从那天起,我知道我深深爱上了她,同时也深深爱上了这里的大山和携带着馨香的毛峰茶。

可那个年代恋情根本不敢公开,理想与现实总是不断发生碰撞。两年后,国家政策变化,知识青年陆续回城,我犹豫了好久。最后,我迫于父亲的不断催促,决定回城。临走之前,我向公社申请,让杨丽来这所小学任临时代课教师,可能是当时急找一个教师不容易,上级竟然批准了我的申请。

在我背上行囊离开杨家坳时,背后有一个身影目送我一步一步地消失在蜿蜒的山路上。身边的茶树已抽出娇嫩的新芽,挂满了晶莹的露珠,像是刚溢出的泪水。

回城后不久,我上了大学,之后接受国家工作分配,安稳地生活在城市里面,后来成为一个文字工作者。但我一直没能忘却黄山里的那个女孩,没能忘记那包带着诗意的黄山毛峰。2007年,我约上几个当年插队到黄山茶林场的知青故地重游,想找一找当年的杨家坳小学,找一找当年的代课教师杨丽,但因黄山的变化实在是太大,为了发展黄山旅游业,当年的小山村已整体搬迁,我想要找的目标无处可寻。

不过,我欣喜地看到,黄山茶林场已建设成集海派文化、知青文化和茶文化于一体的综合性旅游度假区。黄山毛峰是中国十大名茶之一,为了利用茶林场的自然资源和茶林场茶叶这一地域性保护产品,新一代的建设者将我们当年奋斗过的地方建成了茶博园,使茶产业与旅游产业有机结合,走出了一条康庄大道。

如今,两鬓斑白的我过着悠闲的退休生活,在日常写作时,都会泡上一杯黄山毛峰,品鉴着大山深处春天草木的幽香,追忆激情燃烧岁月里那段纯真的初恋之情,写下一篇篇长长短短的诗篇。是赞美?是愧疚?是遗憾?……我说不清楚,就算写一生的诗,也不能准确表达黄山毛峰散发的清香。

徽州茶　徽州人　徽州景

刘　振

一

父亲年近七旬,别无他好,唯独对茶情有独钟,我每次去产茶之地出差或游玩回来,都会给他带些当地茗茶表达心意。天长日久,父亲对我说,以后买茶就买咱"自家"产的徽茶,"外地"茶他喝了"水土不服"。我不明所以。在我看来,饮茶品茗实乃人生雅事,世人多为有幸饮到异域茗茶深感欣喜,不应萌发"地缘相近、人缘相亲、业缘相融"的距离之感,可父亲为何只对徽茶情有独钟呢？他定有自己的道理。

面对我的犹疑,父亲解释说,徽茶皆产自人杰地灵之处,独有的气候条件和水土资源孕育了徽茶的独特风味,其茶品、茶色、茶味别具一格。父亲举例说,黄山毛峰滋味醇甘、香气如兰;太平猴魁茶汤清绿、味醇爽口;祁门红茶汤艳明亮、甘鲜醇厚;屯溪绿茶香气清高、味厚醇和;岳西翠兰翠绿明亮、幽香持久;涌溪火青色如墨玉、耐泡耐喝;桐城小花香气扑鼻、沁人心脾……我不知道父亲对徽茶的特色总结得是否恰切,每次家里有新朋旧友来访,他都会拿出珍藏的最好的茗茶热情招待,并引以为傲地用自己有限的知识,滔滔不绝地向宾客推介徽茶的功效、文化、现状与历史。在父亲的耳濡目染之下,我们一家全都爱上了品茶,亦对徽茶文化产生了浓厚兴趣,尤其享受在悠闲舒适的周末,远离工作烦扰,泡上一壶徽茶,端坐于书房、客厅或阳台上的休闲椅上品茶看报的恬淡时光。

因为徽茶,父亲也以出生于安徽这块风水宝地而自豪。徽州茶名扬四海,安徽人勇闯天下,江淮大地因茶尽显深厚底蕴,皖江人家因茶而生端雅气质。历史悠久、质地优良、驰名中外的徽茶,是每一个奔赴五洲四海的安徽人引以为傲的家乡名片,它在全国茗茶阵列里更是熠熠生辉。

二

走南闯北多年,尤喜和徽州人交谈。他们的言谈举止间无不透着与茶有关的儒雅气韵,这种渗透在骨子里的宁谧气质,让人无形之中感到舒服、恰切。

我有一位祖籍是黄山的朋友,每次和他见面,都会约在环境清幽的茶楼。就像朋友说的那样,君子之约,目的不在胡吃海喝、东拉西扯,亦不在攀龙附凤有事请托,而是在烦琐庸碌的工作之余,寻一隅清幽之地品茶谈心。茶既能明目清心,亦能涤荡焦虑,更可润泽五脏六腑,补充人体营养物质,是尘世之中没有副作用的"灵丹妙药"。朋友的言辞虽有几分夸张,但也不无道理。于我而言,喝茶,足以消弭心中烦乱,能让我静下心来厘清烦闷的源头,想出解决的方略,进而享受生活的每一天。我喜欢在闲暇的时光里怀着一颗素雅之心读书品茶,于文字的墨香中与茶茗的馨香里,感悟人间百味和尘世冷暖。一杯茶,便是一个世界、一方烟火人间。

我甚是排斥噪声贯耳、酒气熏天的聚餐,随着生活水平的提高和人们素养的提升,很多所谓的"大事""大单""大合作",并非通过变味低俗的酒局达成的。这一点,我从我的这位黄山朋友的身上看到了。他身上流溢出的那种泉水一般的静谧、务实、恬淡的优雅,令人称赞。我想我的这位朋友的这般性格,应当也是受到徽茶文化潜移默化的影响。一个自幼在茶文化里"泡"大的孩子,其言谈举止与为人处世的得体端庄,终将影响他的一生,并悄无声息地感染着他身边的每一位朋友。

茶文化是一种无形的"武器",它的"威力"往往胜过万马千军。

三

举凡产茶之地,风光定然旖旎,而徽州美景天下闻名早已成为共识。想象之中,油绿绿的茶树,清幽幽的高山,蓝天白云碧水,山花蝴蝶梯田,这是我穷尽想象之后,对徽州描绘的最为唯美的画面。可当真正置身这片土地时,映入眼帘的美景除了和想象的如出一辙之外,还有那幽静整洁的乡间小路,淳朴良善的商贾妇孺,韵律优美的白墙青瓦……森林繁茂,茶树环绕,空气清新,白云飘飘,实乃宜居、宜业、宜游、宜生活的人间仙境。

每次来到徽州,都宛若一程朝圣,我会趁此良机兴致勃勃地与当地人士谈茶论道,茶文化里的"种、采、泡、饮"与"道、德、神、艺",似乎永远都是一片学之不尽的知识海洋。每次徜徉在茶海之中都会情不自禁地心旷神怡,那些关于茶的传说、典故,亦会徐徐映入脑海。在徽州这片丰饶的土地上,茶、人、景既相映成趣,又相得益彰;既互惠互利,又相辅相成。良性发展与合理规划吸引着八方宾朋前来游玩赏景、品茶休闲,在这幅美好的旅游画卷里,茶是主线,人是支撑,景为衍生,一切都那么妥帖,一切又都那么水到渠成。

来到徽州,人在画中游,茶在杯中香,景在心中留。一如歌中所唱:"这里曾是小饭馆,常来朋友两三三,从前的巷子现在不宽,你我正好肩并肩。老的酒馆新人攀谈,堤岸杨柳刚落完,秋高气爽天变天,从前故事现在慢。江里的小船在打转,水里的鱼儿在撒欢,从这座老桥往那看,浮云在晚霞里斑斓。车水马龙过桑田,绕不过这时代的弯,路的尽头回忆散,看哪只风筝飞得慢。前世不修呀生在徽州,十三四岁往外一丢。不修不修呀身在徽州,来了以后又不愿回头……"

王茂荫祖传"森盛茶庄"那些事

陈平民

明清时期,徽州人设在京城的茶庄名肆很多,其中乾隆四十五年庚子(1780)至光绪二十六年庚子(1900),经营于北通州的"森盛茶庄",是比较著名的一家。这"森盛茶庄",是王茂荫祖上创办的。

王茂荫是马克思《资本论》中唯一提到的中国人。已故历史学家吴晗说:"歙县人多出外经商……王茂荫生长在徽商的社会里。"

"森盛茶庄"创始人王槐康,是乾隆年间徽州人在京城经营茶叶的先驱之一,他是王茂荫的祖父。

王茂荫的祖居地歙县杞梓里,"山深不偏远,地少士商多"。王茂荫曾向世人介绍他的桑梓:"邑民十室九商,商必外出。"明清时期,杞梓里、三阳坑、昌溪、磻溪等地,外出做茶叶生意的人很多。

王槐康,字以和,生于乾隆二十年乙亥(1755),他兄弟四人,均受过初等教育。槐康自幼颖悟,读书多所通解。20岁那年,娶歙南磻溪国学生方世滨次女方文学为妻,方文学小王槐康3岁。婚配之初,兄弟同灶,吃口人多,家境贫寒。为养家糊口,他不得不弃儒经商,从族人去京师做茶叶转贩生意,经营徽茶与闽茶。

王槐康有心计,能吃苦,经常浮海往来于皖浙苏闽京津间,茶叶贩销量大。由于重质量,讲信用,生意红火。在京师一带很有声望。最初六年,他每年回家一趟,订购徽茶货源,顺便探亲,但时间不长,又去了京城。乾隆四十五年(1780),他利用积攒的银两作原始资本,在北通州创设了"森盛茶庄"。

"森盛茶庄"所在的北通州,号称京城副中心,今为北京市辖通州区,位北京东南部,京杭大运河北端,是首都的东大门。王槐康在这里设茶庄,显然看中了区位优势。

王槐康在北通州创设"森盛茶庄",以闽庄制作,京庄销售,联结南北产销,开展竞争。由于店业草创,业务繁忙,为此他接连五年没回家。终因操劳过度,于茶庄创设的第七年(乾隆五十一年,即1786年),病死于潞河,年仅31岁,可谓天妒英才。

王槐康遗孀方氏守节五十七年,60岁得旌表,80岁奉旨建坊,84岁而终。她曾自撰《长恨歌》,痛述夫君客殁之苦及自己遭际之艰,并养姑教子各情,缠绵悱恻,往复数百言,闻者无不泪下。这《长恨歌》是反映旧时徽商之妇不幸遭遇的典型材料,惜未传世。

槐康殁后,遗孀方氏带着三个未成年的孩子苦度人生,门下产业多荒废,唯"森盛茶庄"赖族人照应得以存世,她每年从茶庄提取银子400两供家用。

"森盛茶庄"第二代店主是王槐康长子王应矩。王应矩,字方仪,号敬庵,人称应矩公或敬庵公,生于乾隆四十一年丙申(1776)八月二十五日,肖猴。他10岁丧父,"以贫故废学,即任家政"。他没读多少书,很早就主茶庄店事。徽俗"前世不修,生在徽州。十二三岁,往外一丢",徽商这特有的经历,王应矩一步不少,备尝个中艰辛。他经理"森盛茶庄"近半个世纪,花甲之年将店事交给儿辈。

徽商中的很多人能做到"穷则独善其身,达则兼济天下"。王应矩经商发达后,"克承父志,尤笃于追远报本,修祖祠,置墓田,敦宗睦族,恤孤怜贫,于造桥、修路、兴水利、施医药诸善举,恒以身任其劳,孜孜不倦"。道光十七年（1837）秋，歙县七贤村茶商胡祖福、胡祖禋兄弟捐资铺设歙县三阳至叶村的石板路（横山古道），并建叶村至昱岭关的"关桥"，非德高望重者王应矩董其事而不可。道光二十年（1840），王应矩还主持修建昱岭关至叶村的古道。三阳洪氏之姻亲南通茶商名肆"洪灵椿堂"，不仅集体捐银400两，妹夫巨商洪梅庵个人还单独捐银800两。工程竣工，王应矩作《重修横山路记》，歙人许球撰《重建关桥碑记》。

道光十二年（1832），王茂荫以进士及第入仕。此前，他遵父命也管理过茶庄，但时间很短。

王应矩息影家园后，接替他经营"森盛茶庄"店事的，主要是王茂荫弟弟王茂兰、王茂蔼，王家与姻亲歙县磻溪方氏经营北京"广信茶行"的方子青、方汝铸，以及营茶南通的表弟洪本耀等，保持密切联系。

咸同兵乱，"森盛茶庄"仍惨淡经营。咸丰八年（1858），王茂荫在《家训和遗言》中告诉家人要留心为小女访人家："铺内有蓝田玉数十金，亦是坐此用的。"他说的"铺内"即指"森盛茶庄"，存在茶庄中的蓝田玉，是给小女做嫁妆。同治元年（1862），王茂荫老家的亲人为避兵乱，在流离之际，得到驻扎在祁门的曾国藩"远锡多金"的救济，王茂荫在这年端午节后两日致信曾氏，"晚家中虽已焚毁，外间尚有一茶业，舍弟辈勉强支持得来也。"他告诉曾氏："兵饷不敢虚糜，将来在京有需用之处，务请示知，尽管来取，万勿存客气之见。"

王茂荫离世三十多年后，"森盛茶庄"仍然营业，经管人为其次子王铭慎，经营情况不详。

"庚子之乱"发生之年（1900），茶庄毁于"八国联军"兵燹，王铭慎痛心疾首，抱着账簿葬身火窟。"森盛茶庄"从乾隆庚子创设到光绪庚子毁于兵燹，历经一百二十年，先后有四代人经营。

黄山茶·曼妙时光的风雅与逍遥

侯之涛

黄山茶

雪花净身,春露养神,春阳馨暖,打开生命的法门。

一枚枚嫩黄翠绿的芽蕾,任白云缭绕、鸟鸣清唱,任雨露的翔鼓之声,日月的馨香之音,沉淀于这山青水绿、风景如画的茶叶之乡,敲响时光的磬鼓。从大唐初期的浩瀚与磅礴中,太平县(黄山区前身)蔓延而来的行善积德之风,已根植在灵魂的深处。

携拾时光的温润,收拢黄山的风骨,在春光的安暖与香馨里,晨露的莹润与甘醇中,一片片鲜嫩丰厚的叶片饱含着诗韵与远方。韵染晨曦,清新的自然之味与沁人心脾的雅香之道,把时光浆染熏蒸得逍遥自在。

沏一壶特级黄山茶,清香四溢,心随着叶芽在沸水中舒展与飘逸。一缕缕时光的香馨交融茶的清香,让我回归山野,回归阡陌。那一枚春芽的碧绿,那一滴玉露的莹润,那一缕清风的香馨,那一抹晨曦的灿烂,那一声黄鹂的脆鸣,那一曲牧笛的嘹亮,让我皈依,身心通泰,魂魄脱俗。

静守时光,心随茶韵。看那茶叶约半寸,蕴集春风春雨的嫩绿幽翠,略泛着春阳的微黄,油润光亮,勃勃生机。芽尖矜持而娇柔,紧紧偎依在叶中,酷似雀舌的灵巧而丰厚。镀全身春云的白色细茸毫,修行在"浮云吹作雪,世味煮成茶"中,匀齐时光的壮实,锋显雅致的毫露,色如象牙,玉润清芬,鱼叶金黄,清香高长,盈盈汤色清澈,袅袅滋味鲜浓、醇厚、甘甜,情切切、意深深,叶底嫩黄,沉潜内敛凝聚日月,肥壮成朵。

那"金黄片"和"象牙色"蕴含人间之道,沉淀岁月沧桑,容纳乾坤。

曼妙时光的风雅

辰星点亮梦里的足音,我身披曦光,交融在一杯朝茶的芬芳中,与霞霓一起布彩,聆听晨露的翔鼓之音,细品茶与水的欢愉,沁人心脾中点亮养生之妙道。

阳光悠然着时光的风雅,煮一壶浓浓的午茶,润肺化痰,消食解腻,细品慢饮中抚平浮躁的心灵,疏散伤痛的折磨,从人情世故中抽身。

明月素雅着尘世的诗意,任袅袅夜茶的清香曼妙于晚风的安抚和心灯的灵动。我心怀虔诚举起杯盏,任一缕缕芳香逼出身心的疲倦和琐碎,世俗和喧嚣,逍遥与惬意在茶香的魂魄中,回味清远。

夜晚是修行的道场,黄山茶四溢着时光的禅意。我在清香里熏蒸与逍遥,将茶舞水欢凝聚成词,折叠成诗,用秦风汉雨、唐诗宋词的韵脚,舒展身心的诗情画意,曼妙灵魂的优雅和空灵。

顶一盏灯,携一卷书,煮一壶茶,醉一缕香,我在茶香诗词韵脚的曼妙娉婷风雅里,心随叶舒,思溢清芬。认领"金黄片"或"象牙色"上善的初心,沿一阕古风,一记韵痕,一滴水音,凝练骨子里的线装墨香,装点心窗的风雅。

曼妙时光的逍遥

灵性的黄山,是我心中的佛尊,青松挺拔的骨骼,茶树婀娜风雅着修禅,镌刻时光里的俊美和清雅,小家碧玉,卓越风姿,是蔚蓝天空的吻痕,似洁白云朵的倩影,是紫气雾岚的氤氲,似雨雪莹润的光影。

在黄山,每一棵茶树如若寺庙,每一片茶叶如若经文。那阳光精雕细刻的娴雅哲思,那月光蕴润研磨的素雅幽梦,那鸟鸣温婉灵动的皈依禅意,凝聚着天地的精髓与魂魄。

一片叶连接着历史的脐带,与长江血脉相通相融,种下磅礴与澎湃。一片叶若舒展着的鹰的翅膀,伸进天空,仿若渡神的扁舟。

收拢时光,蜷缩在黄山毛峰的温润里,浅煮祁门红茶,任太平猴魁清香四溢,携屯溪绿茶的清雅,徜徉在顶谷大方的情怀中。每一枚都是时光的绿笺上绽放着的禅言佛语,珍藏草木芳华,凝聚天地灵气;每一枚都是浪涛的心怀里昂扬搏击的帆影,内敛清风明月,澄明人间正道。

携一壶黄山原生态的修辞,念一缕茶叶之乡的道场,品茶悟道,熏蒸灵魂。是茶的芳香与水的净澈,卸掉尘世的负累,修补心灵的创伤,香暖魂魄的慈悲与上善,沉沦着内心的沧海桑田,曼妙着时光中的逍遥。